FLUAM, MINHAS LÁGRIMAS, DISSE O POLICIAL

FLUAM, MINHAS LÁGRIMAS, DISSE O POLICIAL

PHILIP K. DICK

TRADUÇÃO
LUDMILA HASHIMOTO

ALEPH

O sofrimento é a consciência

de que você vai ter que ficar sozinho,

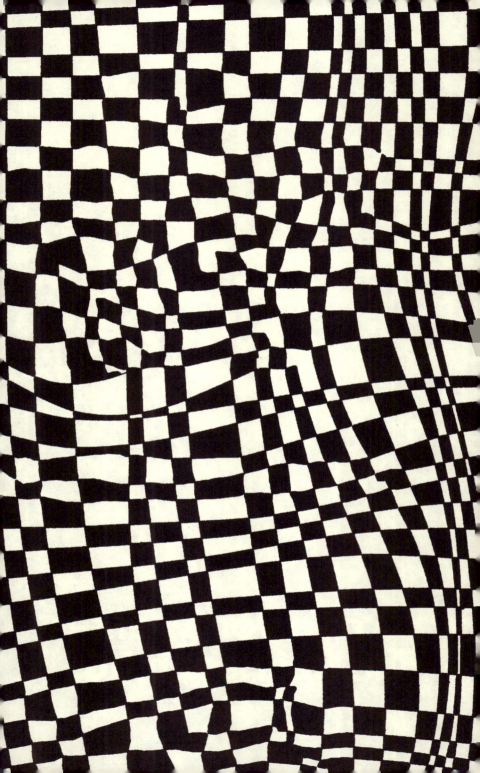

**porque
estar
sozinho é
o destino
máximo**

O amor neste romance é por Tessa,
e o amor em mim é por ela também.
Ela é minha pequena canção.

Parte Um

Fluam, minhas lágrimas, emanem da fonte!
Deixem-me, para sempre exilado, a lamentar;
Onde canta sua infâmia a ave negra e triste,
Deixem-me viver com meu pesar.

1

Na terça-feira, 11 de outubro de 1988, o *Programa Jason Taverner* teve trinta segundos a menos. Um técnico, que observava a gravação através da bolha de plástico do estúdio de edição, congelou os créditos finais na seção de vídeo e apontou para Jason Taverner, que deixava o palco. O técnico deu um tapinha no pulso e apontou para a boca.

No microfone direcional, Jason disse em tom suave:

– Continuem mandando cartões e v-cartas, pessoal. E fiquem ligados, vêm aí *As Aventuras de Scotty, o Cão Extraordinário*.

O técnico sorriu. Jason sorriu para ele e, em seguida, áudio e vídeo foram desconectados. O programa de uma hora de música e variedades, que ocupava o segundo lugar no ranking de melhores programas de TV do ano, chegara ao fim. E tinha dado tudo certo.

– Onde foi que perdemos meio minuto? – Jason perguntou à convidada especial da noite, Heather Hart. Ele estava perplexo. Gostava de marcar o tempo dos programas.

Heather Hart disse:

– Está tudo bem, nenê.

Ela passou a mão fresca pela testa levemente úmida dele e lhe massageou com afeto os cabelos grisalhos na raiz.

– Você tem noção do poder que tem? – disse Al Bliss, o empresário deles, chegando perto de Jason. Perto demais, como sempre. – Fechou a braguilha diante de trinta milhões de pessoas esta noite. Deve ser algum recorde.

– Fecho a braguilha toda semana – disse Jason. – É minha marca registrada. Ou você não vê o programa?

– Mas trinta milhões – insistiu Bliss, o rosto redondo e robusto marcado por gotas de suor. – Pensa bem. E depois tem os royalties.

Jason disse categórico:

– Já estarei morto quando os royalties desse programa tiverem algum valor. Graças a Deus.

– É mais provável que morra esta noite – disse Heather –, com tanto fã seu aglomerado lá fora. Só esperando para transformá-lo em minúsculos quadradinhos, como os selos postais.

– Alguns deles são seus fãs, srta. Hart – disse Al Bliss, com sua voz de cachorro ofegante.

– Que se danem – Heather disse com rispidez. – Por que não vão logo embora? Não estão violando alguma lei, causando tumulto?

Jason segurou a mão dela e apertou-a com força, atraindo sua atenção e fazendo-a franzir a testa. Ele nunca entendera sua antipatia com os fãs. Para ele, eles eram o fluido vital de sua existência pública. E para ele, sua existência pública, seu papel de apresentador mundialmente conhecido, era sinônimo de existência e ponto.

– Você não deveria trabalhar com entretenimento – disse a Heather –, já que se sente assim. Mude de área. Seja assistente social num campo de trabalhos forçados.

– Lá tem pessoas também – disse Heather, emburrada.

Dois guardas especiais da polícia abriram caminho até Taverner e Heather.

– Liberamos o corredor o máximo possível – avisou o policial mais gordo, arfando. – Vamos agora, sr. Taverner, antes que o público do estúdio comece a vazar para as saídas laterais. – Ele fez um sinal para outros três guardas especiais, que avançaram de imediato na direção da passagem quente e abarrotada que ia dar na rua noturna. E, lá fora, rumo à Rolls nave, estacionada em todo o seu custoso esplendor, com o foguete traseiro ligado e pulsando. Como um coração mecânico, pensou Jason. Um coração que batia apenas para ele, para a estrela que ele era. Bem, por extensão, pulsava em resposta às necessidades de Heather também. Ela mereceu. Cantara bem nessa noite. Quase tão bem quanto... Jason sorriu por dentro, para si mesmo. Ora, vamos encarar os fatos, pensou. As pessoas não ligam tantas TVs em cores e 3D para ver o convidado especial. Existem milhares de convidados especiais espalhados pela superfície da Terra, e alguns nas colônias de Marte. Elas ligam a TV, pensou, para *me* ver. E estou sempre lá. Jason Taverner nunca decepcionou nem nunca decepcionará seus fãs. Não importa como Heather se sinta em relação aos dela.

– Você não gosta deles – disse Jason, enquanto se contorciam, empurravam e se curvavam para atravessar o corredor fumegante cheirando a suor – porque não gosta de si mesma. No fundo, acha que eles têm mau gosto.

– São estúpidos – resmungou Heather, e praguejou em silêncio quando seu chapéu grande e achatado caiu e desapareceu para sempre no estômago de baleia da multidão de fãs que a pressionava.

– São pessoas comuns – Jason disse em seu ouvido parcialmente perdido no grande emaranhado de cabelos ruivos e brilhantes. A famosa cascata de cabelos copiada por tantos e com tanta habilidade em salões de beleza por toda a Terra.

Heather irritou-se.

– Não use essas palavras.

– São pessoas comuns – disse Jason –, e são imbecis. Porque – ele beliscou o lobo da orelha dela –, porque ser uma pessoa comum é isso. Certo?

Ela suspirou.

– Ah, Deus, estar dentro da nave atravessando o espaço vazio. É tudo o que desejo: um vazio infinito. Sem vozes humanas, sem odores humanos, sem mandíbulas humanas mastigando chicletes de plástico em nove cores iridescentes.

– Você os odeia mesmo.

– Sim. – Ela acenou a cabeça com força. – E você também. – Ela fez uma breve pausa, virando a cabeça para encará-lo. – Você sabe que a sua voz já era. Sabe que está vivendo do que sobrou dos seus dias de glória, que não voltarão mais. – Ela sorriu para ele. Com ternura. – Estamos envelhecendo? – ela disse acima do burburinho e dos gritos dos fãs. – Juntos? Feito marido e mulher?

Jason disse:

– Os Seis não envelhecem.

– Ah, sim – respondeu Heather. – Envelhecem, sim. – Ela tocou-lhe os cabelos castanhos e ondulados no alto da cabeça. – Há quanto tempo usa tintura, querido? Um ano? Três?

– Entre na nave – ele disse de modo brusco, colocando-a à sua frente, para fora do prédio, na calçada da Hollywood Boulevard.

– Eu entro – ela disse –, se você me cantar um si agudo sem falsete. Lembra quando você...

Jason a empurrou de uma vez para dentro da nave e entrou rapidamente depois. Virou-se para ajudar Al Bliss a fechar a porta e, em seguida, estavam no céu noturno e carregado de nuvens de chuva. O grande céu reluzente de Los Angeles, brilhando como se fosse meio-dia. E assim é para mim e para você, ele pensou. Para nós dois, para todo o porvir. Sempre será como agora, porque somos Seis. Nós dois. Quer *eles* saibam disso ou não.

E é "ou não", ele pensou com amargura, sentindo o humor sombrio do instante. O conhecimento que tinham juntos, o conhecimento não compartilhado. Porque era assim que tinha que ser. E sempre fora... mesmo agora, depois que tudo dera tão errado. Errado, pelo menos na visão dos projetistas. Os grandes especialistas que tentaram adivinhar e não acertaram. Quarenta e cinco belos anos atrás, quando o mundo era jovem e as gotas de chuva ainda aderiam às cerejeiras japonesas de Washington DC. E o perfume da primavera que pairava sobre o nobre experimento. Por algum tempo, ao menos.

– Vamos para Zurique – ele disse em voz alta.

– Estou muito cansada – disse Heather. – Além disso, o lugar me entedia.

– A casa? – Ele não acreditava. Heather a escolhera para os dois, e durante anos era lá que se refugiavam... especialmente dos fãs, que ela tanto odiava.

Heather suspirou e disse:

– A casa. Os relógios suíços. O pão. As pedras da calçada. A neve nas colinas.

– Montanhas – ele disse, ainda magoado. – Ah, que seja... Vou sem você.

– E vai escolher outra pessoa?

Ele não conseguiu entender.

– Você *quer* que eu leve outra pessoa comigo?

– Você, com seu magnetismo, seu charme, consegue levar qualquer garota do mundo para aquela grande cama de ferro. Não que vá fazer muita coisa depois de chegarem lá.

– Meu Deus – ele disse com repulsa. – Isso de novo. Sempre as mesmas queixas. E os ressentimentos fantasiosos... É neles que você mais insiste.

Heather virou-se para ele e disse com seriedade:

– Você sabe qual a sua aparência, mesmo na idade em que está. É bonito. Trinta milhões de pessoas o cobiçam uma hora por semana. Não é em seus dons musicais que estão interessadas... é na sua beleza física incorrigível.

– O mesmo pode ser dito de você – ele disse com acidez. Sentia-se cansado e ansiava pela privacidade e o isolamento que encontrava nos arredores de Zurique, que silenciosamente aguardava a volta deles. E era como se a casa quisesse sua permanência, não por uma noite ou pelas noites de uma semana, mas para sempre.

– Não aparento minha idade – disse Heather.

Ele olhou para ela, analisando-a. Cabelos ruivos volumosos, pele clara com algumas sardas, um pronunciado nariz romano. Olhos violeta enormes e profundos. Ela estava certa, não aparentava a idade que tinha. É claro que nunca lançara mão da rede de linhas transex como ele. Mas, na verdade, ele o fizera muito pouco, de modo que não se viciara. E não houve, neste caso, dano cerebral ou envelhecimento prematuro.

– Você é bonita pra caramba – ele disse com rancor.

– E você?

Ele não podia se deixar abalar por isso. Sabia que ainda tinha o carisma, a força que haviam gravado em seus cromossomos quarenta e dois anos atrás. Era verdade que seu cabelo estava quase todo grisalho e que ele o tingia. E algumas rugas apareciam aqui e ali. Mas...

– Desde que tenha minha voz – respondeu –, estarei bem. Terei o que quiser. Está enganada a meu respeito... É a sua indiferença, característica dos Seis, a chamada individualidade que tanto gosta de preservar. Ok, se não quiser voar até a casa em Zurique, *para onde* quer ir? Sua casa? Minha casa?

– Quero me casar com você – disse Heather. – Assim não será minha casa ou sua casa, mas a nossa. E paro de cantar para ter três filhos, todos parecidos com você.

– Até as meninas?

Heather disse:

– Os três serão meninos.

Ele se inclinou e beijou-lhe o nariz. Ela sorriu, segurou a mão dele, acariciando-a com afeto.

– Podemos ir a qualquer lugar esta noite – ele disse num tom grave, firme e controlado, projetando a voz com intensidade, quase uma voz de pai. Costumava funcionar bem com Heather, sendo que nada além disso funcionava. A menos que, ele pensou, eu me retire.

Ela temia isso. Às vezes, em suas discussões, especialmente na casa em Zurique, onde ninguém podia ouvi-los ou interferir, ele notara o medo no rosto dela. A ideia de ficar sozinha a apavorava, ele sabia. O medo fazia parte da realidade de sua vida a dois. Não da vida pública. Para eles, enquanto autênticos apresentadores profissionais, havia ali controle racional e completo, por mais raiva que sentissem ou por mais que se afastassem, funcionariam juntos no grande mundo de adoração dos espectadores, dos que enviavam cartas, dos fãs escandalosos. Nem mesmo o ódio inquestionável poderia mudar isso. Mas não poderia mesmo haver ódio algum entre eles. Tinham coisas demais em comum. Significavam tanto um para o outro. Até o mero contato físico, como o deste momento, sentados juntos na Rolls nave, os deixava felizes. Enquanto durava, pelo menos.

Ele pôs a mão no bolso do terno – talvez um dos dez existentes no mundo todo – e retirou um maço de notas certificadas pelo governo. Grande quantidade delas, comprimidas em forma de um pacotinho espesso.

– Não deveria andar com tanto dinheiro – disse Heather, no tom implicante que ele tanto detestava: o tom de superioridade maternal.

Jason disse:

– Com isto... – e mostrou o feixe de notas – podemos comprar nossa entrada em qualquer...

– Isso se algum estudante clandestino, saído da toca do campus na calada da noite, não cortar sua mão pelo pulso e fugir com os dois, a mão e o dinheiro que você gosta de ostentar. Sempre gostou. De ostentar e chamar a atenção. Olha a sua gravata. Olha isso! – ela foi erguendo a voz e pareceu realmente irritada.

– A vida é curta – disse Jason. – E a prosperidade mais ainda.

– Mas colocou o maço de notas de volta no bolso interno do paletó e alisou a protuberância que maculava a perfeição do terno. – Queria comprar algo para você – ele disse. Na verdade, a ideia acabara de ocorrer-lhe. O que planejara fazer com o dinheiro era algo um pouco diferente: pretendia ir a Las Vegas, para as mesas de vinte-e-um. Sendo um Seis, ele podia ganhar, como sempre fazia, nesse jogo. Tinha vantagem acima de todos, inclusive do crupiê. Até mesmo do fiscal de banca, ele pensou com malícia.

– Está mentindo – disse Heather. – Não pretendia me comprar nada, nunca compra. É tão egoísta, sempre pensando em si. Isso é dinheiro de putaria. Para comprar alguma loira peituda e ir para a cama com ela. Provavelmente em nossa casa em Zurique, à qual, aliás, não vou há quatro meses. Posso até estar grávida.

Ele achou estranho que ela dissesse aquilo, dentre todas as respostas atravessadas possíveis naquele estado mental em que não conseguia parar de falar. Mas havia muito em Heather que ele não conseguia entender. Com ele, assim como com os fãs, ela mantinha muita coisa em segredo.

Mas, ao longo dos anos, ele obtivera muitas informações a seu respeito. Sabia, por exemplo, que tinha feito um aborto em 1982, o qual ela mantinha em segredo também. Sabia que fora casada ilegalmente com um líder de uma comuna estudantil, e que durante um ano vivera nas tocas da Universidade de Columbia, junto com todos os alunos barbados e fedorentos que eram permanentemente mantidos abaixo da superfície pelos pols e pelos nacs. A polícia e a guarda nacional circulavam todos os campi para impedir que os estudantes invadissem a sociedade de modo sorrateiro, tal como um amontoado de ratazanas negras abandonando um navio à beira do naufrágio.

E ele sabia que um ano atrás ela havia sido presa por posse de drogas. Apenas sua família, rica e poderosa, fora capaz de livrá-la dessa: o dinheiro, o carisma e a fama não resolveram a questão quando chegou a hora do confronto com a polícia.

Heather ficara um pouco assustada com tudo o que lhe acontecera, mas ele sabia que ela estava bem agora. Igual a todos os Seis, sua capacidade de recuperação era enorme. Tal aptidão fora inserida em cada um deles com cuidado, assim como muitas, muitas outras. Até mesmo ele, aos 42 anos, não conhecia todas. E muito lhe acontecera também. A maior parte envolvendo passar por cima de muita gente, e os restos mortais de apresentadores ao longo de sua extensa escalada rumo ao topo.

– Estas gravatas chamativas... – ele começou, mas o telefone da nave tocou. Ele atendeu. Devia ser Al Bliss, com os índices de audiência do programa.

Mas não era. Ele ouviu uma voz de mulher, penetrando seu ouvido de modo intenso e estridente.

– Jason? – a mulher disse alto.

– Sim – ele respondeu. Tapando o bocal do aparelho, dirigiu-se a Heather. – É Marilyn Mason. Por que diabos fui dar a ela meu número da nave?

– Quem diabos é Marilyn Mason – perguntou Heather.

– Conto depois. – Ele tirou a mão do bocal. – Sim, querida, é o Jason mesmo, no verdadeiro corpo reencarnado. O que foi? Está com uma voz horrível. Vão despejá-la de novo? – Ele piscou para Heather e deu um sorriso irônico.

– Livre-se dela – disse Heather.

Tapando o bocal novamente, ele continuou:

– Vou fazer isso. Estou tentando, não vê? – Ao telefone, ele disse: – Ok, Marilyn. Pode se abrir comigo, é para isso que sirvo.

Durante dois anos, Marilyn fora sua protegida, por assim dizer. O fato era que ela queria ser cantora, como ele, ou seja, ser famosa, rica e amada. Um dia ela apareceu no estúdio, durante os ensaios, e ele a notou. Rostinho tenso de preocupação, pernas curtas, saia curta demais: ele percebera tudo isso no primeiro olhar, como era seu costume. E, uma semana depois, havia conseguido um teste para ela na Columbia Records, com o diretor de artistas e repertório.

Muito acontecera naquela semana, mas nada relacionado à música.

Marilyn disse com a voz estridente em seu ouvido:

– Tenho que vê-lo. Caso contrário, me mato e a culpa recairá sobre você. Para o resto da sua vida. E vou contar pra essa tal de Heather que dormimos juntos o tempo todo.

Ele deu um suspiro interno. Caramba, já estava cansado, esgotado de uma hora do programa em que tudo era sorrir, sorrir, sorrir.

– Estou a caminho da Suíça, onde passarei o resto da noite – ele disse com firmeza, como se falasse com uma criança histérica. Em geral, quando Marilyn entrava em um de seus estados acusatórios, quase paranoicos, funcionava. Mas não desta vez, é claro.

– Você vai levar cinco minutos para chegar aqui nessa sua Rolls nave de um milhão de dólares – Marilyn berrou em seu ouvido. – Só quero conversar com você por cinco segundos. Tenho algo muito importante para lhe dizer.

É provável que esteja grávida, Jason disse a si mesmo. Em algum momento, ela deve ter, de modo intencional – ou talvez não intencional – esquecido de tomar a pílula.

– O que pode me dizer em cinco segundos que eu já não saiba? – ele disse com severidade. – Diga agora.

– Quero você aqui comigo – disse Marilyn, com sua total e costumeira falta de consideração. – Tem que vir. Não o vejo há seis meses e durante esse tempo tenho pensado muito em nós. E em especial naquele último teste.

– Ok – ele disse com amargura e ressentimento. Era o que recebia por tentar produzir para ela, uma pessoa sem talento, uma carreira. Ele desligou irritado, virou-se para Heather e disse: – Fico feliz que você nunca a tenha encontrado, ela é realmente uma...

– Mentira – disse Heather. – Eu nunca a encontrei porque você fez de tudo pra que isso não acontecesse.

– Seja como for – ele disse, dando uma volta à direita com a nave –, consegui para ela não um, mas dois testes, e ela falhou nos dois. E para manter a própria dignidade, pôs a culpa em mim. De alguma forma, eu a levei ao fracasso. Você entende a situação.

– Os peitos dela são bonitos? – disse Heather.

– Pior que são. – Ele abriu um sorriso, e Heather riu. – Você conhece o meu fraco. Mas fiz minha parte no acordo. Consegui um teste... *dois* testes para ela. O último foi há seis meses, e sei muito bem que ela ainda está se remoendo e se lamentando. O que será que tem a me dizer?

Ele acionou o módulo de controle para seguir no automático até o prédio de Marilyn, que tinha um espaço pequeno, mas adequado para um pouso no telhado.

* * *

– Ela deve estar apaixonada por você – disse Heather, enquanto ele estacionava a nave sobre a cauda, liberando a escada em seguida.

– Assim como outras quarenta milhões – Jason completou em tom amigável.

Heather, acomodando-se na poltrona da nave, disse:

– Não demore muito, ou juro que vou embora sem você.

– E me deixar com Marilyn? – ele disse. Os dois riram. – Volto logo. – Ele seguiu para o elevador do outro lado da área de pouso e apertou o botão.

Ao entrar no apartamento de Marilyn, ele viu de imediato que ela estava fora de controle. Todo o seu rosto estava tenso e contraído, o corpo tão encolhido que ela parecia estar tentando engolir a si mesma. E os olhos. Pouquíssimas coisas em uma mulher ou em torno dela o deixavam desconfortável, mas aquilo o deixou. Os olhos dela, completamente redondos, com pupilas imensas, voltados para ele, enquanto ela o encarava em silêncio, de braços cruzados, absolutamente inflexível, rígida como ferro.

– Pode começar a falar – disse Jason, buscando uma posição de vantagem. Em geral, quase sempre, na verdade, ele era capaz de controlar situações que envolvessem mulheres. Era, de fato, sua especialidade. Mas nesta... ele sentia-se desconfortável. E ela ainda não dizia nada. Seu rosto, sob camadas de maquiagem, estava completamente pálido, como se ela fosse um cadáver que ganhara vida. – Você quer mais um teste? – perguntou Jason. – É isso?

Marilyn balançou a cabeça negativamente.

– Ok, diga-me o que é – ele pediu, cansado, mas inquieto. Mas não demonstrou a inquietação na voz. Era astuto demais, experiente demais, para deixar que ela notasse sua incerteza. O confronto com uma mulher era quase noventa por cento blefe, dos dois lados. Tudo se concentrava em *como* fazer, e não em o que fazer.

– Tenho algo para você – Marilyn virou-se e foi para a cozinha.
Ele a seguiu lentamente.

– Você ainda me culpa pelos resultados negativos nos dois... – ele começou.

– Aqui está – disse Marilyn. Ela pegou um saco de plástico no escorredor de louça, ficou parada por um instante, o rosto ainda pálido e rígido, os olhos saltados, sem piscar, e abriu o saco de repente, balançou-o e aproximou-se dele rapidamente.

Aconteceu rápido demais. Ele se afastou por instinto, mas devagar, e tarde demais. A gelatinosa esponja-do-abraço de Calisto prendeu-se a ele, com seus cinquenta tubos de alimentação, ancorando-se em seu peito. De imediato, ele sentiu os tubos de alimentação penetrarem seu corpo pelo peito.

Ele saltou para perto dos armários da cozinha, apanhou uma garrafa de uísque pela metade, abriu a tampa o mais rápido que pôde e derramou o líquido sobre a coisa gelatinosa. Seus pensamentos ficaram lúcidos, brilhantes até. Ele não entrou em pânico, apenas permaneceu ali, derramando uísque na criatura.

Por um momento, nada aconteceu. Ele ainda conseguia manter-se firme, sem se desesperar. Então a coisa borbulhou, contraiu-se e caiu no chão. Estava morta.

Sentindo-se fraco, ele sentou-se à mesa da cozinha. Estava lutando para não ficar inconsciente. Alguns tubos de alimentação permaneciam dentro dele, e ainda estavam vivos.

– Nada mau – ele conseguiu dizer. – Quase me pegou, sua vadiazinha de merda.

– Quase, não – Marilyn Mason disse sem emoção. – Alguns dos tubos de alimentação ainda estão dentro de você, e você sabe disso, posso ver no seu rosto. E uma garrafa de uísque não vai fazê-los sair. *Nada* vai fazê-los sair.

Nesse momento, ele desmaiou. Com a vista turva, ele viu o chão aproximar-se para recebê-lo, e depois houve o vazio. Um vácuo em que nem mesmo ele se encontrava.

* * *

Dor. Ele abriu os olhos, tocou o peito por reflexo. O terno de seda feito à mão havia desaparecido. Ele usava um avental de algodão de hospital e estava estendido sobre uma maca.

– Meu Deus – ele disse rouco, enquanto os dois funcionários empurravam a maca rapidamente pelo corredor do hospital.

Heather Hart pairava acima dele, ansiosa e em choque, mas, como ele, estava com os sentidos totalmente preservados.

– Eu sabia que havia algo errado – ela disse rapidamente para os homens que o levavam para dentro de um quarto. – Não te esperei na nave. Fui atrás de você.

– Você deve ter achado que estávamos na cama – ele disse com fraqueza.

– O médico informou – continuou Heather – que em mais quinze segundos você não teria resistido à violação somática, como ele chama a entrada da *coisa* em você.

– Eu peguei a coisa – ele disse. – Mas não peguei todos os tubos de alimentação. Foi tarde demais.

– Eu sei – disse Heather. – O médico me falou. Estão planejando uma cirurgia o mais rápido possível. Podem conseguir fazer algo, caso os tubos não tenham penetrado demais.

– Me saí bem no momento de crise – Jason disse com a voz áspera. Ele fechou os olhos e aguentou a dor. – Mas não bem o suficiente. Faltou pouco. – Ele abriu os olhos e viu que Heather estava chorando. – É grave? – ele perguntou e ergueu o braço para segurar sua mão. Ele sentiu a pressão do seu amor quando ela apertou seus dedos, e depois não havia nada. Exceto a dor. Nada mais. Nem Heather, nem hospital, nem funcionários, nem luz. E nenhum som. Era um momento eterno, que o absorveu completamente.

2

A luz vinha filtrada, preenchendo seus olhos fechados com uma membrana de vermelhidão iluminada. Ele os abriu e ergueu a cabeça para olhar ao seu redor. Para procurar Heather ou o médico. Estava deitado, sozinho no quarto. Mais ninguém. Uma penteadeira com o espelho rachado, luminárias velhas e feias projetando-se das paredes engorduradas. E de algum lugar próximo, o ruído de uma TV.

Ele não estava em um hospital.

E Heather não estava com ele. Ele sentia a ausência dela, a total falta de tudo, por causa dela.

Meu Deus, ele pensou. *O que aconteceu?*

A dor no peito havia desaparecido, junto com muitas outras coisas. Trêmulo, ele empurrou o cobertor de lã encardido, sentou-se e esfregou a testa pensativo, recompondo a vitalidade.

"Isto é um quarto de hotel", ele percebeu. Um hotel barato, decadente, infestado de insetos e frequentado por bêbados. Sem cortinas, sem banheiro. Como o lugar onde morou anos atrás, no começo de sua carreira. Quando era desconhecido e não tinha dinheiro. O passado que ele sempre trancou na memória o máximo que pôde.

Dinheiro. Ele apalpou as roupas, descobriu que não usava mais a bata de hospital e estava novamente com o terno preto de seda feito à mão, agora amarrotado. E, no bolso interno do paletó, o maço de notas altas, o dinheiro que pretendia levar para Las Vegas.

Pelo menos tinha isso.

Rapidamente, procurou um telefone à sua volta. Não, é claro que não. Mas haveria um no saguão. Mas para quem ligar? Heather? Al Bliss, seu empresário? Mory Man, o produtor do seu programa de TV? Seu advogado, Bill Wolfer? Ou para todos eles, o mais rápido possível, talvez.

Sem firmeza, ele conseguiu ficar de pé. Oscilou, amaldiçoando as razões que não compreendia. Um instinto animal tomou conta dele. Preparou o corpo forte de Seis para lutar. Mas não conseguia discernir o adversário, e isso o assustou. Pela primeira vez que podia se lembrar, ele sentiu pânico.

Muito tempo havia passado?, ele se perguntou. Não tinha como saber. Ele não tinha nenhuma noção. Dia. Quibbles zuniam e baliam no céu do outro lado do vidro sujo da janela. Ele olhou para o relógio, que indicava dez e trinta. E daí? Até onde ele sabia, mil anos podiam ter se passado. Seu relógio não poderia ajudá-lo.

Mas o telefone poderia. Ele saiu para o corredor empoeirado, encontrou a escada, desceu degrau por degrau, segurando-se ao corrimão até finalmente ir parar no saguão vazio e deprimente com suas poltronas esfarrapadas.

Por sorte, ele tinha dinheiro trocado. Colocou uma moeda de ouro de um dólar na fenda e discou o número de Al Bliss.

– Agência de Talentos Bliss – Al Bliss atendeu de imediato.

– Ouça – disse Jason. – Não sei onde estou. Pelo amor de Cristo, venha me buscar, me tire daqui, me leve para algum outro lugar. Entendeu, Al? Entendeu?

Silêncio do outro lado. Em seguida, num tom distante e indiferente, Al Bliss perguntou:

– Com quem estou falando?

Jason respondeu com um rosnado.

– Não o conheço, sr. Jason Taverner – disse Al Bliss, novamente em tom mais neutro e desinteressado. – Tem certeza de que ligou para o número certo? Com quem queria falar?

– Com você, Al. Al Bliss, meu empresário. O que aconteceu no hospital? Como saí de lá e vim parar aqui? Não sabe? – O pânico diminuía à medida que ele forçava o autocontrole. Deu um tom de sensatez às palavras. – Pode localizar Heather para mim?

– A srta. Hart? – disse Al, dando uma risadinha, sem responder.

– Você – Jason vociferou – não é mais meu empresário. E ponto final. Não importa qual seja a situação. Você está fora.

Em seu ouvido, Al Bliss deu outra risadinha, e depois, com um clique, o telefone ficou mudo. Al Bliss havia desligado.

Eu mato o filho da puta, disse Jason a si mesmo. Vou rasgar o gordinho careca desgraçado em pedaços de dois centímetros quadrados.

O que ele estava tentando fazer comigo? Não entendo. O quê, de uma hora para outra, tem contra mim? Que diabos fiz para ele, pelo amor de Deus? É meu amigo e empresário há dezenove anos. E nada parecido jamais aconteceu antes.

Vou tentar Bill Wolfer, decidiu. Está sempre no escritório ou disponível. Conseguirei localizá-lo e descobrir o que está acontecendo. Ele colocou um segundo dólar de ouro na fenda e, de memória, discou mais uma vez.

– Wolfer e Blaine, Advogados – uma voz de recepcionista soou em seu ouvido.

– Quero falar com Bill – disse Jason. – É Jason Taverner. Você sabe quem eu sou.

A recepcionista disse:

– O sr. Wolfer está no fórum hoje. Gostaria de falar com o sr. Blaine ou devo pedir ao sr. Wolfer para retornar a sua ligação quando voltar ao escritório à tarde?

– Você sabe quem eu sou? – disse Jason. – Sabe quem é Jason Taverner? Você assiste TV? – Sua voz quase lhe escapou nesse momento, ele a ouviu falhar e desafinar. Com grande esforço, retomou o controle sobre ela, mas não conseguia fazer as mãos pararem de tremer. Seu corpo todo, na verdade, tremia.

– Sinto muito, sr. Taverner – disse a recepcionista. – Realmente não posso falar pelo sr. Wolfer ou...

– Você assiste TV? – ele perguntou.

– Sim.

– E nunca ouviu falar de mim? O *Programa Jason Taverner*, às terças, nove da noite?

– Sinto muito, sr. Taverner. O senhor deve mesmo falar diretamente com o sr. Wolfer. Passe-me o número do telefone do qual está falando, e pedirei para ele ligar para o senhor ainda hoje.

Ele desligou.

Enlouqueci, pensou. Ou ela é louca. Ela e Al Bliss, aquele filho da puta. Deus. Ele se afastou do telefone, trêmulo, sentou-se em uma das poltronas desbotadas. Sentar-se causava uma sensação boa. Ele fechou os olhos e respirou devagar e fundo. E refletiu.

Tenho cinco mil dólares em notas altas do governo, disse a si mesmo. Portanto, não estou completamente indefeso. E aquela coisa saiu do meu peito, inclusive seus tubos de alimentação. Devem ter conseguido alcançá-los na cirurgia do hospital. Então, pelo menos estou vivo. Posso me alegrar com isso. Muito tempo se passou?, perguntou a si mesmo. Onde tem um jornal?

Ele encontrou um *LA Times* num sofá próximo, leu a data. Doze de outubro de 1988. O tempo não passara. Era o dia seguinte ao seu programa e o dia em que Marilyn o mandara, agonizando, para o hospital.

Uma ideia ocorreu-lhe. Ele passou pelas seções do jornal até encontrar a coluna de entretenimento. Atualmente, ele estava se apresentando todas as noites no Salão Persa do Hollywood Hilton – estivera por três semanas, na verdade, a não ser, é claro, às terças, por causa do programa de TV.

O anúncio do show dele, que o Hilton vinha veiculando durante as três últimas semanas, não parecia estar em lugar algum na página. Pensou, desnorteado, que talvez o tivessem mudado para outra página. Ele passou a examinar a seção minuciosamente. Um anúncio após outro de artistas, mas nenhuma menção a ele. E seu rosto estivera na página de entretenimento de um ou outro jornal nos últimos dez anos. Sem interrupção.

Farei mais uma tentativa, ele decidiu. Tentarei Mory Man.

Pegou a carteira e procurou o pedaço de papel em que escrevera o número de Mory.

Sua carteira estava muito fina.

Todos os seus cartões de identificação haviam desaparecido. Cartões que lhe possibilitavam estar vivo. Cartões que permitiam sua passagem pelas barricadas da pol e da nac sem levar um tiro ou ser jogado em um campo de trabalhos forçados.

Não é possível viver por duas horas sem minha identidade, ele disse a si mesmo. Não ouso sequer sair do saguão desta espelunca para a calçada pública. Vão pensar que sou um estudante ou professor fugido de um dos campi. Passarei o resto da vida como escravo, fazendo trabalho braçal pesado. Sou o que chamam de *despessoa*.

Portanto, minha primeira tarefa, pensou, é permanecer vivo. Que se dane Jason Taverner enquanto figura pública. Posso me preocupar com isso depois.

Ele já pode sentir, dentro do cérebro, os poderosos componentes de determinação Seis entrarem em foco. Eu sou como os outros homens, disse a si mesmo. Vou sair desta, não importa o que seja. De algum modo.

Por exemplo, concluiu, com todo esse dinheiro posso chegar a Watts e comprar cartões de identidade falsos. Encher a carteira deles. Deve haver centenas de pequenos operadores trabalhando nisso, pelo que ouvi. Mas nunca achei que usaria um deles. Não Jason Taverner. Não um apresentador com uma audiência de trinta milhões de espectadores.

E entre esses milhões, perguntou-se, não existe um que se lembre de mim? Se "lembrar" for a palavra certa. Estou falando como se muito tempo tivesse transcorrido, como se eu fosse um velho agora, um fracassado, alimentando-se de glórias passadas. E não é isso que está acontecendo.

Voltou ao telefone e procurou o número do centro de controle de registros de nascimento de Iowa. Com algumas moedas de ouro, ele conseguiu entrar em contato com o órgão, depois de muita demora.

– Meu nome é Jason Taverner – ele disse ao atendente. – Nasci em Chicago, no Hospital Memorial, no dia 16 de dezembro de 1946. Poderia confirmar, por favor, e emitir uma cópia da minha certidão de nascimento? Preciso dela para uma seleção de emprego.

– Sim, senhor. – O atendente pôs a ligação em espera. Jason esperou.

O atendente retornou com um clique.

– Sr. Jason Taverner, nascido em Cook County em 16 de dezembro de 1946.

– Sim – disse Jason.

– Não temos nenhum formulário de nascimento para tal pessoa nesse dia e local. Tem total certeza desses fatos, senhor?

– Quer dizer, se sei meu nome e o local e a data do meu nascimento? – sua voz acabou escapando do controle de novo, mas desta vez ele não a impediu. O pânico tomou conta dele. – Obrigado – disse e desligou, agora tremendo de forma violenta. Tremendo no corpo e na mente.

Eu não existo, ele disse a si mesmo. Não existe nenhum Jason Taverner. Nunca existiu e nunca existirá. Que se dane minha carreira, só quero viver. Se alguém ou algo estiver querendo liquidar minha carreira, ok, que o faça. Mas não terei permissão para ao menos existir? Sequer nasci?

Algo se agitou em seu peito. Com terror, ele pensou: eles não retiraram os tubos de alimentação por inteiro, alguns deles ainda estão crescendo e se alimentando dentro de mim. Vagabunda maldita, aquela garota sem talento. Espero que acabe se vendendo nas ruas por dois bits a noite.

Depois do que fiz por ela: conseguir aqueles dois testes com o pessoal da divisão de artistas e repertório. Mas que se dane... consegui transar muito com ela. Acho que estamos quites.

* * *

Ao voltar para o quarto do hotel, ele se olhou bem no espelho, manchado de excremento de moscas, da penteadeira. Sua aparência não havia mudado, exceto pelo fato de que precisava se barbear. Não estava mais velho. Sem rugas, sem cabelos grisalhos visíveis. Os ombros e bíceps fortes. A cintura magra que lhe permitia usar as modernas roupas masculinas ajustadas ao corpo. E isso é importante para a sua imagem, disse a si mesmo. O tipo de terno que pode vestir, especialmente aqueles com a camisa para dentro da calça. Devo ter cinquenta desses, pensou. Ou tinha. Onde estão agora?, perguntou-se. O pássaro se foi, e em que prado ele canta agora? Ou algo parecido. Algo do passado, vindo de seus tempos de escola. Esquecido até este momento. Estranho, pensou, o que surge na mente quando se está em uma situação desconhecida e nefasta. Às vezes, as coisas mais banais que se pode imaginar.

Se desejos fossem cavalos, mendigos poderiam voar. Coisas do tipo. São capazes de enlouquecer alguém.

Ele tentou imaginar quantos postos de averiguação da pol e da nac haviam entre este hotel deprimente e o falsificador de identidades mais próximo em Watts. Dez? Treze? Dois? Para mim, pensou, basta um. Uma averiguação aleatória por um veículo móvel e uma equipe de três. Com o maldito equipamento de rádio que os conectava à central de dados pol-nac em Kansas City. Onde ficam os dossiês.

Ele arregaçou a manga e examinou o antebraço. Sim, lá estava: seu número de identidade tatuado. Sua placa somática de identificação, a ser carregada pela vida toda e enterrada com ele, por fim, em seu ansiado túmulo.

Bem, os pols e os nacs do posto de averiguação móvel passariam o número de identidade para Kansas City e então... E então, o quê? O dossiê dele ainda estaria lá ou também desaparecera, assim como sua certidão de nascimento? E se não estivesse lá, o que os burocratas da pol-nac concluiriam?

Um erro administrativo. Alguém arquivou no local errado o pacote de dados de microfilme que fazia parte do dossiê. Vai aparecer. Algum dia, quando não tiver mais importância, depois que eu tiver passado dez anos de minha vida em uma pedreira em Luna usando uma picareta. Se o dossiê não estiver lá, ele refletiu, presumirão que sou um estudante foragido, porque apenas os estudantes não têm dossiê na pol-nac; e até alguns deles, os importantes, os líderes... esses estão lá também. Estou no fundo do poço, ele percebeu. E não posso sequer subir à condição de mera existência física. Eu, um homem que ontem tinha uma audiência de trinta milhões. Algum dia, de algum modo, encontrarei meu caminho de volta a eles. Mas não agora. Existem outras prioridades. O elemento básico da existência com que todo homem nasce: nem isso eu tenho. Mas vou conseguir. Um Seis não é um homem comum. Nenhum homem comum teria sobrevivido ao que aconteceu comigo – especialmente à incerteza – como sobrevivi.

Um Seis, não importam as circunstâncias externas, sempre vence. Porque assim fomos definidos geneticamente.

Ele saiu do quarto mais uma vez, desceu as escadas e foi até a recepção. Um homem de meia-idade com um bigode fino lia um número da revista *Box*. Ele não ergueu os olhos, mas disse:

– Pois não, senhor.

Jason pegou seu maço de notas do governo e colocou uma nota de quinhentos dólares no balcão diante do funcionário. O homem olhou para ela de relance, depois voltou a olhar, desta vez de olhos arregalados. Então olhou para o rosto de Jason com uma expressão interrogativa.

– Meus cartões de identidade foram roubados – disse Jason. – Essa nota de quinhentos dólares será sua se me conseguir alguém para substituí-los. Se for fazê-lo, faça-o já. Não vou esperar.

– "Esperar para ser pego por um pol ou um nac", pensou. "Preso aqui neste hotel imundo e caindo aos pedaços."

– Ou preso na calçada em frente à entrada – disse o recepcionista. – Sou meio telepata. Sei que este hotel não é muita coisa, mas não temos insetos. Já tivemos bichos-de-pé marcianos, mas não mais. – Ele pegou a nota de quinhentos dólares. – Conseguirei alguém que irá ajudá-lo. – Examinando o rosto de Jason com atenção, fez uma pausa, e disse: – Você pensa que é mundialmente famoso. É, aparece todo tipo de gente aqui.

– Vamos – ordenou Jason, com aspereza. – Já.

– Agora mesmo – disse o funcionário, pegando seu casaco brilhante de plástico.

3

Enquanto dirigia seu quibble antigo lenta e ruidosamente pela rua, o funcionário disse em tom casual a Jason, sentado ao seu lado:

– Estou captando muito material estranho na sua mente.

– Saia da minha mente – Jason ordenou de modo brusco, com aversão. Nunca gostara dos telepatas intrometidos, movidos pela curiosidade, e este não era uma exceção. – Saia da minha mente e me leve à pessoa que vai me ajudar. E não passe por nenhuma barreira pol-nac. Se espera sair vivo desta.

O funcionário disse em tom suave:

– Não precisa me dizer isso. Sei o que aconteceria a você se fôssemos parados. Já fiz isso antes, muitas vezes. Para estudantes. Mas você não é estudante. É um homem famoso e é rico. Mas, ao mesmo tempo, não é. Ao mesmo tempo, é um joão-ninguém. Sequer existe, legalmente falando. – Ele deu uma risada débil e aguda, com o olhar fixo no trânsito à sua frente. Dirigia como uma velha, notou Jason. As duas mãos presas ao volante.

Eles estavam agora na área mais degradada de Watt. Pequenas lojas escuras dos dois lados das ruas confusas, latas de lixo abarrotadas, o chão repleto de garrafas quebradas, letreiros desbotados com propaganda da Coca-Cola em letras grandes e o nome da loja em letras pequenas. Em um cruzamento, um homem negro e idoso atravessava com hesitação, como se estivesse cego pela idade. Ao vê-lo, Jason sentiu uma emoção estranha. Havia tão poucos negros vivos agora, devido ao infame projeto de lei de esterilização de Tidman, aprovado pelo Congresso nos tempos terríveis da Insurreição. O recepcionista reduziu com cuidado a velocidade do quibble ruidoso até parar, de modo a não perturbar o negro idoso, que usava um terno marrom descosturado e amarrotado. Ficou óbvio que ele sentia a mesma emoção.

– Percebe – o recepcionista disse a Jason – que se eu bater nele com meu carro isso significaria pena de morte para mim?

– Deveria – disse Jason.

– Eles são como o último bando de grous – comentou o recepcionista, avançando agora que o velho negro chegara ao outro lado. – Protegidos por mil leis. Não se pode zombar deles. Não pode entrar numa briga de socos com um deles sem o risco de ser condenado injustamente por crime grave, ou seja, dez anos na prisão. E, no entanto, estamos acabando com eles... É o que o tal de Tidman queria, e acho que a maioria dos Silenciadores também, mas – ele gesticulou, tirando uma das mãos do volante pela primeira vez – sinto falta das crianças. Lembro que quando tinha dez anos, eu tinha um garoto negro para brincar comigo... não muito longe daqui, aliás. Com certeza deve estar esterilizado agora.

– Mas isso quer dizer que ele teve um filho – observou Jason.

– A esposa dele teve de abrir mão do cupom de nascimento quando o primeiro e único filho deles nasceu... mas eles têm esse filho. A lei permite que o tenham. E há um milhão de estatutos cuidando de sua segurança.

– Dois adultos, uma criança – disse o recepcionista. – Para que a população negra reduza à metade a cada geração. Engenhoso. Temos que tirar o chapéu para Tidman. É, ele resolveu o problema racial.

– Alguém tinha que fazer algo – concluiu Jason. Estava sob tensão, analisando a rua adiante, buscando sinais de uma barreira ou posto de averiguação da pol-nac. Não viu nenhum, mas por quanto tempo ainda teriam de continuar seguindo?

– Já estamos quase lá – o recepcionista disse, calmamente. Ele virou a cabeça por um instante para encarar Jason. – Não gosto de suas opiniões racistas. Mesmo que você esteja me pagando quinhentos dólares.

– Existem negros suficientes para me processar – disse Jason.

– E quando o último morrer?

Jason disse:

– Você lê a minha mente, não preciso responder.

– Jesus – disse o recepcionista, e voltou a atenção para o trânsito.

Fizeram uma curva acentuada, descendo um beco estreito em cujos lados era possível ver portas de madeira fechadas. Não havia placas. Apenas silêncio total. E pilhas de escombros antigos.

– O que há atrás das portas? – perguntou Jason.

– Gente como você. Gente que não pode sair ao ar livre. Mas são diferentes de você sob um aspecto: não têm quinhentos dólares... ou muito mais que isso, se entendi direito.

– Vai me custar muito – Jason disse com desgosto – conseguir meus cartões de identidade. Provavelmente tudo o que tenho.

– Ela não vai cobrar caro – disse o recepcionista, parando o quibble parcialmente sobre a calçada do beco. Jason espiou do lado de fora, viu um restaurante abandonado, fechado por tábuas, com janelas quebradas. Totalmente escuro por dentro. Sentiu repulsa, mas aquele parecia ser o lugar. Ele teria que enfrentar a situação, considerando sua necessidade. Não poderia ser muito exigente.

E... eles tinham evitado todas as barricadas e postos de averiguação no caminho. O recepcionista escolhera uma boa rota. Portanto, ele não tinha muito do que reclamar, no cômputo geral.

Juntos, ele e o recepcionista aproximaram-se da porta quebrada do restaurante, que pendia aberta. Nenhum dos dois falou, estavam concentrados em desviar dos pregos enferrujados e salientes que seguravam as placas de madeira compensada, que supostamente protegiam as janelas.

– Segure a minha mão – disse o recepcionista, estendendo-a na penumbra sombria que os cercava. – Conheço o caminho, e está escuro. A eletricidade foi cortada neste quarteirão há três anos. Para forçar as pessoas a evacuarem os prédios antes de queimá-los. Mas a maioria permaneceu.

A mão úmida e fria do recepcionista guiou-o pelo que pareciam ser mesas e cadeiras, empilhadas em confusões de pernas e superfícies, entrelaçadas em teias de aranha e desenhos granulosos de poeira. Eles finalmente trombaram contra uma parede preta e fixa. O recepcionista parou ali, retirou a mão e mexeu em algo no escuro.

– Não consigo abri-la – ele disse, ainda mexendo. – Só pode ser aberta do outro lado, do lado *dela*. O que estou fazendo é para sinalizar que estamos aqui.

Uma parte da parede deslizou para o lado com um rangido. Jason, espiando, não viu nada além de mais escuridão. E abandono.

– Passe para o outro lado – o recepcionista disse e dirigiu-o para a frente. A parede, após uma pausa, fechou atrás deles.

Luzes piscaram. Com a visão ofuscada por um momento, Jason protegeu os olhos e depois examinou a oficina dela.

Era pequena. Mas ele viu uma grande quantidade do que pareciam ser máquinas complexas e altamente especializadas. Do outro lado, uma bancada. Ferramentas às centenas, todas fixadas de modo organizado nas paredes da sala. Abaixo da bancada, grandes caixas de papelão, provavelmente com papéis variados. E uma pequena impressora movida por gerador.

E a garota. Estava sentada em um banco alto, posicionando um linotipo manualmente. Ele conseguiu ver cabelos claros, muito longos, mas ralos, escorrendo pela nuca até a camisa de algodão do uniforme. Ela usava calça jeans, e os pés, muito pequenos, estavam descalços. Para ele, ela parecia ter por volta de 15 ou 16 anos. Sem seios que pudessem ser notados, mas boas pernas alongadas. Ele gostou disso. Ela não usava absolutamente nenhuma maquiagem, conferindo à pele um suave matiz pastel.

– Oi – ela disse.

O recepcionista disse:

– Vou indo. Tentarei não gastar os quinhentos dólares no mesmo lugar. – Ao toque de um botão, fez com que a porta deslizasse. Com isso, as luzes da oficina apagaram-se, deixando-os mais uma vez no breu total.

Sem sair do banco, a garota disse:

– Sou Kathy.

– Sou Jason – respondeu. A porta havia se fechado, e as luzes voltaram a acender. Ela é muito bonita mesmo, ele pensou. A não ser pelo ar passivo, quase apático. Como se não estivesse nem aí para nada, pensou. Era tímida, essa era a explicação.

– Você deu a ele quinhentos dólares para trazê-lo aqui? – Kathy disse com espanto. Ela examinou-o com olhar crítico, como se pretendesse fazer algum julgamento de valor com base em sua aparência.

– Meu terno não costuma ser amarrotado assim – disse Jason.

– É um belo terno. Seda?

– Sim. – Ele acenou com a cabeça.

– É estudante? – perguntou Kathy, ainda analisando-o. – Não, não é. Não tem aquele tom de pele descorado que eles têm por viverem abaixo da superfície. O que deixa apenas uma possibilidade.

– De que eu seja um criminoso – disse Jason. – Tentando mudar de identidade antes que os pols e os nacs me peguem.

– E é? – ela disse, sem sinal algum de inquietação. Era uma pergunta simples e direta.

– Não.

Ele não entrou em detalhes, não por enquanto. Talvez depois.

– Você acha que muitos daqueles nacs são robôs e não gente de verdade? Estão sempre com aquelas máscaras de gás, então não dá muito para saber.

– Para mim, basta apenas não gostar deles – disse Jason. – Sem precisar de análises.

– De que identidade precisa? Carteira de motorista? Cartão de identidade nos arquivos policiais? Prova de emprego legalizado?

– Tudo – ele disse. – Inclusive registro no Sindicato dos Músicos.

– Ah, você é músico. – Ela olhou-o com mais interesse.

– Sou cantor – ele disse. – Apresento um programa de variedades de uma hora às terças, às nove. Talvez já tenha visto. *O Programa Jason Taverner*.

– Não tenho mais TV – disse a garota. – Por isso não o reconheceria. É divertido de apresentar?

– Às vezes. Dá para conhecer muita gente do showbiz, o que é legal, se você gosta. Vejo que a maioria é pessoa como outra qualquer. Tem seus medos. Não são perfeitos. Alguns são muito engraçados, tanto na frente quanto por trás das câmeras.

– Meu marido sempre me dizia que não tenho nenhum senso de humor – disse a garota. – Ele achava tudo engraçado. Até achou graça quando foi recrutado pelos nacs.

– Ele ainda estava rindo quando saiu?

– Não saiu. Foi morto num ataque surpresa dos estudantes. Mas não foi culpa deles. Quem atirou nele foi um nac.

– Quanto vai me custar o conjunto completo de identidades? É melhor me dizer agora, antes de começar a fazê-lo.

– Cobro das pessoas o quanto podem pagar – disse Kathy, posicionando o linotipo mais uma vez. – Vou cobrar muito de você porque sei que é rico, por ter dado quinhentos dólares a Eddy para trazê-lo aqui e pelo seu terno. Ok? – ela olhou de relance para ele. – Ou estou enganada? Diga.

– Tenho cinco mil dólares aqui – disse Jason. – Ou melhor, menos quinhentos. Sou um apresentador conhecido mundialmente. Trabalho um mês por ano no Sands, além de fazer meus programas de TV. Na verdade, apresento-me em diversos clubes de luxo, quando consigo encaixá-los em minha agenda cheia.

– Nossa – disse Kathy. – Queria ter ouvido falar em você, aí poderia ficar impressionada.

Ele riu.

– Eu disse alguma besteira? – Kathy perguntou com timidez.

– Não – disse Jason. – Kathy, quantos anos você tem?

– Dezenove. Meu aniversário é em dezembro, então tenho quase 20. Quantos anos pensou que eu tivesse, só de olhar para mim?

– Uns 16.

Ela fez um beicinho de criança.

– É o que todo mundo diz – ela disse num tom de voz grave. – É porque não tenho peitos. Se eu tivesse, pareceria ter 21. Quantos anos você tem? – Ela parou de mexer com o linotipo e encarou-o fixamente. – Eu diria que uns 50.

Ele sentiu um acesso de fúria. E sofrimento.

– Você parece ter ficado magoado – disse Kathy.

– Tenho 42 – Jason disse, tenso.

– Bom, qual a diferença? Quer dizer, nos dois casos...

– Vamos ao que interessa – interrompeu Jason. – Me dê uma caneta e um papel para eu escrever o que quero e o que quero que esteja escrito sobre mim em cada cartão. Quero que fique tudo exatamente certo. É melhor que seja boa nisso.

– Eu te deixei zangado – disse Kathy. – Por dizer que parecia ter 50. Acho que, olhando com mais atenção, não parece. Parece ter uns 30. – Ela entregou a Jason caneta e papel, com um sorriso tímido. E arrependido.

Ele disse:

– Esqueça isso. – E deu um tapinha em suas costas.

– Prefiro que as pessoas não me toquem – Kathy disse, e recuou.

Como um cervo na floresta, ele pensou. Estranho, ela tem medo de ser tocada mesmo de leve e, no entanto, não tem medo de falsificar documentos, um crime que poderia deixá-la vinte anos na prisão. Talvez ninguém a tenha avisado de que é contra a lei. Talvez ela não saiba.

Algo brilhante e colorido na parede em frente chamou a atenção dele. Ele se aproximou para examinar. Um manuscrito medieval iluminado, ele percebeu. Ou melhor, uma página dele. Jason havia lido a respeito, mas até então nunca vira um.

– Isso é valioso? – ele perguntou.

– Se fosse autêntico poderia valer cem dólares – disse Kathy.

– Mas não é. Eu o fiz anos atrás, quando estava no primeiro ano do colegial, na Aviação Norte-Americana. Copiei o original dez vezes até acertar. Adoro boa caligrafia. Quando era criança, já adorava. Talvez porque meu pai fazia capas de livros. Sabe, as sobrecapas?

– Enganaria em um museu?

Por um instante, Kathy encarou-o fixamente. Depois fez que sim com a cabeça.

– Não descobririam pelo papel?

– É um pergaminho e é do período. É o mesmo modo pelo qual se falsifica selos antigos. Você pega um selo antigo sem valor, elimina a impressão, aí... – ela fez uma pausa. – Está ansioso para que eu comece a fazer suas identidades – ela disse.

– Sim – disse Jason. Ele entregou o papel em que escrevera as informações. A maior parte exigia dispositivos de rastreamento pós-toque de recolher padronizados pela pol-nac, com impressões digitais, fotos e assinaturas holográficas, e tudo com curta validade. Ele teria que pedir uma nova falsificação de todo o pacote três meses depois.

– Dois mil dólares – disse Kathy, ao analisar a lista.

Ele teve vontade de dizer: "por esse valor, posso ir para a cama com você também?". Mas, em voz alta, disse:

– Quanto tempo vai levar? Horas? Dias? E se forem dias, onde vou...

– Horas – disse Kathy.

Ele sentiu uma enorme onda de alívio.

– Sente-se e me faça companhia – disse Kathy, apontando para um banco de três pernas colocado em um canto. – Pode me contar sobre sua carreira de sucesso como personalidade da TV. Deve ser fascinante, tendo que passar por cima de tanta gente para chegar ao topo. Se é que chegou mesmo.

– Cheguei – ele disse brevemente. – Mas não se passa por cima de ninguém. Isso é mito. Você consegue as coisas por talento e só talento, não pelo que faz ou diz a outras pessoas acima ou abaixo de você. E trata-se de trabalho: ninguém entra tranquilamente, sapateia um pouquinho e assina um contrato com a NBC ou a CBS. São homens de negócio experientes e rigorosos. Especialmente o pessoal de Artistas e Repertório. Eles decidem quem contratar. Estou falando de discos. É o começo para se chegar ao nível nacional. É claro que é possível fazer apresentações em casas de show em todo lugar até...

– Aqui está sua licença de quibble – disse Kathy, passando-lhe com cuidado um pequeno cartão preto. – Agora vou começar sua certidão de serviço militar. Essa é um pouco mais difícil por causa das fotos de frente e perfil, mas resolvo isso ali. – Ela apontou para uma tela branca, diante da qual havia uma câmera sobre tripé e um flash externo.

– Você tem o equipamento completo – disse Jason, colocando-se em posição fixa em frente à tela branca. Tantas fotos dele haviam sido tiradas, que ele sempre sabia exatamente onde ficar e que expressão revelar.

Mas parecia ter feito algo errado desta vez. Kathy estudava-o com uma expressão severa no rosto.

– Está muito animado – ela disse, em parte para si mesma. – Está radiante de um jeito meio falso.

– Fotos de divulgação – disse Jason. – Em papel fotográfico 20 por 25...

– Estas não são. Estas servem para que você não fique em um campo de trabalhos forçados pelo resto da vida. Não sorria.

Ele não sorriu.

– Bom – disse Kathy. Ela puxou as fotos da câmera, levou-as com cuidado até a bancada, balançando-as para secar. – Malditos 3D animados que eles querem nos documentos de serviço militar. Essa câmera me custou mil dólares e só preciso dela para isto e nada mais... Mas tenho que tê-la. – Ela encarou-o. – Você vai pagar por isso.

– Sim – ele disse de modo rígido. Sentia que já estava a par disso. Kathy enrolou por alguns instantes, e então virou-se de súbito para ele e disse:

– Quem você é *de verdade*? Está acostumado a posar para fotos, eu percebi. Vi quando congelou com aquele sorriso feliz e aquele olhar radiante.

– Eu já disse. Sou Jason Taverner. O apresentador que recebe personalidades da TV. Estou no ar toda terça à noite.

– Não – disse Kathy. Ela balançou a cabeça. – Mas não é da minha conta, desculpe, eu não deveria ter perguntado. – Mas ela continuou encarando-o, como se estivesse irritada. – Está fazendo tudo errado. Realmente é uma celebridade. Foi por reflexo, o modo como posou para a foto. Mas não é uma celebridade. Não existe ninguém chamado Jason Taverner que importe, que seja alguma coisa. O que você é, então? Um homem que tira fotos o tempo todo e que ninguém jamais viu ou ouviu falar.

Jason disse:

– Estou agindo como qualquer celebridade de quem ninguém jamais ouviu falar agiria.

Por um momento, ela ficou olhando para ele, depois riu.

– Entendi. Bom, isso é legal, legal mesmo. Vou ter que me lembrar disso. – Ela virou-se de costas para os documentos que falsificava. – Neste trabalho – disse, concentrada no que estava fazendo – não quero conhecer as pessoas para quem faço os cartões. Mas – ela ergueu a cabeça – eu meio que gosto de conhecer você. Você é estranho. Vi muitos tipos, centenas talvez, mas nenhum como você. Sabe o que eu acho?

– Acha que sou louco – disse Jason.

– Sim. Em termos clínicos, legais, o que for. Você é psicótico, tem dupla personalidade. O sr. Ninguém e o sr. Todo Mundo. Como sobreviveu até agora?

Ele não disse nada. Não havia explicação.

– Ok – disse Kathy. Um a um, com técnica e eficiência, ela produziu os documentos necessários.

Eddy, o recepcionista do hotel, espreitava ao fundo, fumando um charuto cubano falso. Ele não tinha nada a dizer ou fazer, mas por algum motivo obscuro, permanecia por perto. Queria que ele caísse fora, pensou Jason. Eu gostaria de conversar mais com ela...

– Venha comigo – disse Kathy de repente. Ela desceu do banco de trabalho e acenou para ele na direção de uma porta de madeira à direita da bancada. – Quero sua assinatura cinco vezes, cada uma um pouco diferente da outra, para que não possam ser superpostas. É aí que muitos documentadores... – ela sorriu ao abrir a porta – é assim que nos chamamos... é aí que muitos de nós fodem tudo. Eles pegam uma assinatura e a transferem para todos os documentos. Percebe?

– Sim – ele disse, entrando atrás dela na salinha bolorenta que parecia um armário.

Kathy fechou a porta, parou por um instante e disse:

– Eddy é informante da polícia.

Encarando-a fixamente, ele disse:

– Por quê?

– "Por quê?" Por que o quê? Por que ele é informante da polícia? Por dinheiro. Pelo mesmo motivo que eu sou.

Jason disse:

– Desgraçada. – Pegou-a pelo pulso direito e puxou-a para perto. Ela fez uma careta quando ele apertou os dedos. – E ele já...

– Eddy não fez nada ainda – ela disse entre dentes, tentando soltar o pulso. – Isso dói. Olha, se acalma e eu te mostro. Ok?

Relutante, o coração disparado de medo, ele a soltou. Kathy acendeu uma luz pequena e forte, colocou três documentos falsos no círculo do feixe.

– Um ponto roxo na margem de cada um – ela disse, indicando o círculo de cor quase invisível. – Um microtransmissor, para que você emita um bipe a cada cinco segundos enquanto anda por aí. Estão atrás de conspirações, querem as pessoas com quem você está.

Jason disse em tom áspero:

– Não estou com ninguém.

– Mas eles não sabem disso. – Ela massageou o pulso, franzindo as sobrancelhas de um jeito de menina emburrada. – Vocês, celebridades da TV que ninguém conhece, têm reações muito rápidas – murmurou.

– Por que me contou? – perguntou Jason. – Depois de ter feito todas as falsificações, todos os...

– Quero que você escape – ela disse simplesmente.

– Por quê? – Ele ainda não entendia.

– Porque, caramba, você tem uma espécie de magnetismo. Notei assim que entrou na sala. Você é – ela fez um esforço para encontrar a palavra – sexy. Mesmo com a idade que tem.

– Minha presença – ele disse.

– Sim – Kathy acenou com a cabeça. – Já vi isso em figuras públicas, a distância, mas nunca de perto assim. Dá para entender por que pensa ser uma personalidade da TV. Você realmente parece ser.

– Como faço para escapar? Vai me dizer isso? Ou vai custar um pouco mais?

– Deus, você é tão cínico.

Ele riu e pegou-a pelo pulso mais uma vez.

– Acho que não o culpo – disse Kathy, balançando a cabeça com uma expressão impassível. – Bom, em primeiro lugar, você pode subornar Eddy. Mais quinhentos dólares devem resolver. A mim, você não precisa subornar... se, e apenas se, e estou falando sério, se ficar um pouco comigo. Você tem o poder da... sedução, como um bom perfume. Eu reajo com você, e isso nunca acontece com homens.

– Com mulheres, então? – ele disse, mordaz.

Ela não registrou o comentário.

– Aceita? – ela perguntou.

– Dane-se – ele disse –, vou embora. – Estendeu o braço e abriu a porta atrás dela, passou empurrando-a e entrou na oficina. Ela o seguiu rapidamente.

Entre as sombras da penumbra vazia do restaurante abandonado, ela o alcançou, confrontando-o no escuro. Ofegante, ela disse:

– Você já está com um transmissor implantado.

– Duvido – ele respondeu.

– É verdade. Eddy colocou em você.

– Mentira – ele disse e afastou-se dela, na direção da luz que passava pela porta retorcida e quebrada do restaurante.

Perseguindo-o feito um herbívoro de pés ágeis, Kathy disse, arfando:

– Mas suponha que seja verdade. Poderia ser. – Na passagem meio aberta, ela se colocou entre ele e a liberdade. Parada ali, as mãos erguidas como que para evitar um golpe físico, ela disse rapidamente: – Fique comigo uma noite. Vá para a cama comigo. Ok? É o suficiente. Prometo. Pode fazer isso, apenas por uma noite?

Algo de minhas habilidades, de minhas supostas e bem conhecidas propriedades, veio comigo para este lugar estranho que agora habito, ele pensou. Este lugar em que não existo a não ser em cartões falsos fabricados por uma informante da polícia. Assustador, ele pensou e estremeceu. Cartões com microtransmissores embutidos, para me entregar, e a todos que estiverem comigo, aos pols. Não me dei muito bem aqui. A não ser pelo fato de que, como ela disse, tenho o poder da sedução. Jesus, pensou, e é só isso que está entre mim e o campo de trabalhos forçados.

– Ok – ele disse em seguida. Parecia, de longe, a escolha mais sensata.

– Vá pagar Eddy – ela disse. – Para resolver isso e ele ir embora.

– Eu me pergunto por que ele ainda está por aqui – disse Jason. – Farejou mais dinheiro?

– Acho que sim – disse Kathy.

– Vocês fazem isso sempre – disse Jason, pegando o dinheiro.
POP: procedimento operacional padrão. E ele havia caído.

Kathy disse em tom casual:

– Eddy é psiônico.

4

A duas quadras urbanas dali, no andar de cima de um prédio sem pintura, mas que um dia fora branco, Kathy tinha um quarto pequeno com um comparti-quente para a preparação de refeições individuais.

Ele olhou à sua volta. Um quarto de menina: a cama portátil tinha uma colcha feita à mão, fileiras e fileiras de minúsculas bolas verdes de fibras têxteis. Parece um cemitério de soldados, ele pensou com morbidez ao andar pelo quarto, sentindo-se comprimido por sua pequenez.

Sobre uma mesa de vime, um volume de *Em Busca do Tempo Perdido*, de Proust.

– Até onde já leu? – ele perguntou.

– Até *Dentro de um Bosque em Floração*. – Kathy virou a tranca da porta duas vezes e acionou algum dispositivo eletrônico, que ele não reconheceu.

– Ainda não avançou muito – disse Jason.

Tirando seu casaco de plástico, Kathy perguntou:

– Você já leu até que parte? – pendurou o casaco em um guarda-roupa minúsculo e pegou o paletó dele também.

– Não li nada – disse Jason. – Mas, no meu programa, fizemos a interpretação dramática de uma cena... não sei qual. Recebemos muito retorno positivo, mas nunca mais tentamos de novo. Essas coisas diferentes, tem que tomar cuidado e não fazer demais.

Senão você estraga tudo, para todos os canais, pelo resto do ano. – Ele rondou pelo quarto, contraído, examinando um livro aqui, uma fita cassete e um micromag acolá. Ela tinha até um brinquedo falante. Como uma criança, ele pensou. Ela não é adulta mesmo.

Com curiosidade, ele ligou o brinquedo falante.

– Oi! – o brinquedo anunciou. – Sou Cheerful Charley e estou definitivamente sintonizado nas suas ondas.

– Ninguém chamado Cheerful Charley está sintonizado nas minhas ondas – disse Jason. Ele foi desligá-lo, mas o brinquedo reclamou. – Sinto muito – Jason disse a ele –, mas vou desligar você, bichinho chato.

– Mas eu te amo! – Cheerful Charley protestou com seu som metálico.

Jason parou com o polegar no botão de desligar.

– Prove – ele disse. No programa, fizera comerciais de porcarias do tipo. Odiava fazê-lo e as odiava. Igualmente. – Me dê dinheiro.

– Sei como você pode reaver seu nome, sua fama e seu trabalho – informou Cheerful Charley. – Está bom para começar?

– Claro.

Cheerful Charley gritou esganiçado:

– Vá procurar sua namorada.

– Está falando de quem? – Jason disse com reserva.

– Heather Hart – Cheerful Charley respondeu com sua voz eletrônica.

– Chegou perto – disse Jason, passando a língua nos incisivos superiores. Acenou com a cabeça. – Mais algum conselho?

– Ouvi falar em Heather Hart – disse Kathy, tirando uma garrafa de suco de laranja do armário-frio na parede do quarto. Só havia um quarto do conteúdo. Ela agitou-a e colocou suco de laranja sintético, instantâneo e espumante em dois copos de geleia. – Ela é bonita. Tem aquele cabelão longo e vermelho. É sua namorada mesmo? Charley acertou?

– Todo mundo sabe – ele disse – que Cheerful Charley nunca erra.

– Sim, acho que é verdade. – Kathy colocou gim de má qualidade (O Mais Puro do Selo Exclusivo de Mountbatten) no suco de laranja. – Screwdriver – ela disse com orgulho.

– Não, obrigado – ele disse. – Não a esta hora do dia. – Nem uísque B & L engarrafado na Escócia, pensou. Essa droga de quarto apertado... Ela não está ganhando nada como informante da pol ou falsificadora de cartões, ou o que quer que seja? É de fato informante da polícia, como diz?, ele se perguntou. Estranho. Talvez seja os dois. Talvez nenhum.

– Pergunte-me! – interveio Cheerful Charley. – Vejo que tem algo em mente, senhor. Seu bonitão desgraçado.

Ele deixou essa passar.

– Essa garota – ele começou, mas Kathy tirou Cheerful Charley das mãos dele no mesmo instante e ficou segurando-o, narinas alargadas, o olhar cheio de indignação.

– O caramba que você vai perguntar ao meu Cheerful Charley sobre mim – ela disse, uma sobrancelha levantada. Como um passarinho selvagem realizando movimentos elaborados para proteger o ninho, ele pensou. E riu. – Qual é a graça? – perguntou Kathy.

– Esses brinquedos falantes – ele disse – são mais incômodos que úteis. Deveriam ser abolidos. – Ele se afastou dela e foi até um amontoado de correspondências sobre uma mesa de TV. Remexeu nos envelopes a esmo, notando vagamente que nenhuma das contas tinha sido aberta.

– Isso é meu – Kathy disse defensiva, observando-o.

– Você recebe muita conta – ele disse – para uma garota que mora num schmalch de um cômodo. Você compra roupas... ou o que mais? ...na Metter's? Interessante.

– Eu... visto um tamanho difícil de encontrar.

Ele disse:

– E sapatos da Sax & Crombie.

– No meu trabalho... – ela começou, mas ele a cortou com um gesto convulsivo.

– Não me venha com essa – ele esbravejou.

– Olhe no meu armário. Não vai ver muita coisa. Nada fora do comum, só que o que eu tenho é bom. Prefiro ter pouca quantidade de algo bom... – sua voz falhou – é isso... – ela disse em tom vago –, do que um monte de porcaria.

Jason declarou:

– Você tem outro apartamento.

Ficou patente. Os olhos pestanejaram enquanto ela procurava uma resposta. Isso, para ele, significava muito.

– Vamos para lá – ele disse. Já não aguentava mais o quartinho apertado.

– Não posso levar você lá – disse Kathy – porque eu o divido com duas garotas, e do jeito que dividimos o uso, hoje é a vez...

– É evidente que você não estava tentando me impressionar. – Ele achou interessante. Mas também se irritou. Sentiu-se rebaixado, de modo nebuloso.

– Eu o teria levado lá se hoje fosse meu dia – disse Kathy. – É por isso que tenho que manter este quartinho. Tenho que ter *algum lugar* pra ir quando não é meu dia. Meu próximo dia é sexta. A partir do meio-dia. – Seu tom de voz tornara-se sincero. Como se desejasse muito convencê-lo. É provável, ele refletiu, que seja verdade. Mas a situação toda o aborrecia. Ela e tudo na vida dela. Ele sentia agora como se tivesse sido capturado por algo que o arrastava para profundezas que nunca conhecera, mesmo nos tempos mais antigos e difíceis. E ele não gostava disso.

Desejou, de súbito, não estar mais ali. O animal encurralado era ele.

– Não me olhe desse jeito – disse Kathy, bebendo seu screwdriver.

Para si mesmo, mas em voz alta, ele disse:

– Você abriu a porta da vida ao bater nela com sua cabeça grande e densa. E agora não é possível fechá-la.

– De onde é isso? – perguntou Kathy.

– Da minha vida.

– Mas parece poesia.

– Se você assistisse ao meu programa, saberia que crio pérolas como essa de vez em quando.

Avaliando-o com calma, Kathy disse:

– Vou olhar a agenda da TV para ver se você está na lista. – Ela apoiou o screwdriver e pegou um jornal descartado da pilha na base da mesa de vime.

– Nem sequer nasci – ele disse. – Já verifiquei.

– E seu programa não está na lista – disse Kathy, dobrando a página para trás e examinando a agenda da semana.

– Isso mesmo – ele disse. – Então, agora você tem todas as respostas a meu respeito. – Ele tamborilou sobre o bolso do colete com os cartões de identidade falsificados. – Inclusive estas. Com os microtransmissores, se pelo menos isso for verdade.

– Devolva-os para mim – disse Kathy –, eu vou anular os microtransmissores. Só vou levar um segundo. – Ela estendeu a mão.

Ele os entregou.

– Não se importa se vou tirá-los? – perguntou Kathy.

Com franqueza, ele respondeu:

– Não, não me importo mesmo. Perdi a habilidade de saber o que é bom ou ruim, verdadeiro ou falso. Se quiser tirar os pontos, tire. Se isso é o que agrada você.

Um momento depois, ela voltou com os cartões, dando seu sorriso vago de garota de 16 anos.

Ao observar sua juventude, seu resplendor automático, ele disse:

– "Me sinto tão velho como aquele olmo além".

– De *Finnegans Wake* – Kathy disse com alegria. – Quando as velhas lavadeiras ao crepúsculo fundem-se com árvores e pedras.

– Você leu *Finnegans Wake*? – ele perguntou, surpreso.

– Vi o filme. Quatro vezes. Gosto de Hazeltine, acho que é o melhor diretor vivo.

– Eu o recebi no meu programa – disse Jason. – Quer saber como ele é na vida real?

– Não – respondeu Kathy.

– Talvez você deva saber.

– Não – ela repetiu, balançando a cabeça, a voz mais alta. – E não tente me dizer... Ok? Vou acreditar no que quero acreditar. Está bem?

– Claro – ele disse. Compreendeu. A verdade, ele costumava refletir, era superestimada enquanto virtude. Na maioria dos casos, uma mentira complacente fazia mais bem e era mais piedosa. Especialmente entre homens e mulheres. Na verdade, sempre que uma mulher estivesse envolvida.

Neste caso, é claro, não se tratava propriamente de uma mulher, mas de uma garota. E, portanto, ele decidiu que a mentira gentil era ainda mais necessária.

– Ele é intelectual e artista – ele disse.

– Sério? – ela o olhou esperançosa.

– Sim.

Com isso, ela deu um suspiro de alívio.

– Então você acredita – ele disse, aproveitando-se do momento – que conheci Michael Hazeltine, o melhor diretor de cinema vivo, como você mesma disse. Então acredita mesmo que sou um Seis... – ele parou de falar. Isso não era o que pretendia dizer.

– "Um Seis" – repetiu Kathy, franzindo a testa, como se tentasse lembrar algo. – Li sobre eles na *Time*. Não morreram todos? O governo não mandou perseguir e matá-los, depois que aquele, o líder deles... Como era o nome dele? ...Teagarden. Sim, era esse o nome. Willard Teagarden. Ele tentou... como é que se diz? ...dar o golpe nos nacs federais? Ele tentou dispersá-los por se tratar de um grupo paramentado ilegal...

– Paramilitar – disse Jason.

– Você não está nem aí para o que estou falando.

Com sinceridade, ele disse:

– Claro que estou. – Ele esperou. A garota não continuou. – Caramba – ele gritou. – Termine o que estava falando!

– Eu acho – Kathy disse finalmente – que os *Setes* fizeram com que o golpe não acontecesse.

Ele pensou. Setes. Nunca na vida ele ouvira falar em Setes. Nada poderia tê-lo chocado mais. Que bom, pensou, que deixei escapar aquilo. Fiquei sabendo de algo genuinamente novo agora. Enfim. Neste labirinto de confusão e meio real.

Uma pequena parte da parede rangeu, abrindo-se um pouco, e um gato preto e branco e muito novo entrou no quarto. De imediato, Kathy pegou-o com uma expressão radiante.

– A filosofia de Dinman – disse Jason. – O gato obrigatório.

Ele conhecia bem a teoria. Na verdade, apresentara Dinman ao público da televisão em um de seus especiais de outono.

– Não, eu só o amo – disse Kathy, os olhos brilhando enquanto levava o gato para a inspeção dele.

– Mas você acredita – ele disse, fazendo carinho na pequena cabeça do gato – que ter um animal aumenta a empatia da pessoa...

– Que se dane isso – disse Kathy, apertando o gato contra o pescoço, como se fosse uma menina de cinco anos com o primeiro animal. O trabalho da escola: o porquinho-da-índia na comunidade. – Este é Domenico – ela disse.

– Inspirado em Domenico Scarlatti? – ele perguntou.

– Não, no Mercado do Domenico, aqui na rua. Passamos por ele na vinda. Quando estou no Apartamento Menor, este quarto, faço compras lá. Domenico Scarlatti é músico? Acho que já ouvi falar.

– Professor de inglês de Abraham Lincoln no colegial.

– Oh – ela acenou distraída com a cabeça, balançando o gato de um lado para o outro.

– Estou brincando com você – ele disse –, e é maldade. Desculpa.

Kathy olhou para ele com franqueza, apertando o gatinho.

– Nunca sei a diferença – murmurou.

– Por isso é maldade – disse Jason.

– Por quê? – ela perguntou. – Se eu nem percebo. Ou seja, só significa que sou burra. Não?

– Você não é burra – disse Jason. – Só inexperiente. Ele calculou aproximadamente sua diferença de idade. – Vivi o dobro de tempo que você – observou. – E desfruto de uma posição, nos últimos dez anos, que me permite conviver com algumas das pessoas mais famosas na Terra. E...

– E... – disse Kathy – você é um Seis.

Ela não esquecera o deslize dele. É claro que não. Ele poderia dizer um milhão de coisas, e todas seriam esquecidas dez minutos depois, exceto o único deslize verdadeiro. Bem, era assim que as coisas funcionavam. Ele havia se acostumado com isso na sua época. Isso era parte de ter a sua idade e não a dela.

– O que Domenico significa para você? – perguntou Jason, mudando de assunto. De forma rude, ele percebeu, mas seguiu em frente. – O que ele te dá que você não recebe de seres humanos?

Ela franziu as sobrancelhas, parecendo pensativa.

– Ele está sempre ocupado. Está sempre envolvido em algum projeto. Como perseguir um inseto. Ele é muito bom com moscas. Aprendeu a comê-las antes que saiam voando. – Ela deu um sorriso insinuante. – E não tenho que me perguntar: Devo entregá-lo ao sr. McNulty? O sr. McNulty é meu contato com a pol. Dou a ele os receptores analógicos para os microtransmissores, os pontos que lhe mostrei...

– E ele paga você.

Ela assentiu com a cabeça.

– E, no entanto, você vive deste jeito.

– Eu... – ela esforçou-se para responder. – Não tenho muitos clientes.

– Mentira, você é boa. Eu a vi trabalhando. É experiente.

– É talento.

– Mas um talento com prática.

– Ok. Vai tudo para o apartamento do lado alto da cidade. Meu Apartamento Maior. – Ela apertou os dentes, insatisfeita por estar sendo pressionada.

– Não. – Ele não acreditou.

Kathy disse, depois de uma pausa:

– Meu marido está vivo. Está em um campo de trabalhos forçados no Alasca. Estou tentando pagar para que saia de lá, dando informações ao sr. McNulty. Daqui a mais um ano... – ela encolheu os ombros, agora com a expressão contrariada, introvertida – ... ele *diz* que Jack poderá sair. E voltar para cá.

Então, você manda outras pessoas para os campos, ele pensou, para tirar seu marido. Soava como um acordo típico da polícia. É provável que seja verdade.

– É um acordo incrível para a polícia – ele disse. – Eles perdem um homem e conseguem... Quantos você diria que grampeou para eles? Dezenas? Centenas?

Depois de ponderar, ela finalmente disse:

– Talvez cento e cinquenta.

– É maldade – ele disse.

– É? – Ela dirigiu-lhe um olhar nervoso, apertando Domenico contra o peito plano. Em seguida, aos poucos, ficou nervosa. Ficou evidente em seu rosto e no modo como esmagava o gato contra a caixa torácica. – É o caramba – ela disse agressiva, balançando a cabeça. – Amo Jack, e ele me ama. Ele me escreve direto.

Com crueldade, ele disse:

– Forjadas. Por algum empregado da pol.

Lágrimas derramavam-se de seus olhos em quantidade impressionante. Turvavam sua visão.

– Você acha? Às vezes, também penso que são. Quer vê-las? Saberia diferenciar?

– Provavelmente não são forjadas. É mais barato e mais fácil mantê-lo vivo e deixar que escreva as próprias cartas. – Ele esperava que isso a fizesse sentir-se melhor, e claramente fez. As lágrimas pararam de cair.

– Eu não havia pensado nisso – ela disse, concordando, mas ainda sem sorrir. Seu olhar ficou distante, enquanto continuava balançando o gato por reflexo.

– Se seu marido está vivo – ele disse, com cautela desta vez –, você acredita não haver problema em ir para a cama com outros homens, como eu?

– Ah, claro. Jack nunca se opôs a isso. Mesmo antes de ser preso. E tenho certeza de que não se opõe agora. Aliás, ele me escreveu sobre isso. Deixa eu ver, foi seis meses atrás, talvez. Acho que dá para encontrar a carta. Estão todas em microfilme. Lá na oficina.

– Por quê?

Kathy disse:

– Às vezes, eu mostro para os clientes. Para que depois entendam por que faço o que fiz.

A essa altura Jason francamente não sabia que emoção ela lhe causava, nem o que deveria sentir. Ela havia se envolvido, aos poucos, ao longo dos anos, com uma situação da qual não podia se livrar. E ele não via saída para ela no momento. A coisa tinha se arrastado por tempo demais. Um padrão fora estabelecido. Permitiu-se que as sementes do mal crescessem.

– Não há volta para você – ele disse, sabendo que era verdade, e sabendo que ela sabia. – Ouça – ele lhe disse com uma voz suave e pôs a mão em seu ombro; mas, como antes, ela recuou de imediato. – Diga a eles que quer seu marido livre já e que não vai entregar mais ninguém.

– Eles o libertariam se eu dissesse isso?

– Tente. – Com certeza não causaria nenhum mal. Mas... Jason era capaz de imaginar o sr. McNulty e como ele via a garota. Ela jamais poderia enfrentá-lo. Os McNulty do mundo não eram enfrentados por ninguém. Exceto quando algo inesperado fugia do controle.

– Sabe o que você é? – disse Kathy. – Você é uma pessoa muito boa. Entende isso?

Ele deu de ombros. Como a maioria das verdades, era uma questão de opinião. Talvez ele fosse. Nesta situação, pelo menos. Nem tanto em outras. Mas Kathy não sabia disso.

– Sente-se – ele disse –, acaricie seu gato, beba seu screwdriver. Não pense em nada, apenas seja. Consegue fazer isso? Esvaziar a mente por alguns instantes? Tente. – Ele trouxe uma cadeira, ela sentou-se obediente.

– Faço isso o tempo todo – ela disse em tom vago e inexpressivo.

Jason disse:

– Mas não de modo negativo. Faça de modo positivo.

– Como? Como assim?

– Faça-o com um propósito real, não apenas para não ter que enfrentar verdades desagradáveis. Faça-o porque ama seu marido e o quer de volta. Você quer que tudo seja como antes.

– Sim – ela concordou. – Mas agora conheci você.

– Que significa o quê? – Ele prosseguiu com cuidado, a resposta dela o intrigou.

Kathy disse:

– Seu magnetismo é maior que o de Jack. Ele é atraente, mas você é muito, muito mais. Talvez, depois de conhecer você, eu possa não amá-lo mais. Ou você acha que é possível amar duas pessoas o mesmo tanto, mas de formas diferentes? Meu grupo de terapia diz que não, que tenho de escolher. Eles dizem que esse é um dos aspectos básicos da vida. Está vendo, isso já aconteceu antes. Conheci alguns homens mais atraentes que Jack... mas nenhum deles tão atraente quanto você. Eu realmente não sei o que fazer. É muito difícil decidir essas coisas porque não tem ninguém com quem se possa conversar: ninguém entende. Você tem que passar por isso sozinha, e às vezes escolhe errado. Tipo, e se eu escolho você e não Jack, e ele volta, e não dou a mínima pra ele, e aí? Como ele vai se sentir? Isso é importante, mas também é importante como eu me sinto. Se eu gostar de você, ou de alguém como você, mais do que dele, tenho que atuar isso, como diz o terapeuta do nosso grupo. Você sabia que estive em um hospital psiquiátrico por oito semanas? O Hospital de Higiene Mental Morningside, em Atherton. Meus pais pagaram a internação. Custa uma fortuna porque, por algum motivo, não tivemos direito ao auxílio comunitário ou federal. Em todo caso, aprendi muito sobre mim mesma e fiz uma porção de amigos lá. A maioria das pessoas que conheço de verdade, conheci em Morningside. É claro que, quando os conheci, naquela época, eu alucinava que eram pessoas famosas, como Mick Quinn e Arlene Howe. Sabe... celebridades. Como você.

Ele disse:

– Conheço Quinn e Howe, e você não perdeu nada.

Olhando-o com atenção, ela disse:

– Talvez você não seja uma celebridade. Talvez eu esteja voltando para o meu período alucinatório. Disseram que era provável acontecer, em algum momento. Mais cedo ou mais tarde. Talvez o mais tarde seja agora.

– Isso – ele observou – faria de mim uma alucinação sua. Esforce-se mais. Não me sinto completamente real.

Ela riu. Mas seu humor permaneceu sombrio.

– Não seria estanho se eu tivesse inventado você, como acabou de dizer? Que, se eu me recuperasse totalmente, você desapareceria?

– Eu não desapareceria. Mas deixaria de ser uma celebridade.

– Já deixou. – Ela ergueu a cabeça e encarou-o com firmeza. – Talvez seja isso. Porque você é uma celebridade de que ninguém nunca ouviu falar. Eu o inventei, você é um produto da minha mente alucinatória, e agora estou ficando sã de novo.

– Uma visão solipsista do universo...

– Não faça isso. Você sabe que não faço a mínima ideia do que palavras como essa significam. Que tipo de pessoa pensa que sou? Não sou famosa e influente como você. Sou apenas uma pessoa que faz um trabalho horrível, péssimo, que coloca as pessoas na prisão, porque amo Jack mais do que todo o resto da humanidade. Ouça. – Seu tom era firme e claro. – A única coisa que me trouxe de volta à sanidade foi amar Jack mais do que a Mickey Quinn. Sabe, achei que um garoto chamado David fosse, na verdade, Mickey Quinn, e era um grande segredo Mickey Quinn ter enlouquecido e ido parar naquele hospital psiquiátrico para voltar à forma, e ninguém deveria saber disso porque sua imagem seria arruinada. Assim, ele fingia que seu nome era David. Mas eu sabia. Ou melhor, achava que sabia. E o dr. Scott disse que eu tinha que escolher entre Jack e David, ou Jack e Mickey Quinn, que era quem eu pensava que ele fosse. E eu escolhi Jack. Então, saí daquele estado. Talvez – ela hesitou, o queixo trêmulo –, talvez agora você entenda por que tenho de acreditar que Jack é mais importante que qualquer coisa ou qualquer outra pessoa, ou que muitas outras pessoas quaisquer. Entendeu?

Ele entendeu. E indicou que sim com a cabeça.

– Até mesmo homens como você – disse Kathy –, que são mais atraentes que ele, não podem me tirar de Jack.

– Não quero isso. – Pareceu uma boa ideia deixar claro.

– Sim... você quer. Em algum nível, quer. É uma competição.

Jason disse:

– Para mim, você é apenas uma pequena garota em um pequeno quarto de um pequeno prédio. Para mim, o mundo todo é meu, e todos que estão nele.

– Não os que estão em um campo de trabalhos forçados.

Ele teve de indicar que concordava com isso também. Kathy tinha o hábito irritante de quebrar as pernas da retórica.

– Você entende um pouco agora – ela disse –, não? Sobre mim e Jack, e por que posso ir para a cama com você sem ser injusta com ele? Fui para a cama com David quando estávamos em Moringside, mas Jack entendeu. Ele sabia que eu tinha que fazer aquilo. Você teria entendido?

– Se você fosse psicótica...

– Não, não por causa disso. Porque era meu destino ir para a cama com Mickey Quinn. Tinha que acontecer. Eu estava cumprindo meu papel cósmico. Entende?

– Ok – ele disse cordialmente.

– Acho que estou bêbada. – Kathy examinou seu screwdriver. – Você está certo. É muito cedo para beber um negócio desses. – Ela apoiou o copo meio vazio. – Jack entendeu. Ou pelo menos disse que entendeu. Ele mentiria? Para não me perder? Porque se eu tivesse tido de escolher entre ele e Mickey Quinn – ela fez uma pausa –, mas escolhi Jack. Sempre escolheria. Mas, ainda assim, tive de ir para a cama com David. Quer dizer, com Mickey Quinn.

Eu me envolvi com uma criatura complicada, peculiar, que não funciona bem, Jason Taverner disse a si mesmo. Tão mal quanto... pior que Heather Hart. Pior que qualquer um com quem já me deparei em 42 anos. Mas como me livrar dela sem que o sr. McNulty fique sabendo de tudo? Meu Deus, ele pensou deprimido. Talvez não me livre dela. Talvez ela brinque comigo até se entediar, depois ligue para os pols. E é o meu fim.

– Você não acha – ele disse em voz alta – que, em mais de quatro décadas, eu não teria aprendido a resposta a isto?

– A mim? – ela disse aguçada.

Ele fez que sim com a cabeça.

– Você acha que vou te entregar depois que for para a cama comigo.

Àquela altura, ele não havia resumido a situação de forma tão precisa. Mas a ideia geral era essa. Então, com cuidado, ele disse:

– Acho que você aprendeu, ao seu modo simples e inocente de garota de dezenove anos, a usar as pessoas. O que eu acho muito ruim. E uma vez que se começa, não é possível parar. Você sequer sabe que está fazendo isso.

– Eu nunca o entregaria. Eu amo você.

– Você me conhece há umas cinco horas. Nem isso.

– Mas eu sempre sei. – Seu tom, sua expressão, ambos eram firmes. E profundamente solenes.

– Você nem sabe ao certo quem eu sou!

Kathy disse:

– Nunca sei ao certo quem *ninguém* é.

Com essa ele tinha que concordar. Tentou, portanto, outro rumo.

– Olha. Você é uma estranha combinação de romântica inocente e uma – ele fez uma pausa, a palavra "traiçoeira" ocorrera-lhe, mas ele a descartou rapidamente – e uma manipuladora sutil e calculista. – Você é, ele pensou, uma prostituta da mente. E é a sua mente que está se prostituindo, antes e além da de qualquer outra pessoa. Embora você mesma jamais reconheça. E, se reconhecesse, diria que foi forçada a fazê-lo. Sim, forçada, mas por quem? Por Jack? Por David? Por você mesma, ele pensou. Por querer dois homens ao mesmo tempo... e conseguindo ter os dois.

Pobre Jack, ele pensou. Seu pobre desgraçado. Cavando merda no campo de trabalhos forçados no Alasca, esperando ser salvo por esta magrela complexa e enrolada. Espere sentado.

Naquela noite, sem convicção, ele jantou com Kathy em um restaurante italiano a uma quadra do prédio dela. Ela parecia conhecer o dono e os garçons, de modo meio velado. Em todo caso, eles a cumprimentaram, e ela respondeu de maneira distraída, como se os ouvisse apenas parcialmente. Ou, ele pensou, como se soubesse apenas parcialmente onde estava.

Menininha, ele pensou, onde está o resto da sua mente?

– A lasanha é muito boa – disse Kathy, sem olhar para o cardápio. Ela parecia estar muito distante agora. Recuando cada vez mais. A cada momento. Ele pressentiu a aproximação de uma crise. Mas não a conhecia bem o suficiente, não fazia ideia da forma como a crise se manifestaria. E não gostava disso.

– Quando você fica mal – ele disse de súbito, tentando pegá-la desprevenida –, como expressa sua frustração?

– Ah – ela disse em tom apático –, eu me jogo no chão e grito. Ou então chuto. Qualquer um que tente me conter. Que interfira em minha liberdade.

– Está com vontade de fazer isso agora?

Ela ergueu o olhar.

– Sim. – Ele viu que o rosto dela havia se transformado em uma máscara, retorcida e angustiada. Mas os olhos permaneciam totalmente secos. Dessa vez não haveria lágrimas. – Não tenho tomado meu remédio. Tenho que tomar vinte miligramas de Actozine por dia.

– Por que não toma? – Eles nunca tomavam. Jason havia se deparado com essa anomalia diversas vezes.

– Entorpece a minha mente – ela disse, tocando o nariz com o indicador, como se estivesse envolvida em um ritual complexo a ser realizado com precisão absoluta.

– Mas e se...

Kathy disse em tom categórico:

– Eles não podem foder com a minha mente. Não vou deixar nenhum FM me pegar. Sabe o que é um FM?

– Você acabou de explicar. – Ele falou devagar e calmo, mantendo a atenção fixa nela... como se tentasse mantê-la ali, evitando que ela se perdesse.

A comida chegou. Era horrível.

– Não é uma maravilha, como uma autêntica comida italiana? – disse Kathy, enrolando o espaguete no garfo com destreza.

– Sim – ele concordou a esmo.

– Você acha que vou ter um ataque. E não quer estar envolvido.

Jason disse:

– Isso mesmo.

– Então, vá embora.

– Eu... – ele hesitou – eu gosto de você. Quero que fique bem. – Uma mentira inofensiva, do tipo que ele aprovava. Pareceu melhor do que dizer: porque se eu sair daqui, você estará ao telefone com o sr. McNulty em vinte segundos. Era isso que, de fato, ele pensara.

– Vou ficar bem. Eles me levam para casa. – Ela indicou vagamente o restaurante em volta deles, os clientes, os garçons, o caixa. O cozinheiro no vapor da cozinha superaquecida e mal ventilada. O bêbado no bar, mexendo no copo de cerveja Olympia.

Ele disse, calculando com cuidado e equilíbrio, mais ou menos convencido de estar fazendo a coisa certa:

– Você não está sendo responsável.

– Por quem? Não estou me responsabilizando pela sua vida, se é o que quer dizer. Isso cabe a você. Não me jogue esse peso.

– A responsabilidade – ele disse – pela consequência de seus atos aos outros. Você está em uma deriva moral e ética. Lançando ataques aqui e ali, depois voltando a afundar. Como se nada acontecesse. Deixando a batata quente nas mãos dos outros.

Ela ergueu a cabeça para encará-lo e disse:

– Eu o magoei? Eu o salvei dos pols, foi isso que fiz por você. Isso foi algo errado de se fazer? Foi? – O volume da voz aumentou. Ela manteve o olhar fixo nele, sem piedade, sem piscar, ainda segurando o garfo com espaguete.

Ele suspirou. Era inútil.

– Não – ele disse –, não foi a coisa errada a se fazer. Obrigado. Sou grato. – E, ao dizê-lo, ele sentiu um ódio inabalável por ela. Por envolvê-lo dessa forma. Uma pessoa comum, uma menina franzina de 19 anos, colocando um Seis experiente numa armadilha como essa... era tão improvável que parecia absurdo. Ele sentiu, em um nível, vontade de rir. Mas, nos outros níveis, não sentia.

– Está reagindo ao meu afeto? – ela perguntou.

– Sim.

– Você sente meu amor atingir você, não sente? Ouça. É quase possível escutar. – Ela ouviu com atenção. – Meu amor está crescendo, e é uma vinha doce.

Jason fez um sinal para o garçom.

– O que vocês têm aqui? – ele perguntou de modo brusco. – Só cerveja e vinho?

– E maconha, senhor. Acapulco Gold, da melhor qualidade. E haxixe, classe A.

– Mas nenhuma bebida forte.

– Não, senhor.

Ele dispensou o garçom com um gesto.

– Você o tratou como um empregado – disse Kathy.

– É – ele disse e bufou alto. Fechou os olhos e massageou o dorso do nariz. Até poderia levar aquilo adiante. Afinal, conseguira enraivecê-la. – É um péssimo garçom – ele disse –, e este é um péssimo restaurante. Vamos sair daqui.

Kathy disse, em tom amargo:

– Então, isso é ser uma celebridade. Entendi. – E baixou o garfo devagar.

– O que pensa ter entendido? – ele disse, deixando as aparências de lado. Seu papel conciliador foi abandonado de vez. Para nunca mais voltar. Ele ficou de pé, pegou o paletó. – Vou embora – disse a ela. E vestiu o paletó.

– Ai, Deus – disse Kathy, fechando os olhos. A boca, curvada, ficou aberta. – Ai, Deus. Não. O que foi que você fez? Sabe o que fez? Entende mesmo? Tem alguma noção? – Em seguida, olhos fechados, punhos cerrados, ela baixou a cabeça e começou a gritar. Ele nunca ouvira gritos como esses antes, e ficou paralisado à medida que o som, e a visão do rosto dela, comprimido e desfigurado, martelavam-no, entorpecendo-o. São gritos psicóticos, disse a si mesmo. Do inconsciente racial. Não de uma pessoa, mas de um nível mais profundo. De uma entidade coletiva.

Saber disso não ajudava.

O dono e dois garçons chegaram correndo, ainda segurando menus. Jason via e registrava detalhes, por mais estranho que fosse. Parecia que tudo havia congelado com os gritos dela. Tornando-se fixo. Clientes erguendo garfos, baixando colheres, mastigando... tudo parou e permaneceu apenas o ruído terrível, desagradável.

E ela dizia palavras. Palavras grosseiras, como se lidas de um muro pichado. Palavras curtas e destrutivas que atacavam a todos no restaurante, inclusive ele. Especialmente ele.

O dono, com o bigode estremecendo, acenou com a cabeça para os dois garçons, e eles ergueram Kathy da cadeira. Levantaram-na pelos ombros, seguraram-na, depois, ao comando brusco do dono, arrastaram-na para fora do compartimento, pelo restaurante e até a rua.

Ele pagou a conta e correu atrás deles.

Na entrada, porém, o dono o deteve. Estendendo a mão.

– Trezentos dólares – disse o dono do restaurante.

– Por quê? – ele perguntou. – Por arrastá-la para fora?

O dono disse:

– Por não ligar para os pols.

Contrariado, ele pagou.

Os garçons a haviam deixado na calçada, perto do meio-fio. Ela ficou sentada em silêncio, apertando os olhos com os dedos, balançando para a frente e para trás, formando desenhos sem som com a boca. Os garçons examinaram-na, parecendo tentar decidir se ela causaria mais problemas ou não, e depois de tomarem a decisão em conjunto, correram de volta ao restaurante. Deixando ele e Kathy ali na calçada, juntos, abaixo do letreiro vermelho e branco de neon.

Ele se ajoelhou ao lado dela e pôs a mão em seu ombro. Desta vez, ela não tentou recuar.

– Sinto muito – ele disse. E foi sincero. – Por pressioná-la. – Achei que estava blefando, disse a si mesmo, e não era blefe. Ok, você venceu. Desisto. De agora em diante é o que você quiser. É só dizer. Ele pensou: só seja breve, pelo amor de Deus. Deixe-me sair disso o mais rápido que puder.

Ele teve a intuição de que não seria logo.

5

Juntos, de mãos dadas, eles passeavam pela calçada à noite, passando pelas poças inundadas de cores que competiam, brilhavam e piscavam, criadas pelos letreiros iluminados que giravam, pulsavam e sacudiam. Esse tipo de bairro não o agradava. Ele vira milhões deles reproduzidos pela face da Terra. Foi de um assim que ele fugira, no início da vida, para usar sua condição de Seis como um método para escapar. E agora estava de volta.

Não tinha objeções quanto às pessoas: ele as via como estando presas ali, as pessoas comuns, que tinham de ficar sem ter nenhuma culpa. Elas não tinham inventado aquilo, não gostavam daquilo. Elas suportavam, como ele não tivera de suportar. Na verdade, ele sentia culpa, vendo os rostos soturnos, sem sorrisos. Lábios caídos, infelizes.

– Sim – Kathy disse finalmente –, acho que estou realmente me apaixonando por você. Mas a culpa é sua. É o campo magnético poderoso que você irradia. Sabia que posso vê-lo?

– Nossa – ele disse de modo mecânico.

– É violeta-escuro e aveludado – disse Kathy, apertando firme a mão dele, com uma força surpreendente nos dedos. – Muito intenso. Consegue ver a minha? Minha aura magnética?

– Não – ele disse.

– Fico surpresa. Pensei que conseguisse. – Ela parecia calma agora. A crise explosiva de gritos passara, deixando em seu rastro uma relativa estabilidade. Uma estrutura de personalidade quase pseudoepileptoide, ele conjecturou. Que aumenta a cada dia até...

– Minha aura – ela interrompeu os pensamentos dele – é vermelho-vivo. A cor da paixão.

– Fico feliz por você – disse Jason.

Ela parou e se virou para examinar o rosto dele. Para decifrar a expressão. Ele esperava que estivesse apropriadamente opaca.

– Está bravo porque perdi o controle?

– Não – ele disse.

– Pela sua voz, *parece* bravo. Acho que está bravo. Bom, acho que só Jack entende. E Mickey.

– Mick Quinn – ele disse por reflexo.

– Ele não é uma pessoa notável?

– Muito. – Ele poderia ter dito muitas coisas a ela, mas não faria sentido. Ela não queria saber de fato. Ela acreditava já ter entendido.

Em quê mais você acredita, garotinha? – ele se perguntou. Por exemplo, o que acredita saber sobre mim? Tão pouco quanto sabe sobre Mickey Quinn, Arlene Howe e todos os outros que, para você, não existem na realidade? Pense no que eu poderia lhe dizer se, por um momento, você fosse capaz de ouvir. Mas não é. Teria medo do que ouviria. E, em todo caso, já sabe tudo mesmo.

– Como se sente – ele perguntou –, tendo transado com tanta gente famosa?

Ao ouvir isso, ela parou de repente.

– Você acha que transei com eles porque eram famosos? Acha que sou uma FC, uma fodedora de celebridades? É essa a sua verdadeira opinião sobre mim?

Como papel mata-mosca, ele pensou. Ela o enredava a cada palavra que ele dizia. Ele não tinha como vencer.

– Eu acho – ele disse – que você leva uma vida interessante. Você é uma pessoa interessante.

– E importante – acrescentou Kathy.

– Sim – ele disse. – Importante também. Sob alguns aspectos, a pessoa mais interessante que já encontrei. É uma experiência emocionante.

– Está sendo sincero?

– Sim – ele disse com ênfase. E de modo peculiar, invertido, era verdade. Ninguém, nem mesmo Heather, jamais o amarrara de forma tão completa assim. Ele não podia suportar o que estava tendo de enfrentar, e não conseguia escapar. Era como se estivesse sentado atrás do leme de seu quibble personalizado, diante de um sinal vermelho, um sinal verde e um sinal amarelo ao mesmo tempo. Não havia resposta racional possível. A irracionalidade dela fazia com que assim fosse. O poder terrível, ele pensou, da ilógica. Dos arquétipos. Operando a partir das profundezas sombrias do inconsciente coletivo que unia ele, ela e todas as outras pessoas. Em um nó que jamais poderia ser desfeito, enquanto vivessem.

Não é de se admirar, ele pensou, que algumas pessoas, muitas pessoas, desejem a morte.

– Quer assistir a um capitão Kirk? – perguntou Kathy.

– Tanto faz – ele respondeu brevemente.

– Está passando um bom no Cinema Doze. A história se passa num planeta do Sistema Betelgeuse, muito parecido com o Planeta de Tarberg, sabe? No Sistema de Proxima. Só que no capitão Kirk, ele é habitado por seguidores de um invisível...

– Eu vi – ele disse. Na verdade, um ano atrás, eles haviam recebido Jeff Pomeroy no programa, que fazia o papel de capitão Kirk no filme. Havia até exibido uma cena curta: a divulgação de costume exigida pelo estúdio de Pomeroy, em troca de uma visita do ator. Ele não gostara do que viu então e duvidava que fosse gostar agora. E detestava Jeff Pomeroy, tanto na tela quanto fora dela. E isso, do ponto de vista dele, encerrava o assunto.

– Não era nada bom mesmo? – Kathy perguntou com confiança.

– Jeff Pomeroy – ele disse –, até onde sei, é o babaca mais irrequieto do mundo. Ele e aqueles iguais a ele. Seus imitadores.

– Ele esteve em Morningside por um tempo. Não cheguei a conhecê-lo, mas ele estava lá.

– Posso acreditar – ele disse, meio acreditando.

– Sabe o que ele me disse uma vez?

– Pelo que o conheço – começou Jason –, eu diria...

– Ele disse que eu era a pessoa mais mansa que já conheceu. Não é interessante? E ele me viu entrar em um de meus estados místicos... sabe? Quando me deito e grito... E, ainda assim, ele disse isso. Acho que ele é uma pessoa muito perceptiva. Acho mesmo. Você não acha?

– Sim – ele disse.

– Vamos voltar para o meu quarto, então? – perguntou Kathy. – E transar feito chinchilas?

Ele soltou um grunhido de descrença. Ela havia mesmo dito aquilo? Virou-se e tentou ver o rosto dela, mas andavam em um trecho sem letreiros. Tudo estava escuro no momento. Deus, ele disse a si mesmo. *Tenho que sair dessa.* Tenho que encontrar o caminho de volta ao meu mundo!

– Minha honestidade o incomoda? – ela perguntou.

– Não – ele disse, emburrado. – A honestidade nunca me incomoda. Para ser uma celebridade, é preciso ser capaz de aceitar. – Até isso, ele pensou. – Todo tipo de honestidade. Do seu tipo, principalmente.

– De que tipo é a minha? – perguntou Kathy.

– Honestidade honesta – ele disse.

– Então, você me entende.

– Sim – ele disse, acenando com a cabeça. – Entendo mesmo.

– E não me menospreza? Como uma pessoa sem valor que deveria estar morta?

– Não – ele disse –, você é muito importante. E muito honesta também. Uma das pessoas mais honestas e diretas que já conheci. Falo sério, juro por Deus.

Ela deu-lhe um tapinha amigável no braço.

– Não fique tão agitado por causa disso. Deixe vir naturalmente.

– Vem naturalmente – ele garantiu-lhe. – Vem mesmo.

– Que bom – disse Kathy. Feliz. Ele havia, ficou evidente, amenizado as preocupações dela. Ela sentia confiança nele. E disso dependia a vida dele... ou será que não? Ele não estaria se rendendo ao raciocínio patológico dela? No momento, ele não sabia ao certo.

– Ouça – ele disse com hesitação. – Vou lhe contar uma coisa e quero que escute com atenção. O seu lugar é uma prisão para insanos criminosos.

De modo horripilante e assustador, ela não reagiu. Não disse nada.

– E – ele disse – eu vou me distanciar o máximo possível de você. – Ele tirou sua mão da mão dela de súbito, virou-se e seguiu no sentido oposto. Ignorando-a. Perdendo-se entre as pessoas comuns que seguiam em ambas as direções pelas calçadas ordinárias, iluminadas pelo neon, daquela parte desagradável da cidade.

Eu a despistei, ele pensou, e, com isso, é provável que tenha perdido minha droga de vida.

E agora? Ele parou, olhou ao redor. Estou carregando um microtransmissor, como ela diz?, perguntou a si mesmo. Estou me entregando a cada passo?

Cheerful Charley, ele pensou, disse-me para procurar Heather Hart. E como toda gente do mundo da TV sabe, Cheerful Charley nunca erra.

Mas viverei por tempo suficiente, ele se perguntou, para encontrar Heather Hart? E se a encontrar e estiver grampeado, não estarei simplesmente levando minha morte até ela? Como uma praga fora de controle? E, ele pensou, se Al Bliss não me conhecia e Bill Wolfer não me conhecia, por que Heather haveria de me conhecer? Mas Heather, ele pensou, é uma Seis, como eu. A única outra Seis que conheço. Talvez seja essa a diferença. Se é que há alguma diferença.

Ele encontrou um telefone público, entrou na cabine, fechou a porta para isolar o ruído do trânsito e inseriu um quinque de ouro na fenda.

Heather Hart tinha diversos números que não constavam na lista, alguns para amigos íntimos, e um para – colocando de forma brusca – amantes. Ele, é claro, conhecia esse número, tendo sido para Heather o que ele fora, e, esperava, ainda era.

A videotela acendeu. Ele distinguiu as formas em mutação como indicativas de que ela estava atendendo a ligação do fone do carro.

– Oi – disse Jason.

Protegendo a vista para enxergá-lo, Heather disse:

– Nossa, quem é você? – Seus olhos verdes brilhavam. Os cabelos ruivos estavam deslumbrantes.

– Jason.

– Não conheço ninguém chamado Jason. Como conseguiu este número? – Seu tom de voz era apreensivo, mas também rude. – Suma do meu fone já! – Ela franziu o cenho para ele e disse: – Quem lhe deu este número? Quero o nome.

Jason disse:

– Você me deu o número seis meses atrás. Assim que o registrou. Sua linha particular das particulares, certo? Não é assim que a chamava?

– Quem lhe contou isso?

– Você. Estávamos em Madri. Você estava numa locação, e eu consegui seis dias de férias a um quilômetro do seu hotel. Você ia com seu Rolls quibble por volta das três toda tarde. Certo?

Heather disse em tom de fofoca, em *staccato*:

– Você é de alguma revista?

– Não – disse Jason. – Sou seu amásio.

– Meu *o quê*?

– Amante.

– Você é um fã? É um fã, um fã cretino. Te mato se não sair do meu fone. – O som e a imagem sumiram. Heather havia desligado.

Ele inseriu mais um quinque na fenda e rediscou.

– O fã cretino de novo – Heather disse ao atender. Ela parecia mais equilibrada agora. Ou seria resignada?

– Você tem um dente falso – disse Jason. – Quando está com um de seus amantes, você o gruda na boca com um cimento de epóxi especial que compra na Harney's. Mas, comigo, às vezes você o tira e o deixa num copo com a espuma dental do dr. Sloom. É o adstringente de dentaduras que você prefere. Porque, você sempre diz, ele a faz lembrar o tempo em que o Bromo Seltzer era legal, e não apenas um produto clandestino feito no laboratório do porão de alguém, usando todos os três brometos que saíram da fórmula do Bromo Seltzer há anos, quando...

– Como – interrompeu Heather – você conseguiu essa informação? – A expressão dela era rígida; as palavras, rápidas e diretas. O tom... ele já ouvira antes. Heather o usava com pessoas que detestava.

– Não use esse tom de "estou pouco me fodendo" comigo – disse com raiva. – Seu dente falso é um molar. Você o chama de Andy. Certo?

– Um fã cretino que sabe tudo isso a meu respeito. Deus. Meu pior pesadelo se confirma. Qual é o nome do fã-clube, quantos membros tem, de onde são e como, pelo amor de Deus, conseguiu obter detalhes pessoais da minha vida privada que não tem nenhum direito de saber, para início de conversa? Sabe, o que você está fazendo é ilegal. É uma invasão de privacidade. Vou mandar os pols atrás de você se me ligar mais uma vez. – Ela estendeu a mão para desligar.

– Sou um Seis – disse Jason.

– Um o quê? Um seis o quê? Você tem seis pernas, é isso? Ou, mais provável, seis cabeças.

Jason disse:

– Você é Seis também. Foi o que nos manteve juntos todo esse tempo.

– Eu vou morrer – disse Heather, pálida agora. Mesmo à luz fraca do quibble, ele conseguiu perceber a mudança de cor nas feições dela. – Quanto vai custar para que você me deixe em paz? Sempre soube que algum fã cretino acabaria...

– Pare de me chamar de fã cretino – Jason disse com acidez. Isso o deixava absolutamente furioso. Soava como uma palavra da moda. Talvez um pássaro a menos, como na expressão atual.

Heather disse:

– O que você quer?

– Encontrá-la no Altrocci's.

– É, você tinha que saber essa também. O único lugar a que consigo ir sem que haja abobalhados ejaculando em cima de mim, me pedindo para autografar cardápios que nem sequer lhes pertencem. – Ela suspirou, arrasada. – Bom, agora chega. Não vou encontrá-lo no Altrocci's ou em qualquer lugar. Suma da minha vida ou mando meus pols particulares te castrarem e...

– Você tem *um* pol particular – interrompeu Jason. – Ele tem 62 anos e se chama Fred. Ele foi atirador de elite da Reserva de Orange County. Sacrificava estudantes estrangeiros em Cal State Fullerton. Era bom na época, mas não assusta ninguém agora.

– É mesmo? – disse Heather.

– Ok, deixe-me dizer mais uma coisa que acha que eu não poderia saber. Lembra-se de Constance Ellar?

– Sim – disse Heather. – Aquela estrelinha insignificante que parecia uma Barbie, mas que tinha a cabeça tão pequena que o corpo parecia ter sido inflado com gás carbônico, superinflado. – Ela torceu o beiço. – Ela era extremamente imbecil.

– Certo – ele concordou. – Extremamente imbecil. É a palavra exata. Lembra-se do que fizemos com ela no meu programa? Era a primeira aparição dela para todo o planeta, porque tive de aceitá-la como parte do acordo. Lembra-se disso, do que fizemos, eu e você?

Silêncio.

Jason disse:

– Como compensação por recebê-la no programa, o empresário dela concordou em deixá-la fazer um comercial para um de nossos novos patrocinadores. Ficamos curiosos para saber qual era o produto; então, antes que a srta. Ellar chegasse, abrimos o saco de papel e descobrimos que se tratava de um creme de depilação para as pernas. Caramba, Heather, você tem que...

– Estou ouvindo – disse Heather.

Jason continuou:

– Trocamos a lata de spray removedor de pelos por uma lata de spray de desodorante íntimo feminino com a mesma instrução para o anúncio, que simplesmente dizia: "Demonstrar uso do produto com expressão de contentamento e satisfação", e depois demos o fora e ficamos esperando.

– É mesmo?

– A srta. Ellar finalmente chegou, foi ao camarim, abriu o saco de papel e então... e essa é a parte que ainda me faz rachar de rir... ela foi falar comigo, com total seriedade, e disse: "Sr. Taverner, lamento importuná-lo com isso, mas, para demonstrar o spray desodorante íntimo feminino, terei de remover minha saia e calcinha. Diante das câmeras". "E?", eu disse. "E qual é o problema?" E a srta. Ellar disse: "Precisarei de uma mesinha para colocar minhas roupas. Não posso simplesmente largá-las no chão. Não seria correto. Sabe, vou passar aquele spray na minha vagina diante de sessenta milhões de pessoas, e quando se faz isso, não se pode deixar as roupas espalhadas pelo chão. Não é elegante". Ela teria mesmo feito isso, no ar, caso Al Bliss não tivesse...

– É uma história de mau gosto.

– Que seja, você achou muito engraçado. Aquela garota extremamente imbecil, em sua primeira grande chance de aparecer, disposta a fazer aquilo. "Demonstrar uso do produto com expressão de contentamento e"...

Heather desligou.

Como fazer com que ela entenda?, ele se perguntou furioso, rangendo os dentes, quase arrancando uma obturação. Ele odiava a sensação da obturação caindo. A impotência diante da destruição do próprio corpo. Será que ela não vê que meu conhecimento sobre tudo relacionado a ela significa algo importante?, ele se perguntou. Quem saberia todas essas coisas? É óbvio que só alguém que tenha tido muita intimidade com ela por algum tempo. Não poderia haver nenhuma outra explicação, e, no entanto, ela evocara outra razão tão elaborada que não lhe permitia atingi-la. E a barreira permaneceu na frente dos olhos dela. Seus olhos de Seis.

Mais uma vez, ele inseriu uma moeda e discou.

– Oi de novo – ele disse, quando Heather finalmente atendeu o fone do carro. – Também sei isto a seu respeito: você não consegue deixar o telefone tocar. Por isto tem dez números particulares, cada um para um propósito diferente e específico.

– Tenho três – disse Heather. – Então, você não sabe tudo.

Jason disse:

– Eu apenas quis dizer...

– Quanto?

– Já cheguei ao meu limite hoje – ele respondeu com sinceridade. – Não pode me comprar porque não é isso o que quero. Eu quero... Ouça, Heather. Quero descobrir por que ninguém me conhece. Você acima de todos. E já que é uma Seis, achei que talvez fosse capaz de explicar. Você tem *alguma* lembrança de mim? Olhe para mim na tela. Olhe!

Ela espiou, uma sobrancelha erguida.

– Você é jovem, mas não jovem demais. É bonito. Sua voz é imponente, e não hesita em me importunar desse jeito. Você é o retrato exato de um fã cretino, na aparência, na fala, nas ações. Ok, está satisfeito?

– Estou em apuros – ele disse. Era uma atitude obviamente irracional contar isso a ela, uma vez que ela não tinha qualquer lembrança dele, de espécie alguma. Mas, ao longo dos anos, ele havia se acostumado a expor seus problemas a ela, e a ouvir os dela, e o hábito não se perdera. O hábito ignorava o que ele via na situação real: seguia em frente a despeito da lógica.

– É uma pena – disse Heather.

Jason disse:

– Ninguém se lembra de mim. E não tenho certidão de nascimento. Não nasci, nem sequer nasci! Portanto, é natural que não tenha carteiras de identidade, exceto pelos cartões falsificados que comprei de uma informante da pol por dois mil dólares, além de mil para o meu contato. Estou andando com esses documentos, mas, meu Deus, eles podem ter microtransmissores embutidos. Mesmo sabendo disso, tenho que ficar com eles. Você sabe por quê... Mesmo você, no topo, até você sabe como esta sociedade funciona. Ontem eu tinha 30 milhões de espectadores que explodiriam de tanto berrar se um pol ou um nac encostasse um dedo que fosse em mim. Agora estou encarando a possibilidade de um CTF.

– O que é CTF?

– Campo de trabalhos forçados. – Ele pronunciou as palavras com raiva, tentando imobilizá-la e, finalmente, prendê-la. – A putinha perversa que falsificou meus documentos me fez levá-la a uma espelunca desprezível metida a restaurante italiano, e quando estávamos lá, apenas conversando, ela se jogou no chão, gritando. Gritos psicóticos. É uma fugitiva de Morningside, segundo ela mesma admitiu. Isso me custou mais trezentos dólares, e neste momento, quem sabe? É provável que ela tenha acionado *ambos*, pols e nacs, contra mim. – Insistindo um pouco mais na autopiedade, esperançoso, ele disse: – Provavelmente, estão monitorando esta linha telefônica neste exato instante.

– Ai, Deus, não! – Heather gritou e, mais uma vez, desligou.

Ele não tinha mais quinques de ouro. Assim, nesse momento, ele desistiu. Foi burrice ter dito aquilo, ele percebeu, aquilo sobre a linha telefônica. Isso faria qualquer um desligar. Eu me estrangulei em minha própria teia de palavras, tomei naquele lugar. Bem no meio. Bonito e pelos dois lados. Como um enorme ânus artificial.

Ele empurrou a porta da cabine telefônica e saiu para a calçada na noite movimentada... bem aqui, ele pensou com acidez, nesse fim de mundo. Bem onde os informantes dos pols gostam de passar o tempo. Que maravilha de programa, como dizia aquele clássico comercial de muffins que estudamos na escola, ele disse a si mesmo.

Seria engraçado, ele pensou, se estivesse acontecendo a outra pessoa. Mas está acontecendo comigo. Não, não é engraçado de forma alguma. Porque existe sofrimento real e morte real à espreita nos bastidores. Prontos para entrar em cena a qualquer minuto.

Queria ter gravado a ligação, e tudo o que Kathy havia me dito e eu a ela. Em 3D e em cores, seria legal passar o vídeo no meu programa, em algum momento perto do fim, quando ficamos sem material, às vezes. Às vezes o caramba: com frequência. Sempre. Para o resto da minha vida.

Ele podia ouvir sua apresentação agora. "O que pode acontecer a um homem, um homem bom, sem ficha na pol, um homem que um dia, de repente, perde seus cartões de identidade e se vê tendo de enfrentar...". E assim por diante. Isso os prenderia, todos os 30 milhões. Porque era isso que cada um deles temia. "Um homem invisível", ele diria na introdução, "mas um homem conspícuo demais. Invisível em termos legais, ilegalmente conspícuo. O que será de tal homem se não for capaz de substituir...". Blá, blá. E por aí vai. Que se dane isso. Nem tudo o que ele fazia, dizia ou o que acontecia a ele entrava para o programa. E assim seria dessa vez. Mais um perdedor, dentre muitos. Muitos são chamados, disse a si mesmo, mas poucos são escolhidos. É isso o que significa ser um profissional. É assim que administro as coisas, públicas e pessoais. Reduza as perdas e corra quando preciso, ele disse, citando a si mesmo nos bons tempos, quando seu primeiro programa mundial foi transmitido pela rede de satélites.

Encontrarei outro falsificador, ele decidiu, que não seja informante da pol, e comprarei um novo conjunto de identidades, sem microtransmissores. Então, é claro, preciso de uma arma.

Devia ter pensado nisso quando acordei naquele quarto de hotel, disse a si mesmo. Uma vez, há anos, quando o sindicato Reynolds tentou intrometer-se em seu programa, ele aprendeu a usar – e andava com – uma arma: uma Barber's Hoop com alcance de três quilômetros, sem desvio de trajetória até os trezentos metros finais.

O "transe místico" de Kathy, o ataque de gritos. O áudio teria a voz de um homem maduro, com os gritos dela em segundo plano, dizendo: "Ser psicótico é isso. Ser psicótico é sofrer, sofrer além...". E assim por diante. Blá, blá. Ele inspirou fundo, enchendo os pulmões com o ar frio da noite, estremeceu, juntou-se aos transeuntes no mar da calçada, as mãos enfiadas no fundo dos bolsos da calça.

E viu-se diante de uma fila de dez pessoas em frente a um posto de averiguação aleatório da pol. Um policial vestido de cinza estava no fim da fila, parado ali para certificar-se de que ninguém saísse no sentido oposto.

– Não pode entrar na fila, amigo? – o pol lhe disse, quando ele começava a sair de modo involuntário.

– Claro – disse Jason.

– Que bom – o pol disse com bom humor. – Porque estamos averiguando aqui desde as oito da manhã e ainda não atingimos nossa meta.

6

Dois pols robustos e grisalhos, encarando o homem à frente de Jason, disseram em uníssono:

– Isso foi falsificado há uma hora, ainda está fresco. Está vendo? Está vendo a tinta escorrer sob o calor? Ok. – Eles acenaram com a cabeça, e o homem, agarrado por quatro pols truculentos, desapareceu em um quibble-van estacionado, agourentamente pintado de cinza e preto: as cores da polícia.

– Ok – um dos pols robustos disse a Jason em tom cordial –, vamos ver quando os seus foram impressos.

Jason disse:

– Uso estes há anos. – Ele entregou a carteira aos pols, com os sete cartões de identidade.

– Capte as assinaturas dele – o pol mais velho disse ao companheiro. – Veja se ficam sobrepostas.

Kathy estava certa.

– Não – disse o pol mais novo, guardando a câmera oficial. – Não batem. Mas parece que esta, a certidão de serviço militar, tinha um ponto de trans que foi removido. Com muita perícia, se é o caso. É preciso ver através da lente. – Ele virou a lente de aumento portátil, iluminando os cartões falsificados de Jason em detalhes extremamente claros. – Está vendo?

– Quando você deixou o serviço militar – o policial mais velho disse a Jason – esta certidão tinha um ponto eletrônico?

Você se lembra? – Ambos analisaram Jason enquanto esperavam a resposta.

Que diabos vou dizer?, perguntou a si mesmo.

– Não sei – ele disse. – Nem sei como é um... – ele começou a dizer "ponto de microtransmissor", mas logo se corrigiu; rápido o suficiente, esperou – ...um ponto eletrônico.

– É um ponto, senhor – o pol mais novo informou. – Não está ouvindo? O senhor está sob efeito de drogas? Olha, no cartão de status de drogas dele não tem nenhum registro no último ano.

Um dos pols truculentos pronunciou-se:

– Prova de que não são falsificados, então, porque quem iria falsificar uma identidade de criminoso? A pessoa teria que ser louca.

– Sim – disse Jason.

– Bem, não faz parte de nossa área – disse o pol mais velho. Ele devolveu os cartões de identidade de Jason. – Ele vai ter que ver com o inspetor de narcóticos dele. Siga em frente. – Com o cassetete, o pol empurrou Jason para fora do caminho, enquanto pegava os cartões de identidade do homem atrás dele.

– Só isso? – Jason disse aos pols truculentos. Ele não estava acreditando. Não deixe que eles percebam, disse a si mesmo. Apenas *siga em frente*!

Foi o que fez.

Das sombras abaixo de um poste de luz quebrado, Kathy estendeu a mão e tocou-o. Ele paralisou com o toque, sentindo o corpo congelar, começando pelo coração.

– O que pensa de mim agora? – disse Kathy. – Do meu trabalho, o que ele fez por você.

– Funcionou – ele disse de modo breve.

– Não vou entregá-lo – disse Kathy –, embora você tenha me ofendido e abandonado. Mas vai ter que ficar comigo esta noite como prometeu. Entendeu?

Ele tinha que admirá-la. Ao espreitar o posto de averiguação aleatório, ela obtivera uma prova em primeira mão de que os documentos falsificados estavam bem-feitos o suficiente para liberá-lo dos pols. Assim, de uma hora para outra a situação entre eles fora alterada: ele estava agora em dívida com ela. Ele não estava mais na condição de vítima prejudicada.

Agora, mesmo que parcialmente, ele tinha uma dívida moral com ela. Primeiro, a chibata: a ameaça de entregá-lo aos pols. Depois, a cenoura: os cartões falsificados de modo adequado. Ele estava nas mãos da garota, de fato. Ele tinha que admitir, para si mesmo e para ela.

– Eu teria conseguido fazê-lo passar de qualquer modo – disse Kathy. Ela ergueu o braço direito, apontando para uma parte da manga. – Tenho uma etiqueta de identidade pol aqui. Aparece sob a lente macro deles. Para que eu não seja capturada por engano. Eu teria dito...

– Deixe isso pra lá – ele irrompeu de modo áspero. – Não quero saber disso. – Ele saiu andando para longe dela. A garota seguiu atrás dele, como um pássaro ágil.

– Quer voltar ao meu Apartamento Menor? – perguntou Kathy.

– Aquele maldito quartinho nojento? – Eu tenho uma casa flutuante em Malibu, com oito quartos, seis banheiras rotativas e uma sala de estar em quatro dimensões com teto infinito. E, por causa de algo que não entendo e não posso controlar, tenho que passar meu tempo desta forma: visitando lugares marginais e decadentes. Porcarias de lanchonetes, oficinas desprezíveis e alojamentos piores ainda. Estou pagando por algo que fiz?, ele se perguntou. Algo de que não tenho conhecimento ou de que não me lembro? Mas ninguém paga pelo que faz, refletiu. Aprendi isso há muito tempo: ninguém paga pelas coisas ruins que faz nem recebe nada pelas coisas boas. As coisas não se igualam no final. Já não aprendi isso, se é que aprendi alguma coisa?

– Adivinha o primeiro item da minha lista de compras para amanhã? – Kathy dizia. – Moscas mortas. Sabe por quê?

– Têm muita proteína.

– Sim, mas esse não é o motivo. Não vou comprá-las para mim. Compro um saco delas toda semana para Bill, minha tartaruga.

– Não vi nenhuma tartaruga.

– No meu Apartamento Maior. Você não achou que eu compraria moscas mortas para mim mesma, achou?

– *De gustibus non disputandum est* – ele citou.

– Vejamos. Em questão de gosto não existe discussão. Certo?

– Certo – ele concordou. – O que significa que, se você quiser comer mosca morta, vá em frente, coma.

– Bill come, ele gosta. Ele é daquelas tartaruguinhas verdes... Não é um jabuti nem nada. Já viu o jeito como eles pegam a comida, uma mosca flutuando na água? É algo pequeno, mas horrível. Num segundo a mosca está lá, no outro, tum. Está dentro da tartaruga. – Ela riu. – Sendo digerida. Tem uma lição a ser aprendida aí.

– Que lição? – Ele se antecipou em seguida. – Que quando você morde, abocanha tudo ou nada, mas nunca uma parte.

– É como me sinto.

– O que você tem? – ele perguntou. – Tudo ou nada?

– Eu... não sei. Boa pergunta. Bom, eu não tenho Jack. Mas talvez não o queira mais. Já faz tanto tempo. Acho que ainda preciso dele. Mas preciso mais de você.

Jason disse:

– Não era você que era capaz de amar dois homens igualmente?

– Eu disse isso? – Ela refletiu enquanto caminhavam. – O que eu quis dizer é que esse é o ideal, mas na vida real só é possível algo aproximado... entende? Está acompanhando meu raciocínio?

– Estou – ele disse –, e estou vendo aonde vai chegar. Vai chegar a um abandono temporário de Jack enquanto eu estiver por perto, e depois a uma volta psicológica a ele quando eu não estiver mais. Você sempre age assim?

– Eu nunca abandono Jack – Kathy disse em tom categórico. Prosseguiram em silêncio até chegarem ao grande edifício com sua floresta de antenas de TV em desuso saindo de todas as partes do telhado. Kathy remexeu na bolsa, encontrou a chave e abriu a porta do quarto.

As luzes estavam acesas. E, sentado no sofá mofado, de frente para eles, havia um homem de meia-idade, cabelos grisalhos e terno cinza. Um homem corpulento, mas impecável, barbeado com perfeição: nenhum corte, nenhuma marca vermelha, nenhum erro. Estava trajado e penteado com perfeição. Não havia um único fio de cabelo fora de lugar.

Kathy titubeou ao dizer:

– Sr. McNulty.

Erguendo-se, o homem corpulento estendeu a mão direita na direção de Jason. Num gesto automático, Jason foi cumprimentá-lo.

– Não – disse o homem corpulento. – Não vou apertar sua mão. Quero ver seus cartões de identidade, os que ela fez para você. Passe-os para cá.

Sem dizer palavra – não havia nada a dizer –, Jason passou a ele a carteira.

– Você não fez esses – disse McNulty, após uma breve inspeção. – A menos que esteja melhorando de modo inacreditável.

Jason disse:

– Tenho alguns desses cartões há anos.

– É mesmo – murmurou McNulty. Ele devolveu a carteira e os cartões a Jason. – Quem plantou os microtrans nele? Você? – ele dirigiu-se a Kathy. – Ed?

– Ed – disse Kathy.

– O que temos aqui? – disse McNulty, examinando Jason como se o medisse para um caixão. – Um homem de quarenta e poucos anos, bem vestido, estilo de roupas moderno. Sapatos caros... feitos de verdadeiro couro autêntico. Não é isso, sr. Taverner?

– São de couro de vaca – respondeu Jason.

– Seus documentos o identificam como músico – disse McNulty. – Toca algum instrumento?

– Eu canto.

McNulty disse:

– Cante algo para nós agora.

– Vá pro inferno – Jason disse e conseguiu controlar a respiração. As palavras saíram exatamente como ele queria. Nada a mais, nada a menos.

Para Kathy, McNulty disse:

– Ele não está muito dócil. Ele sabe quem sou eu?

– Sim – disse Kathy. – Eu... contei a ele. Uma parte.

– Você contou a ele sobre Jack – disse McNulty. Para Jason, ele disse: – Não existe nenhum Jack. Ela acha que sim, mas é um delírio psicótico. O marido dela morreu há três anos num acidente de quibble. Nunca esteve em campos de trabalhos forçados.

– Jack ainda está vivo – disse Kathy.

– Está vendo? – McNulty disse a Jason. – Ela conseguiu se adaptar muito bem ao mundo externo, a não ser por essa única ideia fixa. Nunca desaparece. Ela a mantém para o equilíbrio de sua vida. – Ele deu de ombros. – É uma ideia inofensiva e a estimula. Portanto, nem tentamos lidar com ela por meios psiquiátricos.

Kathy, em silêncio, havia começado a chorar. Grandes lágrimas deslizavam por seu rosto e caíam, feito bolhas, na blusa. Manchas de lágrimas na forma de círculos escuros apareciam aqui e ali.

– Falarei com Ed Pracim nos próximos dias – disse McNulty. – Perguntarei por que ele colocou os microtrans em você. Ele tem intuições. Deve ter sido uma intuição. – Ele refletiu. – Tenha em mente que os cartões de identidade na sua carteira são reproduções de documentos verdadeiros arquivados em diversos bancos de dados centrais por toda a Terra. Suas reproduções são satisfatórias, mas eu posso querer verificar os originais. Esperemos que estejam em tão boa ordem quanto esses que carrega.

Kathy disse sem firmeza:

– Mas esse é um procedimento raro. Em termos estatísticos...

– Neste caso – disse McNulty –, acho que vale a pena tentar.

– Por quê? – disse Kathy.

– Porque não achamos que você está nos entregando todo mundo. Há meia hora, este homem, Taverner, passou sem problemas por um posto de averiguação aleatório. Nós o seguimos por meio do microtrans. E os documentos dele parecem estar ok para mim. Mas Ed disse...

– Ed bebe – disse Kathy.

– Mas podemos contar com ele – McNulty sorriu, um raio de luz profissional em um quartinho decadente. – E não podemos exatamente contar com você.

Jason pegou sua certidão de serviço militar e esfregou a pequena foto de perfil em 4D. Ela disse, em tom metálico: "Vovô viu a uva".

– Como isso pode ser falsificado? – disse Jason. – É o tom de voz que eu tinha dez anos atrás, quando fui nac involuntário.

– Duvido – disse McNulty. Ele olhou para o relógio de pulso. – Estamos lhe devendo alguma coisa, srta. Nelson? Ou está tudo certo por esta semana?

– Tudo certo – ela disse, com esforço. Em seguida, com a voz baixa e instável, ela quase sussurrou: – Depois que Jack sair, vocês não vão poder contar comigo de modo algum.

– Para você – McNulty disse de modo cordial –, Jack nunca vai sair. – Ele piscou para Jason. Jason piscou também. Duas vezes. Ele entendeu McNulty. O homem tirava proveito das fraquezas alheias. O tipo de manipulação usada por Kathy provavelmente tinha sido aprendido com ele. E com os companheiros pitorescos e cordiais dele.

Jason entendia agora como ela havia se tornado o que era. A traição era um fato cotidiano. Uma recusa a trair, como neste caso, era algo milagroso. Ele podia apenas ficar admirado e levemente agradecido.

Vivemos em estado de traição, ele se deu conta. Quando eu era uma celebridade, estava isento. Agora sou como qualquer outra pessoa: agora tenho de enfrentar o que eles sempre enfrentaram. E... o que enfrentei nos velhos tempos, enfrentei e depois o reprimi da memória. Porque era angustiante demais para acreditar... Assim que tive opção, escolhi não acreditar.

McNulty pôs a mão carnuda e avermelhada no ombro de Jason e disse:

– Venha comigo.

– Para onde? – perguntou Jason, afastando-se de McNulty exatamente do mesmo modo, ele percebeu, como Kathy afastara-se *dele*. Ela também aprendera isso com os McNultys da vida.

– Você não tem nenhuma acusação contra ele! – Kathy disse com a voz rouca, punhos cerrados.

Com tranquilidade, McNulty disse:

– Não vamos acusá-lo de nada. Só quero uma impressão digital, de voz, de pés e um padrão de ondas do EEG dele. Ok, sr. Tavern?

Jason começou a falar.

– Detesto corrigir um policial... – e parou de repente diante do olhar de alerta no rosto de Kathy – ...que está realizando seu trabalho – ele concluiu –, então, irei com o senhor.

Talvez Kathy quisesse dizer algo. Talvez pudesse tirar alguma vantagem do fato de o pol ter errado o nome. Como saber? O tempo diria.

– "Sr. Tavern" – McNulty disse devagar e dirigiu-o para a porta – lembra cerveja, calor e acolhimento, não? – Ele olhou para Kathy e disse em tom enfático: – Não lembra?

– O sr. Tavern é um homem caloroso – disse Kathy, os dentes travados. A porta fechou-se, e McNulty guiou-o pelo corredor e para a escada, sentindo, enquanto isso, o odor de cebola e molho apimentado em todas as direções.

Na 469ª Delegacia de Polícia, Jason Taverner viu-se perdido em uma multidão de homens e mulheres que andavam a esmo, esperando para entrar, esperando para sair, aguardando informações, aguardando uma orientação sobre o que fazer. McNulty prendera um distintivo colorido na lapela. Só Deus e a polícia sabiam o que ele significava. Era óbvio que significava alguma coisa. Um policial uniformizado, atrás de uma mesa que ia de uma parede a outra, acenou para ele.

– Ok – disse o policial. – O inspetor McNulty preencheu parte do seu formulário J-2. Jason Tavern. Endereço: 2048 Vine Street.

De onde McNulty tirara aquilo? Jason perguntou-se. Vine Street. Então percebeu que era o endereço de Kathy. McNulty presumira que estavam morando juntos. Sobrecarregado de trabalho, como era o caso de todos os pols, ele escrevera a informação que exigia menos esforço. Uma lei da natureza: um objeto, ou criatura viva, toma o caminho mais curto entre dois pontos. Ele preencheu o restante do formulário.

– Coloque a mão nessa fenda – disse o policial, apontando para uma máquina de impressão digital. Jason o fez. – Agora – disse o policial –, tire um sapato, esquerdo ou direito. E essa meia. Pode sentar aqui. – Ele empurrou uma parte da mesa, revelando uma entrada e uma cadeira.

– Obrigado – disse Jason, sentando-se.

Após o registro da impressão digital, ele disse a frase "afundou a cabana direita e comeu o objeto fixado ao lado de seu pangaré". Isso encerrou a impressão de voz. Depois, mais uma vez sentado, ele permitiu que terminais fossem colocados em alguns pontos da sua cabeça. A máquina soltou, com um ruído, um metro de papel com riscos, e pronto. Esse era o eletrocardiograma. E o fim dos testes.

Com uma expressão animada, McNulty apareceu à mesa. À luz branca e dura, era possível ver sua barba começando a crescer por todo o maxilar, acima dos lábios e no alto do pescoço.

– Como vão as coisas, sr. Tavern? – ele perguntou.

O policial disse:

– Estamos prontos para puxar o arquivo de nomenclatura.

– Ótimo – disse McNulty. – Ficarei por perto para ver o que aparece.

O policial uniformizado inseriu o formulário que Jason preenchera em uma fenda e apertou botões com letras, os quais eram todos verdes. Por alguma razão, Jason notou isso. E as letras maiúsculas.

De uma abertura que lembrava uma boca na mesa muito longa, saiu um documento xerocado, que caiu em um cesto de metal.

– Jason Tavern – disse o policial uniformizado, examinando o documento. – De Kememmer, Wyoming. Idade: 39. Mecânico de motores a diesel. – Ele olhou a fotografia. – Foto tirada quinze anos atrás.

– Algum registro policial? – perguntou McNulty.

– Nenhum problema de tipo algum – disse o policial uniformizado.

– Não existe nenhum outro Jason Tavern registrado na Pol de Dados? – perguntou McNulty. O policial apertou um botão amarelo e balançou a cabeça. – Ok – disse McNulty. – É ele. – E examinou Jason. – Você não tem cara de mecânico de motores a diesel.

– Não trabalho mais com isso – disse Jason. – Estou em vendas agora. Para equipamentos agrários. Quer o meu cartão? – Um blefe. Ele levou a mão ao bolso superior direto do paletó. McNulty balançou a cabeça. Então foi isso. Eles haviam, à sua própria maneira burocrática, puxado o arquivo errado para ele. E, na pressa, deixaram por isso mesmo.

Jason pensou: graças a Deus pelas fragilidades embutidas em um vasto aparato planetário, intricado e complexo. Pessoas demais, máquinas demais. Esse erro começou com um inspetor pol e seguiu até a Pol de Dados, o grupo de informações em Memphis, Tennessee. Mesmo com a minha impressão digital, do pé, de voz e do EEG, é provável que não sejam capazes de corrigir o erro. Não agora, não com meu formulário arquivado.

– Devo registrá-lo? – o policial uniformizado perguntou a McNulty.

– Por quê? – disse McNulty. – Por ser um mecânico diesel? – ele deu um tapa amigável nas costas de Jason. – Pode ir para casa, sr. Tavern. Para a sua namoradinha com cara de criança. Sua pequena virgem. – Com um grande sorriso, ele partiu para o amontoado de humanos e humanas ansiosos e confusos.

– Pode ir, senhor – o policial uniformizado disse a Jason.

Com um aceno, Jason dirigiu-se para a saída da 469ª Delegacia de Polícia, para a noite na rua, para misturar-se às pessoas livres e determinadas que lá viviam.

Mas eles vão me pegar no fim, ele pensou. Vão comparar as impressões. E, no entanto... Se faz quinze anos que a foto foi tirada, talvez tenham feito o EEG e a impressão de voz há quinze anos.

Mas isso ainda deixava as impressões digitais e do pé. Elas não mudavam.

Ele pensou: talvez eles joguem a xerox do arquivo em uma fragmentadora de papel e pronto. E transmitam os dados que obtiveram de mim para Memphis, para lá serem incorporados ao meu – ou melhor, "meu" – arquivo permanente. No arquivo de Jason Tavern, para ser específico.

Graças a Deus que Jason Tavern, o mecânico diesel, nunca infringiu uma lei, nunca se enrolou com os pols ou com os nacs. Bom para ele.

Um flipflap da polícia oscilava no céu, com seu farol de busca vermelho tremeluzindo, e, dos alto-falantes, anunciou-se:

– Sr. Jason Tavern, retorne à 469ª Delegacia de Polícia imediatamente. É uma ordem policial. Sr. Jason Tavern... – o aviso era repetido sem parar, de modo desvairado, enquanto Jason permanecia estupefato. Eles já haviam descoberto. Não em uma questão de horas, dias ou semanas, mas de minutos.

Ele retornou à delegacia de polícia, subiu a escada de styraplex, passou pelas portas ativadas por luz, pela aglomeração de desventurados seguindo de um lado para o outro, e chegou ao policial uniformizado que cuidara do seu caso – e lá estava McNulty também. Os dois estavam no meio de uma discussão, franzindo os cenhos.

– Bem – disse McNulty, erguendo o olhar para Jason –, aqui está o nosso sr. Tavern de volta. O que está fazendo aqui, sr. Tavern?

– O flipflap da polícia... – ele começou, mas McNulty interrompeu.

– Aquilo não foi autorizado. Só liberamos um bot policial autômato, e algum imbecil o ergueu ao nível do flipflap. Mas já que está aqui... – McNulty virou o documento para que Jason pudesse ver a foto – Você era assim quinze anos atrás?

– Acho que sim – disse Jason. A foto mostrava um indivíduo de rosto pálido com o pomo de Adão protuberante, olhos e dentes deformados, olhando seriamente para o vazio. O cabelo, eriçado e amarelado, pendia sobre as orelhas de abano.

– Fez plástica – disse McNulty.

– Sim – disse Jason.

– Por quê?

Jason disse:

– Quem ia querer ter essa cara?

– Então, não é de admirar que seja tão bonito e respeitável – disse McNulty. – Tão imponente. Tão... – ele buscou a palavra – majestoso. É mesmo difícil acreditar que possam ter feito algo para que *isso* – ele pôs o indicador na foto de quinze anos atrás – virasse *isso*. – Ele deu um tapinha cordial no braço de Jason. – Mas onde conseguiu o dinheiro?

Enquanto McNulty falava, Jason começara a ler rapidamente os dados impressos no documento. Jason Tavern nascera em Cicero, Illinois, seu pai havia sido operador de torno mecânico, o avô fora proprietário de uma cadeia de lojas de equipamentos agrários – um lance de sorte, considerando o que ele havia dito a McNulty sobre sua carreira atual.

– De Winslow – disse Jason. – Sinto muito, sempre penso nele assim e esqueço que os outros não podem. – Seu treinamento profissional o ajudara: ele leu e assimilou a maior parte da página enquanto McNulty lhe falava. – Meu avô. Ele tinha bastante dinheiro, e eu era seu favorito. Eu era o único neto, sabe.

McNulty observou o documento e acenou com a cabeça.

– Eu parecia um caipira – disse Jason. – Eu parecia o que eu era: um roceiro. O melhor emprego que podia ter era o de consertar motores a diesel, e eu queria mais. Então, peguei o dinheiro que Winslow me deixara e parti para Chicago...

– Ok – disse McNulty, ainda balançando a cabeça. – As coisas se encaixam. Temos conhecimento de que tais cirurgias plásticas radicais podem ser realizadas, e a um custo não muito elevado. Mas, em geral, é feita por despessoas ou fugitivos de campos de trabalhos forçados. Monitoramos todas as oficinas de enxerto, como as chamamos.

– Mas veja como eu era feio – disse Jason.

McNulty deu uma risada grave e gutural.

– Era mesmo, sr. Tavern. Ok, desculpe o incômodo. Vá em frente. – Ele fez um gesto, e Jason começou a abrir espaço entre a multidão diante dele. – Ah! – gritou McNulty, acenando para ele. – Mais uma... – Sua voz, abafada pelo barulho da aglomeração, não chegou a Jason. Então, com o coração congelado, ele voltou.

Uma vez que se é notado, percebeu Jason, *eles nunca fecham o arquivo por completo*. Você nunca volta ao anonimato. É vital não ser notado, jamais. Mas eu fui.

– O que foi? – perguntou a McNulty, sentindo desespero. Eles estavam jogando com ele, desestruturando-o. Jason sentiu, dentro de si, o coração, o sangue, todos os órgãos vitais vacilarem em seu funcionamento. Até mesmo a fisiologia extraordinária de um Seis desandava diante daquilo.

McNulty ergueu a mão.

– Seus cartões de identidade. Quero que passem por análises laboratoriais. Se estiverem ok, você os receberá depois de amanhã.

Jason disse, em tom de protesto:

– Mas se um posto de averiguação pol...

– Nós lhe daremos um passe policial – disse McNulty. Ele acenou com a cabeça para um policial barrigudo e mais velho à sua direita. – Tire uma foto 4D desse homem e prepare um passe universal.

– Sim, inspetor – disse o barril de tripas, estendendo a pata gorda para ligar o equipamento da câmera.

Dez minutos depois, Jason Taverner encontrava-se fora da delegacia mais uma vez, agora na calçada quase deserta no fim de tarde, e dessa vez com um passe pol genuíno – melhor que qualquer coisa que Kathy poderia ter produzido para ele... a não ser pelo fato de que o passe só era válido por uma semana. Mas, ainda assim...

Ele tinha uma semana durante a qual poderia se dar ao luxo de não se preocupar. E depois disso...

Ele havia feito o impossível: trocara uma carteira cheia de cartões de identidade falsos por um passe pol autêntico. Ao examinar o passe sob o poste de iluminação, ele viu que o aviso de validade era holográfico... e havia espaço para a colocação de um número adicional. Estava escrito *sete*. Ele poderia pedir a Kathy que alterasse para 75 ou 97, o que fosse mais fácil.

Então, ocorreu-lhe que, assim que o laboratório da pol verificasse que seus cartões eram falsos, o número do passe, seu nome e sua foto seriam transmitidos a todos os postos de averiguação do planeta.

Mas, antes que isso acontecesse, ele estava seguro.

Parte Dois

Vão, luzes vãs, cessem de brilhar!
Nenhuma noite é escura o bastante para quem
Em desespero lamenta a sorte perdida.
A luz apenas a vergonha revela.

7

No cinza do fim da tarde, antes que as calçadas de cimento se agitassem com a atividade noturna, o general da polícia Felix Buckman pousou o opulento quibble oficial no telhado da Academia de Polícia de Los Angeles. Permaneceu sentado por algum tempo, lendo os artigos da primeira página, depois dobrou o jornal com cuidado e colocou-o no banco traseiro do quibble; abriu a porta trancada e saiu.

Nenhuma atividade abaixo dele. Um turno começava a sair, o próximo ainda não começara a chegar.

Ele gostava desta hora: o grande prédio, nesses momentos, parecia pertencer a ele. "Abandonando o mundo à escuridão e a mim", pensou, lembrando-se de um verso da *Elegia*, de Thomas Gray. Um de seus livros prediletos, estimado há muito tempo, desde a infância, na verdade.

Com a chave hierárquica, abriu o esfíncter expresso de descida do prédio e caiu rapidamente pela rampa no seu andar, catorze. Onde havia trabalhado durante a maior parte da vida adulta.

Mesas vazias, fileiras delas. Exceto por um oficial do outro lado da sala principal, que ainda escrevia um relatório com esmero. E, diante da máquina de café, uma oficial que tomava um expresso em um copo descartável.

– Boa noite – Buckman disse a ela. Não a conhecia, mas não importava: ela, assim como todas as outras pessoas no prédio, conhecia *ele*.

– Boa noite, sr. Buckman. – Ela endireitou-se, como em posição de sentido.

– Esteja cansada – disse Buckman.

– Perdão, senhor?

– Vá para casa. – E afastou-se dela, passou pela fileira posterior de mesas, a série de vultos quadrados de metal sobre a qual os trabalhos desse departamento da agência de polícia da Terra eram conduzidos.

A maioria das mesas estava limpa: os oficiais haviam deixado tudo organizado antes de sair. Mas, na mesa 37, vários papéis. Oficial Fulano trabalhou até mais tarde, concluiu Buckman. Inclinou-se para ler a placa com o nome.

Inspetor McNulty, é claro. O oficial que foi treinado às pressas. Ocupado em imaginar conspirações e indícios de traição... Buckman sorriu, sentou-se na cadeira giratória e pegou os papéis.

TAVERNER, JASON. CÓDIGO AZUL.

Um arquivo xerocado dos cofres da polícia. Retirado do limbo por um Inspetor McNulty com excesso de avidez – e de peso. Uma pequena anotação a lápis: "Taverner não existe".

Estranho, pensou. E começou a folhear os documentos.

– Boa noite, sr. Buckman. – Seu assistente, Herbert Maime, jovem e perspicaz, vestindo um elegante terno civil. Ele tinha esse privilégio, tal como Buckman.

– Parece que McNulty está trabalhando no arquivo de alguém que não existe – disse Buckman.

– Em que distrito policial ele não existe? – disse Maime, e os dois riram. Eles não adoravam McNulty, mas tipos como ele eram necessários para os policiais veteranos. Tudo ficaria bem desde que os McNultys da academia não chegassem aos altos níveis de formação policial. Felizmente, isso não acontecia muito. Pelo menos quando *ele* podia impedir.

Sujeito deu nome falso Jason Tavern. Arquivo errado de Jason Tavern de Kememmer, Wyoming, mecânico de motores a diesel. Sujeito afirma ser Tavern, quando cartões de identidade com cirurgia plástica identificam-no como Taverner, Jason, mas sem arquivo.

Interessante, pensou Buckman ao ler as anotações de McNulty. Absolutamente nenhum arquivo sobre o homem. Ele terminou de ler:

Bem vestido, indica ter dinheiro, talvez influência para mandar tirar arquivo do banco de dados. Investigar relacionamento com Katharine Nelson, contato pol da área. Ela sabe quem ele é? Tentou não entregá-lo, mas contato pol 1659BD plantou microtrans nele. Sujeito agora em táxi. Setor N8823B, seguindo para leste na direção de Las Vegas. Deve chegar 4/11 22h00, horário da academia. Próximo relatório esperado às 14h40, horário da academia.

Katharine Nelson. Buckman a havia encontrado uma vez, no curso de orientação para contatos pol. Era a garota que só entregava indivíduos de que não gostasse. De um modo estranho e elíptico, ele a admirava. Afinal, caso ele não tivesse intervindo, ela teria sido enviada, no dia 8/4/82, para um campo de trabalhos forçados em British Columbia.

Para Herb Maime, Buckman disse:

– Ligue para McNulty. Acho melhor conversar com ele a respeito.

Um minuto depois, Maime entregou-lhe o aparelho. Na pequena tela cinza, McNulty apareceu com o rosto amarrotado. Apareceu também sua sala de estar. Pequenos e desarrumados, ambos.

– Pois não, sr. Buckman – disse McNulty, com o foco nele e em posição rígida de sentido, apesar do cansaço. Mesmo com a fadiga e um pouco chapado de alguma coisa, McNulty sabia exatamente como se portar diante dos superiores.

Buckman disse:

– Me passe, em poucas palavras, a história desse Jason Taverner. Não consigo juntar as peças com suas anotações.

– Sujeito alugou quarto de hotel na Eye Street, 453. Abordou contato pol 1659DB, conhecido como Ed, pediu para ser levado à falsificadora de identidades. Ed plantou microtrans nele, levou-o ao contato pol 1980CC, Kathy.

– Katharine Nelson – disse Buckman.

– Sim, senhor. É evidente que ela fez um trabalho excepcionalmente bom nos cartões de identidade. Mandei-os para testes de laboratório preliminares, e eles estão *quase* ok. Ela deve ter desejado que ele escapasse.

– Entrou em contato com Katharine Nelson?

– Encontrei os dois no quarto dela. Nenhum deles cooperou comigo. Examinei os cartões de identidade do sujeito, mas...

– Pareciam autênticos – interrompeu Buckman.

– Sim, senhor.

– Ainda acha que pode fazer a olho nu.

– Sim, sr. Buckman. Mas ele passou por um posto de averiguação aleatório da pol. A coisa era boa.

– Que bom para ele.

McNulty gaguejou:

– Retive os cartões dele e emiti um passe de sete dias, sujeito a cancelamento. Depois o levei à 469ª Delegacia de Polícia, onde fica meu escritório auxiliar, e puxei o arquivo dele... o arquivo de Jason Tavern, no fim das contas. O sujeito veio com uma longa ladainha sobre cirurgia plástica. Pareceu plausível, então o liberamos. Não, espere. Só emitimos o passe dele quando...

– Bem – interrompeu Buckman –, o que ele está aprontando? Quem é ele?

– Estamos seguindo-o por meio dos microtrans. Estamos tentando obter material sobre ele no banco de dados. Mas, como o senhor leu em minhas anotações, acho que o sujeito conseguiu remover o próprio arquivo de todos os bancos de dado centrais.

Simplesmente não está lá, e tem que estar, porque temos arquivos de todas as pessoas, como qualquer criança sabe. É a lei, temos que ter.

– Mas não temos – disse Buckman.

– Eu sei, sr. Buckman. Mas quando um arquivo não está lá, tem que haver uma razão. Não pode simplesmente *acontecer* de não estar lá: alguém passou a mão nele.

– "Passou a mão" – repetiu Buckman, achando graça.

– Roubou, surrupiou. – McNulty pareceu constrangido. – Só comecei a investigar o caso, sr. Buckman. Saberei mais em 24 horas. Caramba, podemos localizá-lo a hora que quisermos. Não acho que isso seja importante. Ele não passa de um cara cheio da grana com influência suficiente para remover seu arquivo...

– Está bem – disse Buckman. – Vá dormir. – Ele desligou, ficou parado por um momento, depois seguiu na direção de seus escritórios internos. Refletindo.

No escritório principal, adormecida no sofá, estava sua irmã, Alys. Usando, Felix Buckman notou com um desgosto intenso, uma calça preta colante, uma camisa masculina de couro, brincos de argola e um cinto de corrente com fivela de ferro fundido. Era óbvio que andava se drogando. E havia, como tantas vezes, conseguido uma das chaves dele.

– Desgraçada – ele disse, fechando a porta antes que Herb Maime pudesse vê-la.

Alys remexeu-se em seu sono. Retorceu o rosto com uma expressão felina de incômodo e, com a mão direita, tateou para apagar a luz fluorescente que ele acendera.

Segurando-a pelos ombros – e sentindo, com desagrado, os músculos rígidos dela – ele colocou-a sentada.

– O que foi desta vez? – ele perguntou. – Termalina?

– Não. – A fala dela, é claro, era quase ininteligível. – Hidrosulfato de hexofenofrina. Inteira. Subcutânea. – Ela abriu os grandes olhos claros e encarou-o com desprazer rebelde.

Buckman disse:

– Por que diabos você sempre vem para cá?

Sempre que ela se acabava com algum fetiche ou droga pesada, ia capotar ali no escritório principal dele. Ele não sabia por quê, e Alys nunca explicara. O mais próximo que ela chegara disso foi quando, uma vez, balbuciou algo sobre o "olho do furacão", dando a entender que se sentia segura contra a prisão ali, nos escritórios centrais da Academia de Polícia. Devido, é claro, ao cargo dele.

– Fetichista – ele gritou para ela, furioso. – Processamos centenas iguais a você todos os dias, a você e seus couros, correntes e vibradores. Meu Deus. – Ele não saiu do lugar, sentindo-se trêmulo e com a respiração pesada.

Bocejando, Alys levantou-se do sofá devagar, endireitou-se e alongou os braços compridos e esbeltos.

– Ainda bem que é noite – ela disse animada, apertando os olhos fechados. – Agora posso ir para casa e para a cama.

– Como planeja sair daqui? – ele perguntou. Mas já sabia. Toda vez, o mesmo ritual se desenrolava. O tubo de subida para presos políticos "em isolamento" era utilizado: a estrutura ia do escritório extremo norte dele até o telhado, e de lá para o pátio de quibbles. Alys entrava e saía dessa maneira, tranquilamente, com a chave do irmão na mão. – Um dia – ele disse em tom sombrio – algum oficial estará usando o tubo para um propósito legítimo, e vai dar de cara com você.

– E o que ele faria? – ela massageou o cabelo curto e grisalho dele.— Diga-me, por favor, senhor. Me chupar até eu sentir um remorso ofegante?

– Só de olhar para você com essa cara de satisfação...

– Eles sabem que sou sua irmã.

Buckman disse de modo rude:

– Eles sabem porque você está sempre vindo aqui por um motivo ou outro, ou sem droga de motivo algum.

Sentando-se na beira de uma mesa próxima, Alys encarou-o com seriedade.

– Isso o incomoda muito.

– Sim, me incomoda muito.

– Que eu venha aqui e coloque seu emprego em risco.

– Você não pode colocar meu emprego em risco – disse Buckman. – Apenas cinco homens estão acima de mim, excluindo o diretor nacional, e todos sabem a seu respeito e não podem fazer nada. Então, você pode fazer o que quiser. – Com isso, ele saiu furioso do escritório norte e tomou o tedioso corredor que ia dar na suíte maior onde realizava a maior parte de seu trabalho. Tentou evitar olhar para ela.

– Mas você teve o cuidado de fechar a porta – disse Alys, caminhando calmamente atrás dele – para que Herbert Blame, Mame ou Maine, o que seja, não me visse.

– Você – disse Buckman – repele homens decentes.

– Maime é decente? Como sabe? Já comeu ele?

– Se não sair daqui – ele disse em voz baixa, encarando-a do outro lado de duas mesas –, mando atirar em você. Juro por Deus.

Ela encolheu os ombros musculosos. E sorriu.

– Nada a assusta – ele disse em tom de acusação. – Desde a operação no cérebro. Todos os seus centros humanos foram removidos de modo sistemático e deliberado. Você agora é... – ele fez um esforço para encontrar as palavras. Alys sempre o afetava dessa forma, conseguindo até abolir sua capacidade de usar as palavras. – Você – ele disse, engasgando – é uma máquina de reflexos que trapaceia a si mesma, como um rato em um experimento. Está ligada ao módulo do prazer de seu cérebro e aperta o interruptor cinco mil vezes por hora todos os dias da sua vida quando não está dormindo. É um mistério para mim que ainda durma. Por que não se enganar 24 horas por dia?

Ele esperou, mas Alys não disse nada.

– Um dia – ele disse –, um de nós dois vai morrer.

– Ah, é? – ela disse, erguendo uma sobrancelha verde e fina.

– Um de nós – disse Buckman – vai viver sem o outro. E vai regozijar.

A linha pol tocou na mesa maior. Por reflexo, Buckman atendeu. Na tela apareceram as feições amarrotadas, sob efeito de estimulantes, de McNulty.

– Desculpe incomodá-lo, general Buckman, mas acabo de receber uma ligação de um de meus funcionários. Não há qualquer registro em Omaha de uma certidão de nascimento emitida em nome de Jason Taverner.

Paciente, Buckman disse:

– Então, é um nome falso.

– Tiramos impressões digitais, de voz, do pé e do EEG. Nós as enviamos para a Central Um, para o banco de dados geral em Detroit. Nenhuma correspondência. Essas impressões digitais, do pé, de voz e do EEG não existem em nenhum banco de dados da Terra. – McNulty endireitou-se e anunciou com a respiração ruidosa e tom defensivo: – Jason Taverner não existe.

8

Jason Taverner desejava, no momento, não voltar para Kathy. Nem queria, ele concluiu, tentar Heather Hart mais uma vez. Bateu no bolso do paletó. Ainda estava com o dinheiro e, graças ao passe policial, podia sentir-se livre para viajar para onde quisesse. O passe pol era um passaporte para o planeta todo. Até que eles mandassem outro bot policial autômato no seu encalço, ele poderia ir para onde quisesse, inclusive áreas inexploradas, como determinadas ilhas tomadas por selvas no Pacífico Sul. Lá, possivelmente, não seria encontrado por meses, não com o que o seu dinheiro poderia comprar em locais de espaço aberto como esses.

Tenho três coisas a meu favor, ele concluiu. Tenho dinheiro, boa aparência e personalidade. Quatro coisas: também tenho 42 anos de experiência como Seis.

Um apartamento.

Mas, ele pensou, se eu alugar um apartamento, será exigido do gerente, por lei, que ele colha minhas impressões digitais. Elas serão enviadas à Central Pol de Dados... e quando a polícia descobrir que meus cartões de identidade são falsos, descobrirão que têm uma linha direta para mim. E lá se vai o plano.

O que eu necessito, disse a si mesmo, *é encontrar uma pessoa que já tenha um apartamento. No nome dela, com as impressões dela.*

E isso quer dizer outra garota.

Onde vou encontrar tal pessoa?, perguntou a si mesmo, e já tinha a resposta na ponta da língua: em um bar de primeira classe. Do tipo que é frequentado por mulheres, com um trio tocando jazz de raiz, de preferência negros. Bem vestidos.

Mas será que eu estou bem vestido o suficiente?, ele se perguntou e olhou bem para o terno de seda sob a iluminação branca e vermelha de um enorme anúncio da AAMCO. Não o seu melhor, mas quase... e amarrotado. Bom, na penumbra de um bar ninguém notaria.

Ele chamou um táxi e logo se viu seguindo no quibble em direção a uma parte mais aceitável da cidade, com a qual estava acostumado – pelo menos nos anos mais recentes de sua vida, de sua carreira, quando chegou ao ápice.

Uma casa noturna, pensou, onde eu já tenha aparecido. Uma casa que eu conheça bem. Conheça o maître, a garota do guarda-volumes, a florista... a menos que eles, assim como eu, tenham mudado de alguma forma.

Mas até então, parecia que nada além dele havia mudado. As circunstâncias *dele*. Não a dos outros.

O Salão Blue Fox do Hotel Hayette, em Reno. Ele cantara lá algumas vezes. Conhecia o ambiente e os funcionários de trás para a frente.

Para o táxi, ele disse:

– Reno.

O táxi deu uma bela guinada, deslizando para a direita. Ele se sentiu movendo-se junto, e gostou. O táxi ganhou velocidade: eles haviam entrado em um corredor de ar quase deserto, e o limite de velocidade talvez fosse de dois mil quilômetros por hora.

– Eu gostaria de usar o telefone – disse Jason.

A lateral esquerda do táxi se abriu e um picfone deslizou para fora, com o fio retorcido em uma espiral barroca.

Ele sabia o número do Salão Blue Fox de cor. Discou, aguardou e ouviu um clique, seguido por uma voz masculina madura que dizia:

– Salão Blue Fox, onde Freddy Hydrocephalic se apresenta em dois shows por noite, às oito e à meia-noite, apenas trinta dólares o couvert artístico e garotas disponíveis enquanto você assiste. Em que posso ajudar?

– É o velho Jumpy Mike? – disse Jason. – O próprio?

– Sim, claro. – A formalidade na voz diminuiu. – Com quem falo, posso saber? – Uma risadinha amigável.

Respirando fundo, Jason disse:

– É Jason Taverner.

– Sinto muito, sr. Taverner. – Jumpy Mike pareceu confuso. – Agora, neste momento, não posso mesmo...

– Faz muito tempo – interrompeu Jason. – Pode me arranjar uma mesa na frente do salão...

– O Salão Blue Fox está completamente lotado, sr. Taverner – Jumpy Mike murmurou com seu jeito gordo. – Sinto muito mesmo.

– Nenhuma mesa? – disse Jason. – De qualquer preço?

– Desculpe, sr. Taverner, nenhuma. – O distanciamento na voz foi aumentando. – Ligue de novo daqui a duas semanas. – E o velho Jumpy Mike desligou.

Silêncio.

Deus, que porra, Jason disse a si mesmo.

– Meu Deus – disse em voz alta. – Droga! – Rangeu os dentes com força, enviando ondas de dor pelo nervo trigêmeo.

– Novas instruções, grandão? – perguntou o táxi, inexpressivamente.

– Vá para Las Vegas – Jason respondeu irritado. Vou tentar o Salão Nellie Melba, do Drake's Arms, decidiu. Não fazia muito tempo, ele tivera sorte lá, numa época em que Heather Hart cumpria um contrato na Suécia. Havia um bom número de garotas de classe razoavelmente alta, jogando, bebendo, ouvindo a apresentação, transando. Valia a pena tentar, já que o Salão Blue Fox e outros semelhantes estavam fechados para ele. Afinal, o que ele poderia perder?

$* * *$

Meia hora depois, o táxi depositou-o no pátio do telhado do Drake's Arms. Tremendo no ar gelado da noite, Jason seguiu para o carpete real de descida. Um instante depois, ingressava no movimento de luzes e cores aconchegantes do Salão Nellie Melba.

A hora: sete e meia. O primeiro show começaria logo. Ele deu uma olhada no aviso. Freddy Hydrocephalic ia se apresentar ali também, mas fazendo um número menor a preços mais baixos. Talvez ele se lembre de mim, pensou Jason. É provável que não. Em seguida, ao pensar melhor, concluiu: sem chance alguma.

Se Heather não se lembrava dele, ninguém se lembraria.

Ele se sentou no bar lotado – no único banco disponível – e, quando o barman finalmente reparou nele, pediu um uísque com mel, quente. Um pedaço de manteiga flutuava na bebida.

– Três dólares – disse o barman.

– Coloque na minha... – Jason começou e desistiu. Entregou uma nota de cinco.

E então a notou.

Sentada alguns bancos adiante. Ela tinha sido sua amante anos atrás. Ele não a via há muito tempo. Mas ela ainda tem um belo corpo, ele observou, apesar de estar bem mais velha. Ruth Rae. Logo quem.

Um detalhe a respeito de Ruth Rae: tinha a esperteza de não bronzear demais a pele. Nada envelhecia uma mulher mais rapidamente do que tomar sol, e poucas pareciam saber. Para uma mulher da idade de Ruth – ele imaginava que ela teria agora 38 ou 39 – o bronzeamento teria transformado sua pele em couro enrugado.

Além disso, ela se vestia bem. Sabia expor as belas formas. Se, pelo menos, o tempo não lhe marcasse tanto o semblante... Ainda assim, Ruth tinha um lindo cabelo preto, todo enrolado e puxado para trás. Cílios de plumas sintéticas, riscos roxo-brilhantes nas maçãs do rosto, como se um tigre psicodélico tivesse passado as garras nela.

Vestindo um sári colorido, descalça – como de costume, havia largado os sapatos de salto em algum canto – e sem os óculos, ela não estava nada mal. Ruth Rae, ele refletiu. Costura as próprias roupas. Lentes bifocais que nunca usa quando tem alguém por perto, exceto eu. Ainda lê o Livro do Mês? Ainda se excita lendo aqueles romances intermináveis e tediosos sobre transgressões sexuais em cidades pequenas, estranhas, mas aparentemente normais do Meio-Oeste?

Essa era uma faceta importante de Ruth Rae: sua obsessão por sexo. Em um ano de que ele se lembrava, ela havia transado com sessenta homens, sem incluí-lo: ele havia entrado e saído de sua vida antes, quando as estatísticas não eram tão altas.

E ela sempre gostara de música. Ruth Rae gostava de vocalistas sexy, baladas pop e arranjos de cordas tão doces que chegam a ser enjoativos.

No seu apartamento em Nova York, ela chegou a montar um enorme sistema de som quadrifônico e praticamente morava dentro dele, comendo sanduíches dietéticos e tomando bebidas viscosas e congeladas feitas de nada. Ouvindo, 48 horas seguidas, disco após disco do Purple People Strings, que ele abominava.

E porque os gostos dela, de modo geral, o irritavam, ele ficava chocado com o fato de ser um de seus favoritos. Era uma anomalia que ele nunca tinha sido capaz de decifrar.

Do que mais ele se lembrava sobre ela? Colheradas de um líquido oleoso e amarelado todas as manhãs: vitamina E. Por estranho que parecesse, não lhe causava efeito algum. O vigor erótico dela aumentava a cada colherada. O apetite sexual praticamente vazava de seus poros.

E, pelo que ele se lembrava, ela odiava animais. Isso o fez pensar em Kathy e seu gato, Domenico. Ruth e Kathy nunca se dariam bem. Mas isso não importa, elas nunca vão se encontrar.

Ele desceu do banco e caminhou, com o drinque na mão, até parar diante de Ruth Rae. Não esperava que ela o conhecesse, mas houve um tempo em que não conseguia se afastar dele... Por que isso não aconteceria agora? Ninguém tinha uma percepção melhor de oportunidade sexual que Ruth.

– Oi – ele disse.

Um pouco nebulosa – por estar sem os óculos –, Ruth Rae ergueu a cabeça, analisando-o.

– Oi – ela disse com a voz estridente de bourbon. – Quem é você?

Jason disse:

– Nos conhecemos há alguns anos em Nova York. Eu estava fazendo uma pequena participação em um episódio de *O Magnata Fantasma*... Pelo que me lembro, você cuidava do figurino.

– O episódio – esganiçou ela – em que o Magnata Fantasma era atacado por piratas gays de outra época. – Ela riu, depois sorriu para ele. – Qual o seu nome? – perguntou, sacudindo os peitos expostos na meia-taça.

– Jason Taverner – ele disse.

– Você se lembra do meu nome?

– Ah, sim – ele disse. – Ruth Rae.

– É Ruth Gomen, agora – disse ruidosamente. – Sente-se. – Ela olhou ao redor, não viu bancos vagos. – Aquela mesa ali. – Ela desceu do banco com extremo cuidado e seguiu cambaleante na direção de uma mesa vazia. Ele pegou seu braço, guiando-a pelo caminho. Logo após o momento de difícil locomoção, ele ajudou-a a se sentar e acomodou-se bem perto.

– Sua beleza não mudou nada... – ele começou, mas ela o cortou bruscamente.

– Estou velha – esganiçou. – Estou com 39.

– Isso não é velha – disse Jason. – Tenho 42.

– Para homem, tudo bem. Para mulher, não. – Ela encarou o Martini erguido com os olhos turvos. – Sabe o que Bob faz? Bob Gomen? Cria cães. Cachorrões barulhentos e agitados de pelo longo. Tem pelo até na geladeira. – Ela bebericou o Martini com mau humor. Então, de súbito, sua expressão ficou radiante. Olhou para ele e disse: – Você não parece ter 42. Você está *ótimo*! Sabe o que eu acho? Você deveria fazer TV ou cinema.

Jason disse com cautela:

– Já fiz TV. Um pouco.

– Ah, como no *Programa do Magnata Fantasma*. – Ela fez que sim com a cabeça. – Bem, vamos encarar. Nem eu nem você conseguimos.

– Vou beber em homenagem a isso – ele disse, divertindo-se de modo irônico. Deu um gole do uísque quente com mel. A manteiga havia derretido.

– Acho que me lembro, sim, de você – disse Ruth Rae. – Você não tinha um projeto para uma casa no Pacífico, a mais de mil quilômetros da Austrália? Era você?

– Era eu – ele disse, mentindo.

– E tinha uma nave Rolls-Royce.

– Sim – ele disse. Essa parte era verdade.

Ruth Rae disse, sorrindo:

– Sabe o que estou fazendo aqui? Tem alguma ideia? Estou tentando ver, conhecer, Freddy Hydrocephalic. Estou apaixonada por ele. – Ela deu a risada gutural de que ele se lembrava dos velhos tempos. – Fico mandando bilhetinhos, dizendo "Eu te amo", e ele responde com bilhetes *impressos*, dizendo "Não quero me envolver com ninguém. Tenho problemas pessoais". – Ela riu de novo, e terminou o drinque.

– Mais um? – disse Jason, levantando-se.

– Não. – Ruth Rae balançou a cabeça. – Não bebo mais. Houve uma época... – ela parou, a expressão conturbada. – Será que já aconteceu algo assim com você? Eu diria que não, só de olhar para você.

– O que aconteceu?

Ruth Rae disse, mexendo no copo vazio:

– Eu bebia o tempo *todo*. Começava às nove da manhã. E sabe o que isso fez comigo? Me fez parecer mais velha. Eu parecia ter

50 anos. Maldita bebida. Aquilo que você teme lhe acontecer, a bebida faz com que aconteça. Na minha opinião, a bebida é o grande inimigo da vida. Concorda?

– Não tenho certeza – disse Jason. – Acho que a vida tem inimigos piores que a bebida.

– Acho que sim. Como os campos de trabalhos forçados. Sabia que tentaram me mandar para um, no ano passado? Passei maus bocados mesmo. Não tinha dinheiro. Ainda não tinha conhecido Bob Gomen. E trabalhava para uma empresa de poupança e crédito. Um dia chegou um depósito *em dinheiro*... coisa de notas de cinquenta, três ou quatro pacotes. – Ela ficou introspectiva por um instante. – Enfim, eu peguei a grana e pus o comprovante de depósito e o envelope na fragmentadora de papéis. Mas me pegaram. Uma cilada, tudo armado.

– Uh! – ele disse.

– Mas... sabe, eu tinha um caso com meu chefe. Os pols queriam me arrastar para um campo de trabalhos forçados, na Georgia, onde eu seria espancada até a morte por caipiras, mas ele me protegeu. Ainda não sei como conseguiu, mas eles me soltaram. Devo muito a esse homem, e nunca mais o vi. Você nunca vê quem realmente ama e protege você. Estamos sempre envolvidos com estranhos.

– Você me considera um estranho? – perguntou Jason. Ele pensou consigo, lembro-me de mais uma coisa a seu respeito, Ruth Rae. Ela sempre manteve um apartamento de luxo. Não importava com quem estivesse casada: sempre morava bem.

Ruth Rae encarou-o com uma expressão questionadora.

– Não. Eu o considero um amigo.

– Obrigado. – Ele segurou a mão ressecada dela por um segundo, soltando no momento certo.

9

O luxo do apartamento de Ruth Rae impressionou Jason Taverner. Deve custar a ela, ele calculou, pelo menos quatrocentos dólares por dia. Bob Gomen deve estar em ótima situação financeira, concluiu. Ou pelo menos estava.

– Você não precisava ter comprado essa garrafa de Vat 69 – disse Ruth, pegando o paletó dele, levando-o, junto com o casaco dela, a um armário automático. – Tenho Cutty Sark e bourbon Hiram Walker...

Ruth havia aprendido muita coisa desde a última vez em que ele dormira com ela: era verdade. Satisfeito, ele ficou deitado, nu, sobre os cobertores da cama d'água, esfregando uma espinha inflamada no canto do nariz. Ruth Rae, ou melhor, Ruth Gomen, estava sentada no chão acarpetado, fumando um Pall Mall. Nenhum dos dois dizia nada há algum tempo. O quarto ficara silencioso. E, pensou ele, tão esgotado quanto eu. Não existe um princípio da termodinâmica que diz que o calor não pode ser destruído, apenas transferido? Mas também tem a entropia.

Sinto o peso da entropia em mim neste exato momento, ele concluiu. Eu me descarreguei em um vácuo, e nunca receberei de volta o que dei. É uma via de mão única. Sim, pensou, tenho certeza de que essa é uma das leis fundamentais da termodinâmica.

– Você tem uma enciclopédia eletrônica? – ele perguntou à mulher.

– Droga, não. – A preocupação surgiu no rosto de ameixa seca dela. Ameixa seca... ele retirou a imagem, não parecia justa. O rosto desgastado dela. Era mais por aí.

– Em que está pensando? – ele perguntou.

– Não, me diz você em que está pensando – disse Ruth. – O que se passa nesse seu grande cérebro supersecreto de consciência alfa?

– Você se lembra de uma garota chamada Monica Buff? – perguntou Jason.

– Se me lembro dela? Monica Buff foi minha cunhada por seis anos. Durante todo esse tempo ela não lavou o cabelo uma vez sequer. Era aquele lodo de pelo de cachorro marrom, embaraçado, bagunçado, caindo em volta do rosto pálido e do pescoço curto e sujo.

– Não sabia que você não gostava dela.

– Jason, ela *roubava*. Se você deixasse a bolsa por perto, ela passava a mão. Não só notas, mas todas as moedas também. Ela tinha cérebro de pega-rabuda e voz de gralha, e graças a Deus não falava muito. Você sabia que essa garota às vezes passava seis ou sete dias sem falar uma palavra? E uma vez em particular passou oito dias? Ficava só encolhida em um canto feito uma aranha ferida, dedilhando aquele violão de cinco dólares que ela tinha, mas nunca aprendeu os acordes. Ok, ela era bonita de um jeito desleixado, admito. Pra quem gosta de garotas porcas.

– Como ela sobrevivia? – perguntou Jason. Ele conhecera Monica Buff muito pouco, e por intermédio de Ruth. Mas, durante esse tempo, eles tiveram um caso rápido e alucinante.

– Fazendo furtos em lojas – disse Ruth Rae. – Ela tinha aquela bolsa grande de palha que comprou na Baja California... Enfiava as coisas naquilo e ia saindo da loja com a maior cara de pau.

– Como não era pega?

– Era. Recebeu uma multa, e o irmão veio com a grana, então lá estava ela de novo, na rua, passeando descalça... é sério! ...pela Shrewsbury Avenue, em Boston, apertando todos os pêssegos da seção de frutas do mercado. Monica passava dez horas por dia, segundo ela, fazendo compras. – Olhando-o fixamente, Ruth disse: – Sabe o que ela fez e nunca foi pega? – Ruth baixou a voz. – Alimentava estudantes foragidos.

– E nunca foi presa por isso? – Alimentar ou dar abrigo a estudantes foragidos significava dois anos em CTF, na primeira vez. Na segunda, a sentença era de cinco anos.

– Não, nunca foi presa. Quando ela achava que uma equipe da pol estava prestes a fazer uma blitz por perto, ligava rapidamente para a Central Pol e dizia que um homem estava tentando invadir sua casa. Então, colocava o estudante para fora e trancava a porta. Os pols chegavam e lá estava ele, batendo na porta, exatamente como ela havia dito. Assim, eles o levavam, e ela ficava livre. – Ruth deu uma risadinha. – Eu a ouvi fazendo uma ligação dessas uma vez. Do jeito que ela falava, o homem...

Jason disse:

– Monica foi minha namorada por três semanas. Uns cinco anos atrás.

– Você a viu lavar o cabelo alguma vez durante esse tempo?

– Não – ele admitiu.

– E não usava calcinha – disse Ruth. – Por que um homem bonito como você teria um caso com uma louca esquelética, suja e esfarrapada como Monica Buff? Você não deve ter conseguido levá-la a lugar algum. Ela fedia. Nunca tomava banho.

– Hebefrenia – disse Jason.

– Sim – assentiu Ruth. – Esse era o diagnóstico. Não sei se você sabe, mas ela acabou se perdendo durante uma de suas compras e nunca mais voltou. Nunca mais a vimos. A esta altura deve estar morta. Sem largar a bolsa de palha que comprou na Baja. Foi o grande momento de sua vida, essa viagem ao México. Ela *tomou banho* para a ocasião e arrumou o cabelo, depois que eu o lavei meia dúzia de vezes. O que você viu nela? Como conseguia suportá-la?

Jason disse:

– Eu gostava do senso de humor dela.

É injusto, ele pensou, comparar Ruth com uma garota de 19 anos. Ou mesmo com Monica Buff. Mas... a comparação permanecia ali, na mente dele, impossibilitando qualquer atração por Ruth Rae. Por melhor – por mais experiente, pelo menos – que ela fosse na cama. Eu a estou usando, pensou. Como Kathy me usou. Como McNulty usou Kathy.

McNulty. Não estou com um microtrans em algum lugar?

Rapidamente, Jason Taverner recolheu suas roupas e as levou ao banheiro. Lá, sentado na beira da banheira, começou a examinar cada peça.

Levou meia hora. Mas, finalmente, localizou-o. Ainda que fosse minúsculo. Jogou-o na privada e deu descarga. Trêmulo, voltou ao quarto. Então, eles sabem onde estou, concluiu. Não posso ficar aqui, portanto.

E pus a vida de Ruth Rae em risco por nada.

– Espera aí – ele disse em voz alta.

– Sim? – disse Ruth, escorada na parede do banheiro, cansada, braços cruzados sob os seios.

– Microtransmissores – Jason disse devagar – dão apenas localizações aproximadas. A menos que algo refaça seu trajeto a partir do sinal. – Até que isso aconteça...

Ele não podia ter certeza. Afinal, McNulty estava esperando no apartamento de Kathy. Mas McNulty fora até lá em resposta ao microtransmissor ou porque sabia que Kathy morava ali? Tonto de tanta ansiedade, sexo e uísque, ele não conseguia se lembrar. Ficou sentado na beira da banheira, esfregando a testa, esforçando-se para pensar, para lembrar exatamente o que havia sido dito quando ele e Kathy entraram no cômodo dela e encontraram Mc-Nulty esperando por eles.

Ed, pensou ele. *Eles disseram que Ed plantara o microtrans em mim. Então, foi isso que me localizou mesmo. Mas...*

Ainda assim, talvez só tenha informado a área geral. E eles presumiram, corretamente, que seria o apê de Kathy.

Para Ruth Rae, ele disse, com a voz falhando:

– Caramba, espero que eu não tenha feito os pols virem grunhindo atrás de você. Isso seria demais, demais para aguentar. – Ele balançou a cabeça, tentando se concentrar. – Tem algum café bem quente?

– Vou ligar o console do fogão. – Ruth Rae saiu agitada, descalça, usando apenas uma pulseira quadrada, do banheiro à cozinha. Um instante depois, ela voltou com uma grande caneca de plástico cheia de café, com os dizeres DEVAGAR E SEMPRE. Ele aceitou e bebeu todo o conteúdo fumegante.

– Não posso ficar – ele disse – nem mais um minuto. E, seja como for, você está muito velha.

Ela ficou olhando para ele, feito uma boneca pisada, torta e ridícula. Depois correu para a cozinha. *Por que eu disse isso?*, Jason perguntou-se. *A pressão, meus temores.* Ele foi atrás dela.

Ruth apareceu à porta da cozinha segurando uma travessa de pedra com os dizeres LEMBRANÇA DE KNOTTS BERRY FARM. Ela correu sem pensar na direção de Jason e baixou a travessa na cabeça dele, retorcendo os lábios como se fossem cobras recém-nascidas. No último instante, ele conseguiu erguer o cotovelo esquerdo e aparar o golpe. A travessa de pedra quebrou em três pedaços pontudos, e o sangue jorrou do cotovelo. Ele olhou para o sangue, para os cacos da travessa no carpete, e depois para ela.

– Desculpa – ela disse, sussurrando, com a voz fraca, mal conseguindo formar a palavra. As cobras recém-nascidas continuavam retorcendo-se, pedindo desculpa.

Jason disse:

– Desculpa.

– Vou colocar um band-aid. – Ela foi para o banheiro.

– Não – ele disse –, vou embora. É um corte limpo, não vai infeccionar.

– Por que você disse aquilo para mim? – perguntou Ruth, com a voz rouca.

– Por causa – ele disse – do meu próprio medo de envelhecer. Porque eles estão me esgotando... o que sobrou de mim. Quase não me resta nenhuma energia. Até para um orgasmo.

– Você foi muito bem.

– Mas foi o último – ele disse. Ele foi para o banheiro. Lavou o sangue do braço, deixou a água fria correr sobre o talho até começar a coagulação. Cinco minutos, cinquenta, ele não sabia. Simplesmente ficou ali, segurando o cotovelo sob a torneira. Ruth Rae tinha ido sabe-se Deus aonde. Provavelmente chamar os pols, ele disse a si mesmo, exausto. Estava cansado demais para se importar.

Droga, pensou. Depois do que eu disse a ela, não a culparia.

10

– Não – disse o general da polícia Felix Buckman, balançando a cabeça de modo rígido. – Jason Taverner existe, sim. Ele conseguiu, de alguma forma, apagar os dados de todos os bancos matrizes. – O general de polícia ponderou. – Tem certeza de que consegue pôr as mãos nele se necessário?

– Temos uma má notícia, sr. Buckman – disse McNulty. – Ele encontrou o microtrans e o destruiu. Portanto, não sabemos se ele ainda está em Vegas. Se tiver algum juízo, já deve ter ido embora. E é quase certo que tenha.

Buckman disse:

– É melhor você voltar para cá. Se ele consegue levantar dados, obter materiais autênticos assim, em nossos bancos, deve estar envolvido em atividades efetivas provavelmente importantes. Quão precisa é a localização que tem dele?

– Ele está... estava localizado em um apartamento dentre 85 de uma ala de um complexo de seiscentas unidades, todas caras e modernas, no bairro de West Fireflash, um lugar chamado Copperfield II.

– Melhor pedir a Vegas que passe pelas 85 unidades até encontrá-lo. E quando você o achar, despache-o por correio aéreo diretamente para mim. Mas ainda quero ver você em sua mesa. Tome uns estimulantes, esqueça o cochilo e venha para cá.

– Sim, sr. Buckman – disse McNulty, com uma careta de dor.

– Você não acredita que vamos encontrá-lo em Vegas – disse Buckman.

– Não, senhor.

– Talvez sim. Ao se desfazer do microtrans, pode ter concluído que está seguro agora.

– Discordo – disse McNulty. – Ao encontrá-lo, soube que tínhamos sua localização no West Fireflash. Fugiria. Rápido.

Buckman disse:

– Fugiria, se as pessoas agissem de modo racional. Mas não agem. Já notou isso, McNulty? Na maioria das vezes, elas se comportam de maneira caótica. – O que, meditou ele, é muito bom para elas... torna-as menos previsíveis.

– Já notei isso...

– Esteja à sua mesa em meia hora – disse Buckman, e interrompeu a ligação. A exibição pedante e a letargia nebulosa de McNulty sob efeito de estimulantes sempre o irritava.

Alys, observando tudo, disse:

– Um homem que desexistiu a si mesmo. Isso já aconteceu antes?

– Não – disse Buckman. – E não aconteceu desta vez. Em algum lugar, em algum canto obscuro, ele deixou passar algum microdocumento de caráter secundário. Continuaremos a busca até encontrarmos. Cedo ou tarde, teremos a impressão de voz ou o padrão de EEG correspondente, e aí saberemos quem ele é na verdade.

– Talvez ele seja exatamente quem diz ser. – Alys examinara as anotações grotescas de McNulty. – O sujeito é afiliado ao sindicato de músicos. Diz que é cantor. Talvez a impressão de voz seja o...

– Saia do meu escritório – disse Buckman.

– Só estou especulando. Talvez ele tenha gravado aquele novo sucesso de pornoacorde, "Desce, Moisés", que...

– Quer saber? – disse Buckman. – Vá para casa e procure, no escritório, um envelope de papel cristal na gaveta central da minha mesa de bordo. Vai encontrar um selo negro de um dólar do Trans-Mississippi, com uma leve marca de carimbo perfeitamente centrada. Comprei-a para minha coleção, mas pode ficar para você. Depois compro outra. *Mas vá agora*. Vá e pegue o maldito selo e guarde no álbum em seu cofre para sempre. Nem olhe duas vezes, apenas guarde para você. E me deixe trabalhar em paz. Combinado?

– Caramba – disse Alys, com os olhos brilhando. – Onde conseguiu?

– De um prisioneiro político a caminho de um campo de trabalhos forçados. Ele o entregou em troca de sua liberdade. Achei um acordo justo. Não acha?

Alys disse:

– O mais belo selo já emitido. De todos os tempos. De todos os países.

– Você quer? – disse ele.

– Sim. – Ela saiu para o corredor. – Até amanhã. Mas não precisa me dar um presente assim para me fazer sair. Quero ir para casa, tomar um banho, trocar de roupa e me deitar por algumas horas. Por outro lado, se quiser...

– Eu quero – disse Buckman, e, para si mesmo, acrescentou: porque tenho muito medo de você, um medo tão básico e ontológico de tudo em você, até mesmo do fato de estar saindo de bom grado. Até disso tenho medo!

Por quê?, perguntou a si mesmo vendo-a seguir para o tubo de subida da prisão isolada, do outro lado do conjunto de escritórios dele. Eu a conheço desde criança, e tinha medo dela então. Acho que é porque, de alguma forma básica que não compreendo, ela não segue regras. Todos temos regras. Elas diferem, mas todos as seguimos. Por exemplo, conjecturou, não assassinamos um homem que acabou de nos fazer um favor. Mesmo neste estado policial em que vivemos... até mesmo *nós* acatamos *esta* regra. E não destruímos, de modo proposital, objetos que nos são caros. Mas Alys é capaz de ir para casa, encontrar o selo negro de um dólar e pôr fogo nele com o cigarro. Sei disso e, no entanto, dei para ela. Ainda rezo para que, em algum nível, algum dia ou sei lá como, ela volte a seguir as regras como qualquer pessoa normal.

Mas isso nunca vai acontecer.

Ele pensou: e a razão pela qual ofereci o selo negro de um dólar a ela é, simplesmente, a esperança de atraí-la, tentá-la a voltar às regras que possamos compreender. Regras que possam ser aplicadas pelos outros. É um modo de suborná-la e é uma perda de tempo – senão de outras coisas – e sei disso, e ela sabe também. Sim, pensou, ela provavelmente vai tocar fogo no selo negro de um dólar, o selo mais sofisticado já emitido, o item de filatelia que jamais vi à venda em toda a minha vida. Sequer em leilões. E quando eu chegar em casa hoje à noite, ela me mostrará as cinzas. Talvez deixe um canto do selo intacto, para provar que de fato o queimou.

E eu acreditarei. E ficarei com mais medo ainda.

Mal-humorado, o general Buckman abriu a terceira gaveta da mesa grande e colocou um rolo de fita no pequeno *deck* que guardava ali. Árias para quatro vozes de Dowland... Ele ficou de pé, ouvindo uma que lhe agradava muito, dentre todas as canções dos libretos de Dowland.

> *... Pois agora, esquecido e desamparado,*
> *Sento-me, suspiro, choro, desmaio, morro*
> *Com uma dor atroz e um sofrimento sem fim.*

O primeiro homem, refletiu Buckman, a escrever uma composição musical abstrata. Retirou a fita, colocou uma de alaúde, e ficou ouvindo a "Lachrimae Antiquae Pavan". Desta, por fim, disse a si mesmo, vieram os quartetos finais de Beethoven. E tudo mais. Exceto Wagner.

Ele detestava Wagner. Wagner e afins, como Berlioz, regrediram a música em três séculos. Até que Karlheinz Stockhausen, com seu "Gesang der Jünglinge", voltasse a modernizá-la.

De pé, ao lado da mesa, ele observou por um momento a foto em 4D de Jason Taverner – a fotografia tirada por Katharine Nelson.

Que homem bonito, pensou. Uma beleza quase profissional. Bom, ele é cantor, faz sentido. É do show business.

Ao tocar a foto 4D, ouviu-a dizer: "O sabiá sabia assobiar". E sorriu. E, ao ouvir "Lachrimae Antiquae Pavan", mais uma vez, pensou:

Fluam, minhas lágrimas...

Meu carma é mesmo ser pol?, perguntou-se. Amando as palavras e a música assim? Sim, pensou. Sou um pol estupendo *por não pensar como um pol*. Não penso, por exemplo, como McNulty, que sempre será – como se dizia mesmo? – um porco a vida toda. Eu não penso como as pessoas que estamos tentando prender, mas como as pessoas *importantes* que estamos tentando prender. Como esse homem, pensou, esse Jason Taverner. Tenho um palpite, uma intuição irracional, mas belamente funcional, de que ele ainda está em Las Vegas. Vamos encurralá-lo ali, e não onde pensa McNulty, pela razão e pela lógica, em um lugar mais distante.

Sou como Byron, pensou, que lutou pela liberdade, que abriu mão da própria vida para lutar pela Grécia. Só não estou lutando pela liberdade, mas por uma sociedade coerente.

Isso é mesmo verdade?, perguntou-se. É por isso que faço o que faço? Para criar ordem, estrutura, harmonia? Regras. Sim, pensou, as regras são importantes demais para mim, e é por isso que Alys me ameaça. Por isso consigo lidar com tantas outras coisas, mas não com ela.

Graças a Deus que os outros não são todos como ela, disse a si mesmo. Graças a Deus que, na verdade, ela seja um caso raro.

Ele apertou um botão no interfone da mesa e disse:

– Herb, pode vir aqui, por favor?

Herbert Maime entrou no escritório com uma pilha de cartões de computador nas mãos. Parecia perturbado.

– Quer fazer uma aposta, Herb? – perguntou Buckman. – Aquele Jason Taverner está em Las Vegas.

– Por que está se preocupando com um probleminha tão besta e bizarro? – disse Herb. – É do nível de McNulty, não do seu.

Buckman sentou-se e começou um jogo tedioso de cores no picfone. Acionou as bandeiras de várias nações extintas.

– Veja o que esse homem fez. De algum modo, conseguiu obter todos os dados relativos a ele de todos os bancos de dados do planeta *e* das colônias lunares *e* marcianas... McNulty já tentou até lá. Pensei por um minuto o que seria necessário para realizar esse feito. Dinheiro? Quantias imensas. De suborno. Astronômicas. Se Taverner usou uma grana tão alta, está envolvido em algo grande. Influência? Mesma conclusão: ele tem muito poder, e temos de considerá-lo uma figura importante. Quem ele representa é o que mais me preocupa. Acho que algum grupo, de algum lugar da Terra, o está apoiando, mas não faço ideia de para que ou por quê. Está bem, digamos que apagaram todos os dados relativos a ele. Jason Taverner é o homem que não existe. No entanto, o que conseguiram com isso?

Herb refletiu.

– Não consigo compreender – disse Buckman. – Não faz nenhum sentido. Mas, se estão interessados em fazer isso, deve significar algo. Caso contrário, não gastariam tanto – ele fez um gesto – o que quer que tenham gastado. Dinheiro, tempo, influência, o que seja. Talvez os três. Além de grandes doses de esforço.

– Entendo – disse Herb, acenando com a cabeça.

Buckman disse:

– Às vezes você pega o peixe grande ao fisgar o pequeno. Nunca se sabe: o próximo peixe pequeno que pegar será o elo para algo gigantesco ou... – ele deu de ombros – só mais um peixinho a ser jogado no mar de subalternos. O que, talvez, seja o caso de Jason Taverner. Posso estar completamente enganado. Mas estou interessado.

– O que – disse Herb – é pior para Taverner.

– Sim – concordou Buckman. – Agora considere o seguinte. – Ele fez uma breve pausa para soltar um pum silencioso, e continuou. – Taverner chegou a uma falsificadora de identidades, uma falsária comum que opera nos fundos de um restaurante abandonado. Ele não tinha contatos. Pelo amor de Deus, ele teve de pedir ajuda ao recepcionista do hotel em que estava hospedado. Portanto, devia estar desesperado por cartões de identidade. Ok, onde estavam seus poderosos chefões nessa hora? Por que não forneceram a ele excelentes cartões falsificados, se puderam fazer todo o resto? Meu Deus, eles o mandaram para as ruas, para a selva de detritos urbanos, direto para as mãos de um informante pol. Colocaram tudo em risco!

– Sim – disse Herb, acenando com a cabeça. – Algo falhou.

– Isso. *Algo deu errado.* De repente, lá estava ele, no meio da cidade, sem documentos. Tudo o que trazia era falsificado por Kathy Nelson. Como isso veio a acontecer? Como conseguiram foder tudo, levando-o a sair desesperadamente atrás de cartões de identidade forjados para que pudesse andar três quadras na rua? Você entendeu meu ponto de vista.

– Mas é assim que os pegamos.

– O quê? – disse Buckman. Ele baixou o volume da música de alaúde no toca-fitas.

Herb disse:

– Se eles não errassem dessa forma, não teríamos uma chance. Permaneceriam uma entidade metafísica para nós, nunca vislumbrada ou suspeitada. Nós vivemos de erros como esse. Não vejo importância no *motivo* pelo qual erraram. Só importa que erraram. E deveríamos ficar muito contentes com isso.

E estou, pensou Buckman. Inclinou-se e apertou a extensão de McNulty. Sem resposta. McNulty ainda não estava no prédio. Buckman consultou o relógio. Mais uns quinze minutos.

Ligou para a central de triagem Blue.

– No que deu a operação Las Vegas, no bairro de Fireflash? – perguntou às operadoras jovens que ficavam sentadas em bancos altos diante do painel de mapas, empurrando pequenas representações de plástico com longos tacos de bilhar. – O cerco ao indivíduo que diz se chamar Jason Taverner.

Ouviu um zunido e um clique de computadores, a operadora apertando botões com destreza.

– Vou passá-lo ao capitão responsável por essa operação. – Na tela de Buckman, um sujeito uniformizado apareceu, com uma aparência plácida e idiótica.

– Sim, general Buckman?

– Achou Taverner?

– Ainda não, senhor. Fizemos a busca em cerca de trinta unidades alugadas em...

– Quando acharem – disse Buckman –, ligue direto para mim.

Ele passou seu ramal ao pol de aspecto meio imbecil e desligou, com uma vaga sensação de derrota.

– Leva tempo – disse Herb.

– Como a boa cerveja – murmurou Buckman, com o olhar vazio adiante e o cérebro trabalhando. Um trabalho sem resultados.

– O senhor e suas intuições, no sentido junguiano – disse Herb. – É a sua classificação na tipologia junguiana: intuição e pensamento, sendo a intuição sua função psíquica principal, e o pensamento...

– Besteira. – Ele enrolou uma página das anotações toscas de McNulty e jogou-a na fragmentadora de papéis.

– Nunca leu Jung?

– Claro. Quando me formei em Berkeley. Todo o departamento de ciências policiais tinha que ler Jung. Aprendi tudo o que você sabe e muito mais. – Sentiu a irritabilidade na própria voz e não gostou. – Devem estar fazendo as buscas feito catadores de lixo. Com estrondos e tinidos... Taverner vai ouvi-los muito antes de chegarem ao apartamento em que está.

– Acha que vai chegar a alguém por meio de Taverner? Alguém que esteja acima dele no...

– Ele não estaria com ninguém crucial. Não com seus cartões de identidade na delegacia local. Não com a gente tão perto dele quanto ele sabe que estamos. Não espero nada. Nada além do próprio Taverner.

Herb disse:

– Farei uma aposta com o senhor.

– Ok.

– Aposto cinco quinques, de ouro, que quando pegá-lo, não encontrará nada.

Surpreso, Buckman endireitou-se na cadeira. Soava ao seu próprio estilo de intuição: nenhum fato, nenhum dado como base, apenas pressentimento puro.

– Quer fazer a aposta? – disse Herb.

– Vou fazer o seguinte – disse Buckman. Ele pegou a carteira e contou o dinheiro. – Aposto mil dólares em papel que quando prendermos Taverner entraremos numa das áreas mais importantes em que já nos envolvemos.

Herb disse:

– Não vou apostar tanto dinheiro.

– Acha que estou certo?

O telefone tocou. Buckman atendeu. Na tela, as feições do funcionário meio imbecil de Las Vegas se formaram.

– Nosso termo-Radex aponta um homem com o peso, a altura e a estrutura geral de Taverner em um dos apartamentos ainda não verificados. Estamos entrando com muita cautela, retirando todas as outras pessoas das unidades próximas.

– Não o matem – disse Buckman.

– De modo algum, sr. Buckman.

– Mantenha o contato comigo aberto – disse Buckman. – Quero participar disso a partir de agora.

– Sim, senhor.

Buckman disse a Herb Maime:

– Na verdade, já o pegaram. – Sorriu, com uma risadinha de prazer.

11

Quando Jason Taverner foi pegar suas roupas, encontrou Ruth Rae sentada na penumbra do quarto, na cama amarrotada, ainda quente, toda vestida e fumando seu cigarro de costume. A luz noturna cinzenta entrava pelas janelas. A brasa do cigarro irradiava seu calor nervoso.

— Isso vai matar você – ele disse. – Não é à toa que foram limitados a um maço por pessoa por semana.

— Foda-se – disse Ruth Rae, e continuou fumando.

— Mas você compra no mercado negro – ele disse. Uma vez ele a acompanhara para comprar um pacote. Mesmo com sua renda, ele ficara assustado com o preço. Mas ela não pareceu se importar. Com certeza, já esperava. Ela sabia o custo do próprio vício.

— Eu compro. – Ela apagou o cigarro longo demais em um cinzeiro de cerâmica em forma de pulmão.

— Está desperdiçando.

— Você amou Monica Buff? – perguntou Ruth.

— Claro.

— Não entendo como pôde.

Jason disse:

— Existem diferentes tipos de amor.

— Como o coelho de Emily Fusselman. – Ela olhou para ele. – Uma mulher que conheci, casada, com três filhos. Tinha dois gatinhos e comprou um daqueles coelhos belgas, cinzas e grandes, que ficam pulando com as enormes patas traseiras. No primeiro mês, o coelho ficou com medo de sair da gaiola. Era macho, pelo que pudemos concluir. Depois de um mês, ele saía da gaiola e saltava pela sala. Em dois meses, aprendeu a subir a escada e arranhar a porta do quarto de Emily para acordá-la de manhã. Ele começou a brincar com os gatos, e foi aí que o problema começou, porque ele não era tão esperto quanto os gatos.

– Coelhos têm cérebros menores – disse Jason.

Ruth Rae disse:

– Não muito. Seja como for, ele adorava os gatos e tentava fazer tudo o que eles faziam. Até aprendeu a usar a caixa de areia a maior parte das vezes. Com tufos de pelo que tirou do peito, ele fez um ninho atrás do sofá e quis que os gatos entrassem. Mas eles nunca entravam. O fim de tudo, ou quase, foi quando ele tentou brincar de pega-pega com um pastor alemão que havia sido trazido por uma mulher. Sabe, o coelho aprendeu a fazer um jogo com os gatos, com Emily Fusselman e as crianças, em que ele se escondia atrás do sofá e depois saía correndo, correndo muito rápido em círculos, e todos tentavam pegá-lo, mas geralmente não conseguiam, aí ele corria de volta para trás do sofá, onde estava seguro e ninguém deveria segui-lo. Mas o cachorro não sabia as regras do jogo, e quando o coelho correu para trás do sofá, o cachorro foi atrás e abocanhou-lhe o traseiro. Emily conseguiu abrir as mandíbulas do cachorro e o levou para fora, mas o coelho ficou muito ferido. Ele se recuperou, mas depois disso ficou com pavor de cães e fugia se visse um, mesmo pela janela. E a parte do corpo que o cachorro mordeu, o coelho escondia atrás das cortinas, porque ficou sem pelos ali e ele tinha vergonha. Mas o mais comovente nele era o fato de forçar os limites de sua... como eu diria? Fisiologia? De seus limites de coelho, tentando se tornar uma forma de vida mais evoluída, como os gatos. Tentando estar sempre com eles e brincar com eles como um igual. Não passava disso, na verdade. Os gatinhos não ficavam no ninho que ele fez para eles, e o cachorro não sabia as regras e o mordeu. Ele viveu por vários anos. Mas quem diria que um coelho poderia desenvolver uma personalidade tão complexa? E quando alguém se sentava no sofá, e ele queria que a pessoa saísse para ele poder se deitar, ele cutucava a pessoa, e se ela não saísse, ele mordia. Mas veja as aspirações desse coelho e veja o fracasso dele. Uma pequena vida de tentativas. E era sempre inútil, mas o coelho não sabia disso. Ou talvez soubesse e continuava tentando mesmo assim. Mas acho que ele não entendia. Só queria muito fazer. Sua vida toda era isso, porque ele adorava gatos.

– Achei que você não gostasse de animais – disse Jason.

– Não gosto mais. Não depois de tantos erros e derrotas. Como o coelho; no fim, é claro, ele morreu. Emily Fusselman chorou por dias. Uma semana. Eu vi o que aquilo causara nela e não quis me envolver.

– Mas deixar de amar os animais totalmente para você...

– A vida deles é curta demais. Terrivelmente curta. Ok, algumas pessoas perdem uma criatura amada e seguem em frente; transferem o amor a outra. Mas que dói, dói.

– Então, por que o amor é tão bom? – Ele havia refletido a respeito, com base em seus próprios relacionamentos, por toda a sua vida adulta. Refletia de forma intensa agora. Pensando nos fatos mais recentes, até a história do coelho de Emily Fusselman. Nesse momento de dor. – Você ama alguém, e a pessoa vai embora. Ela chega em casa um dia e começa a fazer as malas, e você diz: "O que está acontecendo?", e ela responde: "Recebi uma oferta melhor em outro lugar", e lá vai ela, saindo da sua vida para sempre. E depois disso, até a morte, você carrega esse enorme quinhão de amor sem ninguém para recebê-lo. E se você encontra alguém para recebê-lo, a mesma coisa acontece de novo. Ou você liga para a pessoa um dia e diz: "É o Jason", e ela diz: "Quem?", e aí você sabe que não aguenta mais. A pessoa nem sabe quem você é. Então, concluo que nunca soube; ela nunca chegou a ser sua.

Ruth disse:

– Amar não é apenas querer uma pessoa do jeito que você quer um objeto que vê numa loja. Isso é apenas desejo. Querer ter a coisa ao alcance, levar para casa e colocar em um lugar do apartamento feito um abajur. Amar é... – ela fez uma pausa, refletindo – como quando um pai salva o filho de uma casa em chamas, retira-o e morre. Quando você ama, para de viver para si mesmo. Você vive para outra pessoa.

– E isso é bom? – Não soava tão bom para ele.

– Supera o instinto. O instinto nos força a lutar pela sobrevivência. Como os pols cercando todos os campi. A própria sobrevivência em detrimento das outras. Cada um de nós tenta subir à força. Posso dar um bom exemplo. Meu vigésimo primeiro marido, Frank. Fomos casados por seis meses. Durante esse período ele parou de me amar e ficou terrivelmente infeliz. *Eu* ainda o amava. Eu queria continuar com Frank, mas isso estava acabando com ele. Então, deixei que fosse embora. Percebe? Era melhor para ele, e porque o amava, era isso que contava. Entende?

Jason disse:

– Mas por que é ruim ir contra o instinto de sobrevivência?

– Você acha que não sei responder.

– Acho – ele disse.

– Porque o instinto de sobrevivência perde no fim. Para todas as criaturas vivas, toupeiras, morcegos, humanos, rãs. Até para rãs que fumam charuto e jogam xadrez. Você nunca consegue realizar o que seu instinto de sobrevivência tem como meta, portanto, sua luta termina com o fracasso, e você sucumbe à morte, e acabou. Mas se você ama, pode desaparecer aos poucos e assistir...

– Não estou pronto para desaparecer aos poucos – disse Jason.

– ...pode desaparecer aos poucos e assistir, feliz, com um contentamento sereno, suave e primal, a forma mais sublime de contentamento, a continuidade daqueles que você ama.

– Mas eles morrem também.

– Verdade. – Ruth Rae mordeu o lábio.

– É melhor não amar para que isso nunca aconteça com você. Nem mesmo um animal de estimação, um cachorro ou um gato. Como você observou, você os ama e eles sucumbem. Se a morte de um coelho é ruim... – Ele teve, então, uma visão de terror: os ossos esmagados e os cabelos de uma garota, presos e derramando sangue, nas mandíbulas de um inimigo obscuro, mais ameaçador do que qualquer cachorro.

– Mas você pode sofrer pela perda – disse Ruth, analisando o rosto dele com ansiedade. – Jason! O sofrimento é a emoção mais poderosa que um homem, mulher ou animal podem sentir. É um sentimento *bom*.

– Em que raio de sentido? – ele disse de modo rude.

– O sofrimento faz com que você se afaste de si mesmo. Você sai da pele apertada que habita. E não é possível sofrer a não ser que você já tenha amado. O sofrimento é o resultado final do amor, porque é o amor perdido. Você entende, sei que entende. Só não quer pensar a respeito. É o ciclo do amor completo: amar, perder, sofrer, retirar-se e amar de novo. Jason, o sofrimento é a consciência de que você vai ter que ficar sozinho, e não existe nada além disso, porque estar sozinho é o destino máximo e final de toda criatura viva. A morte é isso, a grande solidão. Eu me lembro de quando fumei maconha pela primeira vez, num narguilé, não num baseado. A fumaça estava fria, e eu não percebi o quanto tinha inalado. De repente, eu morri. Por um pequeno instante, mas que durou alguns segundos. O mundo, todas as sensações, inclusive a consciência do meu próprio corpo, até de ter um corpo, desapareceram aos poucos. E não fiquei isolada no sentido comum, porque quando você fica isolado no sentido comum, ainda recebe dados sensoriais, mesmo que apenas do seu próprio corpo. Mas até a escuridão se foi. Tudo simplesmente parou. Silêncio. Nada. Sozinha.

– Devem ter embebido a erva naquelas merdas tóxicas. Teve um tempo em que isso acabava com muita gente.

– Sim, tenho sorte de minha cabeça ter voltado. Coisa louca... Eu tinha fumado maconha muitas vezes antes e isso nunca aconteceu. É por isso que fumo cigarro agora, depois disso. Seja como for, não era como desmaiar. Eu não sentia que estava caindo porque não havia nada para cair, nenhum corpo... e não havia onde cair. Tudo, inclusive eu, simplesmente... – ela fez um gesto – expirou. Como a última gota saindo da garrafa. Então, de imediato, as imagens voltaram. O filme a que chamamos realidade. – Ela fez uma pausa e deu um trago no cigarro. – Nunca tinha contado isso a ninguém.

– Tinha medo?

Ela fez que sim com a cabeça.

– A consciência da inconsciência, se é que você me entende. Quando morremos mesmo, não sentimos nada porque isso é que é morrer, a perda disso tudo. Então, por exemplo, não tenho mais medo da morte, nem um pouco, não depois dessa *bad trip* de maconha. Mas o sofrimento diante da perda, isso é morrer e estar vivo ao mesmo tempo. Portanto, é a experiência mais intensa e absoluta que você pode ter. Às vezes, posso jurar que não fomos feitos para passar por algo assim. É excessivo... O corpo chega perto demais da autodestruição com tanta angústia. Mas eu *quero* ter o sofrimento da perda. Quero as lágrimas.

– Por quê? – ele não conseguia compreender. Para ele, era algo a ser evitado. Ao sentir isso, era preciso cair fora rápido.

Ruth disse:

– O sofrimento faz com que você se reunifique com aquilo que perdeu. É uma fusão. Você vai junto com a coisa ou pessoa amada que está partindo. De certo modo, você se separa de si mesmo para segui-la, acompanhando-a em uma parte da jornada. Você a segue até onde é possível ir. Lembro-me de um cachorro que eu amava. Eu tinha uns 17 ou 18 anos. Lembro que estava entrando na maioridade sexual. O cachorro ficou doente e o levamos ao veterinário. Disseram que ele tinha ingerido veneno de rato e estava com menos de uma bolsa de sangue, e as próximas 24 horas seriam decisivas para sua sobrevivência. Fui para casa esperar e, por volta das onze da noite, capotei. O veterinário ia me ligar de manhã, quando chegasse ao trabalho para ver se Hank acordara vivo. Despertei às oito e meia e tentei preparar minha mente enquanto aguardava a ligação. Fui escovar os dentes e vi Hank no canto inferior esquerdo do banheiro. Ele estava subindo uma escada invisível, de modo comedido e com dignidade. Fiquei vendo-o subir na diagonal, com passos pesados, e então, no canto superior direito do banheiro, ele desapareceu, subindo. Ele não olhou para trás nem uma vez. Eu sabia que ele tinha morrido. Em seguida, o telefone tocou e o veterinário me disse que Hank estava morto. Mas eu o vi subir. E, é claro, senti uma dor terrível e devastadora, e, ao experimentá-la, perdi o controle e o segui pela porra da escada.

Ambos ficaram em silêncio por um momento.

– Mas no fim – disse Ruth, limpando a garganta – o sofrimento passa e você vai voltando a este mundo. Sem ele.

– E você consegue aceitar isso?

– Que raio de opção existe? Você chora, você continua chorando, porque nunca volta completamente do lugar para onde foi com ele... um fragmento do seu coração partido e pulsante ainda está lá. Um corte. Uma ferida que nunca cicatriza. E se, quando isso acontece repetidas vezes na vida, uma parte muito grande do seu coração finalmente se perde, você não consegue mais sentir dor. Aí você mesmo está pronto para morrer. Você vai subir a escada inclinada, e outra pessoa ficará para trás, sofrendo a sua perda.

– Meu coração não tem cortes – disse Jason.

– Se você sumir agora – Ruth disse com a voz rouca, mas com uma compostura não característica –, é assim que vai ser para mim nesse exato instante.

– Vou ficar até amanhã – ele disse. Era o tempo mínimo para que o laboratório pol concluísse que seus cartões de identidade eram falsos.

Kathy me salvou?, ele se perguntou. Ou me destruiu? Eu não sabia mesmo. Kathy, pensou, me usou, aos 19 anos sabe mais do que eu e você juntos. Mais do que ainda vamos descobrir na totalidade de nossa vida até chegarmos ao túmulo.

Como a condutora de um grupo de encontro terapêutico, ela o derrubara... e para quê? Para reconstruí-lo, mais forte que antes? Ele duvidava. Mas permanecia uma possibilidade. E não deveria ser esquecida. Ele sentia em relação a Kathy uma estranha confiança cínica, tanto absoluta quanto não convincente. Metade de seu cérebro a via como confiável além da possibilidade de definição, e a outra metade a via como corrupta, vendida e fodendo os dois lados. Ele não conseguia juntar numa única visão. As duas imagens de Kathy permaneciam sobrepostas na cabeça dele.

Talvez eu possa resolver minhas concepções paralelas de Kathy antes de sair daqui, pensou. Antes do amanhecer. Mas talvez pudesse ficar até mesmo um dia depois disso... mas seria arriscado. Será que a polícia é tão boa assim?, perguntou-se. Conseguiram errar meu nome. Puxaram o arquivo errado para mim. Não é possível que ferrem com tudo na sequência? Talvez sim. Mas talvez não.

Ele também tinha concepções opostas e mútuas da polícia. E também não conseguia resolvê-las. Assim, como um coelho, como o coelho de Emily Fusselman, paralisou onde estava. Esperando, ao fazê-lo, que todos entendessem as regras: não se destrói uma criatura que não sabe o que fazer.

12

Os quatro pols envoltos em capas cinzas estavam agrupados à luz de uma instalação semelhante a uma vela, feita de ferro preto e cerâmica com uma chama falsa e perpétua tremeluzindo na escuridão da noite.

– Restam apenas dois – disse o cabo, quase sem som. Ele deixou os dedos falarem por si, passando-os sobre a lista de inquilinos. – Uma tal de sra. Ruth Gomen, no 211, e um Allen Mufi, no 212. Qual vamos abordar primeiro?

– O Mufi – disse um dos oficiais uniformizados. Na penumbra, ele bateu o cassetete contra os dedos, ávido para terminar, agora que o término finalmente estava à vista.

– Que seja o 212 – disse o cabo, e estendeu a mão para a campainha. Mas depois resolveu tentar a maçaneta.

Ótimo. Uma chance dentre várias, uma pequena possibilidade, mas verdadeira e útil. A porta estava destrancada. Ele fez sinal de silêncio, deu um breve sorriso e empurrou a porta.

Eles viram uma sala de estar escura com copos vazios e semivazios espalhados, alguns no chão. E uma grande variedade de cinzeiros abarrotados de maços de cigarro amassados e bitucas apagadas.

Uma festa de cigarros, concluiu o cabo. Que já acabou. Todos foram para casa. Com exceção do sr. Mufi, talvez.

Ele entrou, apontou a lanterna aqui e ali, mirou-a, por fim, na direção da porta que levava ao interior do apartamento de luxo. Nenhum som. Nenhum movimento. Exceto o ruído fraco, distante e abafado de um programa radiofônico de entrevistas no volume mínimo.

Ele pisou o carpete, que tinha uma imagem dourada da ascensão final de Richard M. Nixon aos céus, entre cânticos alegres ao alto e lamentos de tristeza abaixo. Ao chegar à outra porta, ele pisou em Deus, que sorria muito ao receber Seu Segundo Filho Único e Unigênito de volta ao Seu Seio, e abriu a porta do quarto.

Na grande cama de casal, macia e volumosa, um homem dormia com os ombros e braços nus. Suas roupas estavam amontoadas sobre uma cadeira. O sr. Allen Mufi, é claro. Na segurança do lar, em sua cama de casal particular. Mas... o sr. Mufi não estava sozinho em sua cama particular. Envolto nos lençóis e cobertores em tons pastel, havia um segundo vulto indistinto, dormindo aconchegado. A sra. Mufi, pensou o cabo, e mirou a lanterna na direção dela com uma curiosidade masculina.

De repente, Allen Mufi – supondo-se que fosse ele – mexeu-se. Abriu os olhos. E sentou-se de imediato, olhando fixamente para os pols. Para a luz da lanterna.

– O quê? – disse ele, e soltou uma respiração profunda, trêmula e convulsiva de pavor. – Não – disse Mufi, e em seguida tentou pegar um objeto na mesa de cabeceira. Mergulhou na escuridão, branco, peludo e nu, buscando algo invisível, mas precioso. Em desespero. Voltou a sentar-se, ofegante, segurando firme o objeto. Uma tesoura.

– Pra que isso? – perguntou o cabo, mirando a luz no metal da tesoura.

– Vou me matar – disse Mufi. – Se não forem embora e... nos deixarem em paz. – Espetou as lâminas fechadas contra o peito peludo, perto do coração.

– Então não é a sra. Mufi – disse o cabo. Ele voltou o círculo de luz para o outro vulto, encolhido sob as cobertas. – Uma rapidinha depois da orgia. Transformando seu apartamento num quarto de motel? – O cabo foi até a cama, segurou o lençol e os cobertores e puxou.

Na cama, ao lado do sr. Mufi, havia um rapaz, delgado, jovem, nu, de longos cabelos dourados.

– Macacos me mordam – disse o cabo.

Um de seus homens disse:

– Peguei a tesoura. – Ele a jogou no chão, perto do pé direito do cabo.

Para o sr. Mufi, que tremia e arfava, com olhar perplexo de pavor, o cabo disse:

– Quantos anos tem o garoto?

O garoto acabara de acordar. Olhava fixamente para cima, mas não se moveu. Não havia expressão no rosto macio de feições ainda indefinidas.

– Treze – disse o sr. Mufi, com a voz grave e rouca, quase suplicante. – Maioridade sexual por lei.

Para o garoto, o cabo perguntou:

– Pode provar? – sentia agora intensa repulsa. Repulsa física aguda, causando ânsia de vômito. A cama estava úmida e manchada, com suor meio seco e secreções genitais.

– Identidade – disse Mufi, ofegante. – Na carteira dele. Na calça sobre a cadeira.

Um dos pols disse ao cabo:

– Quer dizer que se o menino tiver 13 anos não há crime?

– Cacete – disse outro pol com indignação. – É óbvio que é crime, crime perverso. Vamos levar os dois.

– Esperem um minuto. Está bem? – O cabo encontrou a calça do menino, revistou, encontrou a carteira e examinou a identidade. Isso mesmo. Treze anos. Fechou a carteira e colocou-a de volta no bolso. – Não – ele disse, ainda divertindo-se, em parte, com a situação, achando graça da vergonha de Mufi nu, mas cada vez mais revoltado com o horror covarde do homem diante da revelação. – A nova revisão do Código Penal, 640.3, diz que 12 anos é a idade de consentimento para um menor se envolver em ato sexual com outra criança ou adulto de qualquer sexo, mas apenas um de cada vez.

– Mas é repugnante demais – protestou um dos pols.

– Essa é sua opinião – disse Mufi, mais corajoso agora.

– Por que não é caso de prisão, um puta caso de prisão? – insistiu o pol atrás dele.

– Estão retirando sistematicamente todos os crimes sem vítima da legislação – disse o cabo. – É um processo que já tem dez anos.

– *Isto? Isto* é sem vítima?

Para Mufi, o cabo disse:

– O que o atrai em meninos? Me explique. Sempre tentei entender depravados como você.

– "Depravado" – repetiu Mufi, a boca retorcida de desconforto. – Então é isso que eu sou.

– É uma categoria – disse o cabo. – Os que espreitam menores com propósitos homossexuais. Permitido por lei, mas ainda abominado. O que faz durante o dia?

– Sou vendedor de quibbles usados.

– E se eles, seus empregadores, souberem que você é um depravado, não vão querer que trabalhe com os quibbles deles. Não depois de saberem o que essas mãos brancas e peludas tocam depois do trabalho. Certo, sr. Mufi? Nem mesmo um vendedor de quibbles usados consegue ficar com a moral ilesa se descobrem que é um depravado. Mesmo que não conste mais da legislação.

Mufi disse:

– Foi culpa da minha mãe. Ela dominava meu pai, que era um homem fraco.

– Quantos meninos induziu a fazer sexo com você nos últimos doze meses? – indagou o cabo. – Estou falando sério. São todos casos de uma noite apenas, certo?

– Eu amo Ben – disse Mufi, o olhar fixo adiante, a boca quase imóvel. – Um dia, quando eu estiver com a condição financeira mais estável, pretendo me casar com ele.

Para o menino Ben, o cabo disse:

– Você quer que nós o tiremos daqui? De volta para os seus pais?

– Ele mora aqui – disse Mufi, sorrindo um pouco.

– É, vou ficar aqui – disse o garoto, em tom soturno. Ele estremeceu. – Caramba, pode me devolver as cobertas? – Estendeu a mão, irritado, para pegar o cobertor.

– Mantenha o nível de ruído baixo aqui dentro – disse o cabo, afastando-se com cansaço. – Meu Deus. E tiraram da legislação.

– Provavelmente – disse Mufi, confiante, agora que os pols começavam a se retirar do quarto – porque alguns daqueles chefes de polícia grandes e gordos estão pegando garotinhos também e não querem ser presos. Não aguentariam o escândalo. – Seu sorriso transformou-se num olhar malicioso e insinuante.

– Espero – disse o cabo – que um dia você cometa alguma violação e seja encarcerado, e que eu esteja trabalhando quando isso acontecer. Para prendê-lo pessoalmente. – Ele pigarreou e cuspiu no sr. Mufi. Cuspiu em seu rosto peludo e inexpressivo.

Em silêncio, a equipe de pols atravessou a sala de estar cheia de bitucas de cigarro, cinza, maços amassados e copos pela metade, até o corredor e a sacada externa. O cabo bateu a porta, estremeceu, ficou parado por um instante, sentindo o desamparo de sua mente, isolada, por um momento, do ambiente ao redor. Em seguida disse:

– Duzentos e onze. Sra Ruth Gomen. Onde o suspeito, Taverner, tem que estar, se estiver em algum lugar por aqui, uma vez que é a última unidade. – Finalmente, pensou.

Ele bateu à porta do 211. E ficou esperando, com o cassetete de prontidão, sentindo de modo terrível e completo que estava pouco se lixando para o próprio trabalho.

– Já vimos Mufi – disse ele, meio para si mesmo. – Agora vamos ver como é a sra. Gomen. Acham que ela é melhor? Esperemos que sim. Não vou aguentar muito mais por hoje.

– Qualquer coisa seria melhor – disse um dos pols ao seu lado, em tom sombrio. Todos concordaram e foram andando, preparando-se para os passos lentos depois da porta.

13

Na sala de estar do apartamento luxuoso, lindo e recém-reformado de Ruth Rae, no bairro de Fireflash, Las Vegas, Jason Taverner disse:

– Tenho quase certeza de que posso contar com 48 horas do lado de fora e 24 dentro. Então estou bastante certo de que não preciso sair daqui imediatamente. – E se nosso novo princípio revolucionário estiver correto, pensou, essa hipótese modificará a situação a meu favor. Estarei seguro.

A TEORIA MUDA...

– Fico feliz – disse Ruth, abatida – que possa ficar aqui comigo de forma civilizada, para podermos conversar um pouco mais. Quer mais alguma coisa para beber? Uísque com Coca, talvez?

A TEORIA MUDA A REALIDADE QUE DESCREVE. – Não – disse ele, e andou pela sala, ouvindo... o quê, ele não sabia. Talvez a *ausência* de sons. Nenhum barulho de TV, nenhum ruído de passos no andar de cima. Nem mesmo um pornocorde estourando em algum pátio interno. – As paredes deste apartamento são bem espessas? – perguntou em tom enfático.

– Nunca ouço nada.

– Você está notando alguma coisa estranha? Fora do comum?

– Não. – Ruth balançou a cabeça.

– Sua louca idiota – ele disse, furioso. Ela ficou boquiaberta, perplexa com a ofensa. – Eu sei – vociferou – que eles me pegaram. *Agora*. *Aqui*. Nesta sala.

A campainha tocou.

– Vamos ignorar – disse Ruth rapidamente, gaguejando e com medo. – Só quero sentar e conversar sobre as coisas doces da vida que você conquistou, e o que deseja alcançar que ainda não alcançou... – sua voz morreu no silêncio quando ele foi até a porta. – Deve ser o homem do andar de cima. Ele pede coisas emprestadas. Coisas estranhas. Como dois quintos de uma cebola.

Jason abriu a porta. Três pols de uniforme cinza ocupavam o vão, com armas de tubo e cassetetes voltados para ele.

– Sr. Taverner? – disse o pol com as listras.

– Sim.

– A partir de agora o senhor está sendo levado por medida de proteção, para o seu próprio bem-estar e segurança; portanto, venha conosco, não vire as costas nem, de forma alguma, saia de nosso alcance. Seus pertences, se houver, serão recolhidos posteriormente e transferidos para onde você estiver então.

– Ok – disse ele, e sentiu muito pouco.

Atrás dele, Ruth Rae soltou um grito agudo e abafado.

– Você também, moça – disse o pol com as listras, gesticulando na direção dela com o cassetete.

– Posso pegar meu casaco? – ela perguntou com timidez.

– Venha. – O pol passou por Jason num movimento brusco, pegou Ruth Rae pelo braço e puxou-a para fora do apartamento, até o corredor.

– Faça o que ele mandar – disse Jason de modo rude.

Ruth Rae resmungou.

– Vão me mandar para um campo de trabalhos forçados.

– Não – disse Jason. – Provavelmente vão matá-la.

– Você é um cara muito legal – um dos pols, sem listras, comentou, enquanto ele e seus colegas levavam Jason e Ruth Rae pela escadaria de ferro fundido até o térreo. Havia uma van da polícia estacionada numa das vagas, com alguns pols parados ao redor, segurando firme suas armas. Pareciam inertes e entediados.

– Mostre a identidade – o pol com listras disse a Jason e estendeu a mão, esperando.

– Tenho um passe policial de sete dias – disse Jason. Com as mãos trêmulas, pegou o passe na carteira e entregou ao oficial da pol.

Examinando o passe, o pol disse:

– Admite livremente e por vontade própria que é Jason Taverner?

– Sim.

Dois dos pols revistaram-no com perícia em busca de armas. Ele cooperou em silêncio, ainda sentindo muito pouco. Apenas um desejo besta e impossível de ter feito o que sabia que deveria ter feito: seguido em frente. Saído de Vegas. Partido para qualquer lugar.

– Sr. Taverner – disse o oficial da pol –, o Departamento de Polícia de Los Angeles pediu que o levássemos por medida de proteção, para o seu próprio bem-estar e segurança, e que o transportássemos com o devido cuidado até a Academia de Polícia no centro de Los Angeles, o que faremos agora. Tem alguma reclamação quanto à maneira como está sendo tratado?

– Não – disse ele. – Ainda não.

– Entre na parte traseira do quibble-van – disse o oficial, apontando para as portas abertas.

Jason obedeceu.

Ruth Rae, espremida ao lado dele, choramingou consigo mesma no escuro quando as portas foram fechadas e travadas. Ele pôs o braço sobre o ombro dela e beijou-lhe a testa.

– O que você fez – ela choramingou com a voz rouca de bourbon – para eles terem resolvido nos matar?

Um pol, entrando na traseira da van com eles, pela cabine da frente, disse:

– Não vamos apagar vocês, moça. Estamos transportando os dois para Los Angeles. Só isso. Acalme-se.

– Não gosto de Los Angeles – choramingou Ruth Rae. – Não vou lá há anos. *Odeio* Los Angeles. – Ela espiou à sua volta, descontrolada.

– Eu também – disse o pol, trancando a passagem entre a cabine e o compartimento traseiro, e passando a chave pela fenda, para os pols do lado de fora. – Mas temos que aprender a conviver com isso: ela está lá.

– Devem estar revirando meu apartamento – choramingou Ruth Rae. – Mexendo em tudo, quebrando tudo.

– Certamente – disse Jason, sem ânimo. Estava com dor de cabeça agora, e náusea. E cansaço. – A quem seremos levados? – perguntou ao pol. – Ao inspetor McNulty?

– Provavelmente não – disse o pol em tom casual, enquanto o quibble-van subia aos céus, ruidoso. – Aqueles que tomam bebidas inebriantes fizeram de você o tema de seus cânticos, e os que se sentam junto à porta estão preocupados com você, e, de acordo com eles, o general Felix Buckman quer interrogá-lo. – Ele explicou – Isso é do Salmo 69. Sento-me aqui ao seu lado como Testemunha de Jeová Renascido, que está neste exato momento criando novos Céus e uma nova Terra, e as coisas anteriores não serão lembradas nem subirão ao coração. Isaías 65: 13, 17.

– Um general da polícia? – disse Jason, entorpecido.

– É o que dizem – respondeu o jovem pol, atencioso e fanático. – Não sei o que vocês fizeram, mas com certeza fizeram do jeito certo.

Ruth Rae soluçava consigo mesma no escuro.

– Toda carne é como a grama – recitou o pol fanático. – Como erva maldita de baixa qualidade, provavelmente. Um filho nos nasceu, um trago se nos deu. O torto será endireitado, e o reto, embriagado.

– Você tem um baseado? – Jason perguntou a ele.

– Não, acabou. – O pol fanático bateu na parede de metal à frente. – Ei, Ralf, pode arrumar um baseado para o irmão aqui?

– Toma. – Um maço amarrotado de Goldies apareceu por meio de um braço de manga cinza e uma mão.

– Obrigado – disse Jason, acendendo um cigarro. – Quer um? – perguntou a Ruth Rae.

– Quero Bob – choramingou ela. – Quero meu marido.

Em silêncio, Jason curvou as costas para a frente, fumando e meditando.

– Não desista – disse o pol fanático, comprimido ao lado dele no escuro.

– Por que não? – disse Jason.

– Os campos de trabalhos forçados não são tão ruins. No Treinamento Básico, nos levaram para conhecer um. Tem chuveiro, cama com colchão e recreação, como vôlei, artes e hobbies. Sabe, artesanato, tipo fazer vela. À mão. E sua família pode enviar encomendas, e uma vez por mês parentes ou amigos podem visitá-lo. – Ele acrescentou: – E você pode frequentar a igreja que escolher.

Jason disse com sarcasmo:

– A igreja que escolhi é o mundo aberto e livre.

Depois disso houve silêncio, a não ser pelo barulho do motor do quibble e o choramingo de Ruth Rae.

14

Vinte minutos depois, o quibble da polícia aterrissava no telhado da Academia de Polícia de Los Angeles.

Com o corpo rígido, Jason Taverner desceu, olhou ao redor com cautela, sentiu o cheiro do ar fétido carregado de fumaça e viu acima dele, mais uma vez, o tom amarelado da maior cidade da América do Norte... Virou-se para ajudar Ruth Rae, mas o jovem pol fanático e simpático já o havia feito.

Em torno deles estava reunido um grupo de pols de Los Angeles, com interesse. Pareciam relaxados, curiosos e animados. Jason não viu malícia em nenhum deles e pensou: quando você está nas mãos deles, são gentis. É somente na hora de prendê-lo que são venenosos e cruéis. Porque existe a possibilidade de fuga. E aqui, agora, não existe.

– Ele fez alguma tentativa de suicídio? – um sargento de Los Angeles perguntou ao pol fanático.

– Não, senhor.

Então ele fora até ali por esse motivo.

Isso sequer ocorrera a Jason e, provavelmente, tampouco a Ruth... a não ser, talvez, como um gesto afetado, de efeito, pensado, mas nunca cogitado de fato. – Ok – disse o sargento de Los Angeles à equipe pol de Las Vegas. – Daqui em diante, assumimos oficialmente a custódia dos suspeitos.

Os pols de Las Vegas entraram de novo na van, que zuniu para os céus, de volta a Nevada.

– Por aqui – disse o sargento, com um movimento preciso da mão na direção do tubo de esfíncter descendente. Os pols de Los Angeles pareceram a Jason um pouco mais rudes, um pouco mais durões e mais velhos do que os de Las Vegas. Ou talvez fosse sua imaginação. Talvez indicasse apenas um aumento de seu próprio medo.

O que se diz a um general da polícia?, perguntou-se Jason. Especialmente quando todas as suas teorias e explicações sobre si mesmo foram invalidadas, quando você não sabe nada, não acredita em nada, e o resto é obscuro. Ah, que se dane, pensou com cansaço, e permitiu-se cair quase sem peso pelo tubo, junto com os pols e Ruth Rae.

No décimo quarto andar, saíram do tubo.

Um homem estava em pé, de frente para eles, bem vestido, com óculos sem aro, um sobretudo no braço, sapatos Oxford bico fino de couro e, Jason notou, dois dentes de ouro. Um homem, ele supôs, de cinquenta e poucos anos. Alto, de cabelos grisalhos, postura ereta, com uma expressão de cordialidade autêntica no rosto de excelentes proporções aristocráticas. Não tinha aparência de pol.

– Você é Jason Taverner? – indagou o homem. Estendeu a mão. Por reflexo, Jason apertou a mão dele. Para Ruth, o general da polícia disse: – Você pode descer. Vou entrevistá-la depois. Neste exato momento, é com o sr. Taverner que quero falar.

Os pols saíram com Ruth. Foi possível ouvi-la reclamando pelo caminho. Ele estava agora diante do general de polícia e mais ninguém. Ninguém armado.

– Sou Felix Buckman – disse o general da polícia. Apontou para a porta aberta e o corredor atrás de si. – Venha para o escritório. – Virando-se, guiou Jason a seguir na frente, para uma suíte ampla em tons pastel de azul e cinza. Jason ficou surpreso: nunca vira esse lado de uma repartição da polícia antes. Nunca imaginara que existisse qualidade assim.

Incrédulo, Jason estava sentado, no momento seguinte, numa cadeira de couro, inclinado para trás na maciez do styroflex. Buckman, no entanto, não se sentou do outro lado da mesa de carvalho de tampo pesado, quase desajeitada de tão volumosa. Em vez disso, ocupou-se em guardar o sobretudo num armário.

– Pretendia encontrá-lo no telhado – explicou. – Mas o vento Santana sopra feito louco lá em cima a essa hora da noite. Ataca minha sinusite. – Ele se virou então para encarar Jason. – Vejo algo em você que não aparece na foto 4D. Nunca aparece. É sempre uma completa surpresa, pelo menos para mim. Você é um Seis, não é?

Em estado de atenção total, Jason inclinou-se para a frente e disse:

– O senhor também é um Seis, general?

Sorrindo, com os dentes de ouro à mostra – um caro anacronismo –, Felix Buckman ergueu sete dedos.

15

Em sua carreira de oficial da polícia, Felix Buckman usava essa artimanha toda vez que se deparava com um Seis. Lançava mão dela especialmente quando, como neste caso, o encontro era repentino. Houvera quatro casos. Todos acabaram acreditando nele. Isso o divertia. Os Seis, experimentos de eugenia, e secretos, pareciam excepcionalmente incrédulos quando confrontados com a afirmação de que havia um projeto adicional tão sigiloso quanto o deles.

Sem esse artifício, ele seria, para um Seis, apenas uma "pessoa comum". Ele não poderia lidar de maneira adequada com um Seis mediante tal desvantagem. Daí o estratagema. Por meio dele, sua relação com um Seis era invertida. E sob as condições assim recriadas, ele conseguia relacionar-se com um ser humano que, de outro modo, seria intratável.

A verdadeira superioridade que o Seis possuía diante dele era anulada por um fato irreal. Ele gostava muito disso.

Certa vez, num momento fora do usual, ele dissera a Alys:

– Consigo ser mais inteligente que um Seis por dez ou quinze minutos. Um pouco mais que isso e... – Ele fizera um gesto, amassando um maço de cigarros do mercado negro. Com dois cigarros dentro. – Depois disso, o campo de hiperatividade deles vence.

Preciso é de um pé de cabra para abrir a maldita cabeça arrogante deles. – E, finalmente, ele encontrara.

– Por que "sete"? – Alys perguntara. – Já que os está enganando, por que não dizer oito ou 38?

– O pecado da soberba. Vangloriar-se demais. – Ele não quisera cometer o erro lendário. – Digo a eles – respondera com impaciência – o que acho possível acreditarem. – E ele acabou constatando que estava certo.

– Não vão acreditar em você – dissera Alys.

– Ah, se vão! – ele replicara. – É o medo secreto deles, o anátema. São os sextos numa sequência de sistemas de reconstrução de DNA, e sabem que se deu certo para eles, poderia acontecer a outros em um nível mais avançado.

Alys, desinteressada, dissera de modo vago:

– Você deveria fazer um anúncio de TV para vender sabonete. – E nisso se resumiu a totalidade de sua reação. Se Alys não estivesse nem aí para algo, esse algo, para ela, deixava de existir. Provavelmente, ela não deveria ter conseguido manter tal atitude por tanto tempo... mas um dia, ele costumava pensar, a punição virá: *a realidade negada volta para assombrar*. Para atacar a pessoa sem avisar e enlouquecê-la.

E Alys, ele pensara diversas vezes, era, de modo estranho e por alguma classificação clínica rara, um caso patológico.

Era o que ele sentia, mas não conseguia definir com precisão. No entanto, muitas de suas intuições eram assim. Não o incomodava, por mais que a amasse. Ele sabia que estava certo.

Agora, diante de Jason Taverner, um Seis, ele lançou mão do estratagema.

– Havia muito poucos de nós – disse Buckman, agora sentado do outro lado da enorme mesa de carvalho. – Apenas quatro no total. Um já morreu, portanto restam três. Não faço a mínima ideia de onde estejam. Mantemos até menos contato entre nós do que vocês. O que é muito pouco.

– Quem foi o seu mutador? – perguntou Jason.

– Dill-Temko. O mesmo que o seu. Ele controlou os grupos de cinco a sete, depois se aposentou. Como deve saber, está morto.

– Sim – disse Jason. – Ficamos todos chocados.

– Nós também – disse Buckman, em seu tom de voz mais sombrio. – Dill-Temko foi nosso progenitor. Nosso *único* progenitor. Você sabia que na época em que morreu, ele havia começado a preparar o programa para um oitavo grupo?

– Como teriam sido?

– Somente Dill-Temko sabia – disse Buckman, e sentiu crescer sua superioridade diante do Seis que o encarava agora. E ainda assim... Como era frágil a vantagem psicológica. Uma frase errada, uma colocação desnecessária, e ela desapareceria. Uma vez perdida, ele nunca a recuperaria.

Era o risco que ele corria. Mas o general gostava. Sempre gostou de apostar contra as probabilidades, de jogar no escuro. Em momentos como esse, tinha uma grande consciência da própria habilidade. E não considerava ser imaginação... a despeito do que diria um Seis que soubesse de sua condição de pessoa comum. Isso não o incomodava nem um pouco.

Tocou um botão e disse:

– Peggy, traga um bule de café, creme e o resto. Obrigado. – Então recostou-se com uma tranquilidade calculada. E examinou Jason Taverner.

Qualquer um que tivesse encontrado um Seis antes reconheceria Taverner. O tronco forte e o apoio sólido das costas e do braço. A poderosa cabeça de carneiro. Mas a maioria das pessoas comuns jamais encontrara um Seis com a consciência de estar diante de um deles. Não tinha a experiência de Buckman. Nem seu conhecimento sintetizado de forma cuidadosa a seu respeito.

Para Alys, ele dissera uma vez:

– Eles nunca conquistarão e governarão o *meu* mundo.

– Você não tem um mundo. Você tem um escritório.

Ele terminou a discussão nesse ponto.

– Sr. Taverner – ele disse de modo brusco –, como conseguiu apagar documentos, cartões, microfilmes e até arquivos completos de bancos de dados de todo o planeta? Tentei imaginar como isso poderia ser feito, mas fiquei sem resposta. – Fixou a atenção no belo rosto – embora envelhecendo – do Seis, e esperou.

16

O que posso dizer a ele? Jason Taverner perguntou-se, enquanto permanecia calado diante do general da polícia. A realidade total como conheço? Isso é algo difícil de se fazer, concluiu, porque, na verdade, eu mesmo não compreendo.

Mas talvez um Sete pudesse... bom, só Deus saberia do que ele era capaz. Optarei, decidiu, por uma explicação completa.

Quando começou a responder, no entanto, algo bloqueou sua fala. *Não quero contar nada a ele*, percebeu. Não existe limite teórico para o que ele pode fazer a mim. Ele tem a patente, a autoridade, e, se for um Sete... para ele, o céu pode ser o limite. Pelo menos para minha autopreservação, tenho de agir com esse pressuposto.

– O fato de você ser um Seis – disse Buckman, após um intervalo de silêncio – me faz ver as coisas sob uma luz diferente. Você está trabalhando com outros Seis, é isso? – Ele manteve o olhar fixo e rígido no rosto de Jason, que o achou desconfortável e constrangedor. – Acho que o que temos aqui – disse Buckman – é a primeira evidência de que os Seis são...

– Não – disse Jason.

– "Não"? – Buckman continuou olhando para ele de modo fixo. – Não está envolvido nisso com outros Seis?

Jason disse:

– Conheço um único outro Seis: Heather Hart. E ela me considera um fã cretino. – Ele pronunciou as palavras de modo contrariado.

Isso interessou a Buckman. Ele não tinha conhecimento de que a famosa cantora Heather Hart era Seis. Pensando a respeito, porém, parecia plausível. Em sua carreira, no entanto, ele nunca se deparara com uma Seis do sexo feminino. Não tinha contato tão frequente assim com Seis.

– Se a sra. Hart é Seis – disse Buckman em voz alta –, talvez possamos pedir a ela que venha também para participar de nossa conversa. – Um eufemismo policial que deslizava com facilidade de sua boca.

– Faça isso – disse Jason. – Coloque-a contra a parede. – Seu tom tornara-se agressivo. – Leve-a presa. Mande-a a um campo de trabalhos forçados.

Vocês, disse Buckman a si mesmo, não são muito leais uns com os outros. Isso ele já havia descoberto, mas sempre o surpreendia. Um grupo de elite, criado a partir de círculos aristocráticos para estabelecer e manter as convenções morais do mundo, mas que, na prática, resultara em nada porque seus membros não conseguiam suportar uns aos outros. Ele riu consigo mesmo, deixando transparecer, pelo menos, um sorriso.

– Está se divertindo? – disse Jason. – Não acredita em mim?

– Não importa. – Buckman tirou uma caixa de charutos Cuesta Rey da gaveta e usou sua faca para cortar a ponta de um. A pequena faca de aço feita apenas para esse propósito.

Na sua frente, Jason Taverner observava com fascinação.

– Aceita? – ofereceu Buckman. Estendeu a caixa na direção de Jason.

– Nunca fumei um bom charuto – disse Jason. – Se vazasse que eu... – ele parou de repente.

– "Vazasse"? – perguntou Buckman, aguçando os ouvidos mentais. – Vazasse para quem? A polícia?

Jason não disse nada. Mas cerrou o punho, e sua respiração ficou pesada.

– Existem estratos sociais em que você é uma pessoa conhecida? – disse Buckman. – Por exemplo, intelectuais nos campos de trabalhos forçados? Sabe... os que difundem manuscritos mimeografados.

– Não – disse Jason.

– Estratos musicais, então?

Jason disse com firmeza:

– Não mais.

– Já fez gravações fonográficas?

– Não aqui.

Buckman continuou examinando-o sem pestanejar; dominara a habilidade ao longo dos anos.

– Onde, então? – perguntou, com a voz um pouco acima do limiar audível. Uma voz buscada de modo deliberado: o tom tranquilizava, interferindo na identificação do sentido das palavras.

Mas Jason Taverner deixou passar, não respondeu. Esses Seis desgraçados, pensou Buckman, enraivecido – principalmente consigo mesmo. *Não dá pra brincar com a mente de um Seis.* Simplesmente não funciona. E, a qualquer minuto, ele poderia cancelar em sua mente o efeito da minha afirmação, minha alegada herança genética superior.

Ele apertou um botão do interfone.

– Traga uma moça chamada Katharine Nelson aqui – ele orientou Herb Maime. – Uma informante da polícia do distrito de Watts, a antiga área negra. Acho que eu deveria falar com ela.

– Meia hora.

– Obrigado.

Jason Taverner disse com a voz rouca:

– Por que envolvê-la nisto?

– Ela falsificou seus documentos.

– Tudo o que ela sabe sobre mim é o que pedi para colocar nos cartões de identidade.

– E isso era falso?

Depois de uma pausa, Jason fez que não com a cabeça.

– Então você existe.

– Não... aqui.

– Onde?

– Não sei.

– Diga como apagou os dados em todos os bancos.

– Nunca fiz isso.

Ao ouvi-lo, Buckman sentiu-se dominado por uma intuição avassaladora, agarrando-o com patas de ferro.

– Você não tentou retirar material dos bancos de dados. Você tentou inserir material. *Não havia nenhum dado ali, para início de conversa.*

Finalmente, Jason fez que sim.

– Ok – disse Buckman. Sentiu o brilho da descoberta insinuando-se dentro dele, revelando-se num agrupamento de compreensões. – Você não tirou nada. Mas, para início de conversa, houve algum motivo para os dados não estarem lá. Qual motivo? Você sabe?

– Sei – disse Jason Taverner, com o olhar fixo na mesa e o rosto contorcido num reflexo flagrante. – Eu não existo.

– Mas já existiu.

– Sim – disse Jason Taverner, concordando com relutância. Com dor.

– Onde?

– Não sei!

A coisa sempre recai sobre esse ponto, disse Buckman a si mesmo. Não sei. Bem, pensou Buckman, talvez ele não saiba. Mas é certo que ele seguiu de Los Angeles a Vegas. E que se juntou à mulher magrela e enrugada que os pols de Vegas enfiaram dentro da van com ele. Talvez, pensou, eu possa obter algo dela. Mas sua intuição dizia que não.

– Já jantou? – indagou Buckman.

– Sim – disse Jason Taverner.

– Mas pode me acompanhar e beliscar alguma coisa. Vou pedir que tragam algo para nós. – Mais uma vez, ele fez uso do interfone. – Peggy... está muito tarde... Compre dois cafés da manhã naquela lanchonete da esquina. Não a que frequentávamos, mas a que tem a placa do cachorro com a cabeça da garota. Barfy's.

– Sim, sr. Buckman – disse Peggy, e desligou.

– Por que não o chamam de "general"? – perguntou Jason Taverner.

Buckman disse:

– Quando me chamam de "general" sinto que deveria escrever um livro sobre como invadir a França sem entrar numa guerra com duas frentes de batalha.

– Então, é simplesmente "senhor"?

– Isso mesmo.

– E eles permitem isso?

– Para mim – disse Buckman –, não existe nenhum "eles". A não ser por cinco marechais da polícia espalhados pelo mundo, e eles também preferem ser chamados de "senhor". – E gostariam de me rebaixar ainda mais, pensou. Por tudo o que fiz.

– Mas existe o Diretor.

Buckman disse:

– O Diretor nunca me viu. Nunca verá. Tampouco verá você, sr. Taverner. Mas ninguém pode vê-lo porque, como observou, você não existe.

Uma pol de uniforme cinza adentrou o escritório com uma bandeja de comida.

– O que costuma pedir a esta hora da noite – ela disse ao colocar a bandeja na mesa de Buckman. – Meia porção de panquecas com presunto, meia porção de panquecas com salsicha.

– Qual você prefere? – Buckman perguntou a Jason Taverner.

– A salsicha está bem cozida? – replicou Taverner, tentando ver. – Acho que está. Quero este.

– São dez dólares e um quinque de ouro – disse a pol. – Qual dos dois vai pagar?

Buckman pôs a mão nos bolsos, tirou as notas e a moeda.

– Obrigado. – A mulher retirou-se.

– Tem filhos? – ele perguntou a Taverner.

– Não.

– Eu tenho um filho – disse o general Buckman. – Vou lhe mostrar uma pequena foto dele em 3D que recebi. – Ele tirou da gaveta um quadrado palpitante de cores tridimensionais, porém imóveis. Jason aceitou a foto, segurou-a na posição apropriada em relação à luz e viu, em contornos estáticos, um menino pequeno de short e suéter, descalço, correndo por um campo e puxando a linha de uma pipa. Como o general da polícia, o garoto tinha cabelos claros e curtos, e o largo maxilar forte e imponente. Já.

– Bela foto – disse Jason. E a devolveu.

Buckman disse:

– Ele não chegou a fazer a pipa voar. Jovem demais, talvez. Ou medroso. Nosso menino sente muita ansiedade. Acho que é porque vê a mim e à mãe muito pouco. Está na escola na Flórida, e nós estamos aqui, o que não é bom. Você disse que não tem filhos?

– Não que eu saiba – disse Jason.

– "Não que eu saiba"? – Buckman ergueu uma sobrancelha. – Isso quer dizer que não pensa no assunto? Nunca tentou descobrir? Pela lei, sabe que, como pai, deve sustentar seus filhos dentro ou fora de matrimônio.

Jason fez que sim com a cabeça.

– Bem – disse o general Buckman, guardando a foto na mesa –, cada um sabe de si. Mas pense no que deixou de fora de sua vida. Nunca amou uma criança? Dói no coração, no mais fundo do seu ser, onde pode facilmente morrer.

– Eu não sabia disso – disse Jason.

– Ah, sim. Minha esposa diz que é possível esquecer qualquer tipo de amor, menos o que se sente pelos filhos. É uma via de mão única, nunca volta. E se algo se coloca entre você e um filho, como a morte ou uma calamidade terrível, como o divórcio, você nunca se recupera.

– Então, caramba... – Jason gesticulou com a salsicha no garfo – Seria melhor mesmo não sentir um amor assim.

– Não concordo – disse Buckman. – Você deve amar sempre, especialmente um filho, porque é a forma mais forte de amor.

– Entendo – disse Jason.

– Não, não entende. Os Seis nunca entendem, não percebem. Não vale a pena discutir. – Ele remexeu uma pilha de papéis sobre a mesa, carrancudo, confuso e irritado. Acalmou-se aos poucos, no entanto, retomando seu estado sereno e confiante. Mas não conseguia entender a atitude de Jason Taverner. Mas ele, seu filho, era a coisa mais importante. Isso, além, é claro, de seu amor pela mãe do menino. Isso era o eixo de sua vida.

Comeram por um tempo sem falar, sem, de repente, uma ponte que ligasse um ao outro.

– Tem uma lanchonete no prédio – disse Buckman, por fim, e terminou de beber o copo de imitação de Tang. – Mas a comida lá é envenenada. Todos os ajudantes devem ter parentes nos campos de trabalhos forçados. Estão se vingando de nós. – Ele riu; Jason Taverner, não. – Sr. Taverner – disse Buckman, passando o guardanapo na boca. – Vou deixá-lo ir. Não vou segurá-lo aqui.

Encarando-o fixamente, Jason disse:

– Por quê?

– Porque você não fez nada.

Jason disse com a voz rouca:

– Comprar cartões de identidade falsos. É crime.

– Tenho autoridade para anular qualquer acusação que eu queira – disse Buckman. – Concluí que você foi forçado a fazer isso por alguma situação em que se viu, situação essa que se recusa a me contar, mas da qual tive um breve vislumbre.

Após uma pausa, Jason disse:

– Obrigado.

– Mas – disse Buckman – você será monitorado eletronicamente aonde quer que vá. Nunca estará sozinho, exceto por seus próprios pensamentos em sua própria mente, e talvez nem mesmo lá. Todas as pessoas com quem entrar em contato, que tocar ou ver, acabarão sendo trazidas para interrogatório... Assim como estamos trazendo a garota, Nelson, neste exato momento. – Ele se inclinou na direção de Jason Taverner, falando devagar e com atenção para que Taverner ouvisse e entendesse. – Acredito que você não tirou nenhum dado de banco algum, público ou privado. Acredito que não entende sua própria situação. Mas... – ele ergueu a voz de modo perceptível –, cedo ou tarde, você entenderá sua situação, e, quando isso acontecer, queremos estar a par. Portanto... estaremos sempre com você. Certo?

Jason Taverner levantou-se.

– Vocês, Setes, pensam todos desse jeito?

– De que jeito?

– Tomando decisões fortes, cruciais, instantâneas. Do jeito que você faz. O modo como faz perguntas, ouve... Nossa, você sabe ouvir! E depois se decide de modo absoluto.

Com sinceridade, Buckman disse:

– Não sei, porque tenho muito pouco contato com outros Setes.

– Obrigado – disse Jason. Ele estendeu a mão, eles se cumprimentaram. – Obrigado pela refeição. – Ele parecia calmo agora, controlado. E muito aliviado. – Simplesmente saio andando? Como chego à rua?

– Teremos que mantê-lo até amanhecer – disse Buckman. – É uma norma fixa. Suspeitos nunca são liberados à noite. Muita coisa acontece nas ruas quando escurece. Providenciaremos um quarto e uma cama. Terá que dormir com suas roupas... E às oito horas da manhã, pedirei a Peggy que o acompanhe à entrada principal da academia. – Apertando o botão do interfone, Buckman disse: – Peggy, leve o sr. Taverner à detenção por ora. Libere-o às oito da manhã em ponto. Entendido?

– Sim, sr. Buckman.

Com as mãos abertas, sorrindo, o general Buckman disse:

– Então, é isso. Sem mais.

17

– Sr. Taverner – dizia Peggy com insistência. – Acompanhe-me. Vista suas roupas e vá ao escritório externo. Eu o encontrarei lá. É só passar pelas portas azuis e brancas.

De pé num canto, o general Buckman ouvia a voz da moça. Bela e revigorante, soava bem aos seus ouvidos, e imaginou que soasse assim para Taverner também.

– Mais uma coisa – disse Buckman, interrompendo Taverner, que seguia para as portas azuis e brancas, sonolento e com as roupas amarrotadas. – Não poderei renovar seu passe policial caso alguém o cancele daqui para a frente. Entendeu? O que tem que fazer é nos solicitar, seguindo os procedimentos legais exatos, um conjunto novo e completo de cartões de identidade. Isso exigirá interrogatórios intensos, mas... – ele deu um soco no braço de Jason Taverner – um Seis consegue aguentar.

– Ok – disse Jason Taverner. Ele saiu do escritório e fechou as portas azuis e brancas.

Ao interfone, Buckman disse:

– Herb, certifique-se de que colocaram um microtrans e uma ogiva heterostática de classe oitenta nele. Para que possamos segui-lo e, se necessário, destruí-lo a qualquer momento.

– Quer um grampo de voz também? – perguntou Herb.

– Sim, se puder colocar na garganta sem que ele note.

– Pedirei a Peg – disse Herb, e desligou.

Será que uma dupla inusitada como Mutt & Jeff, formada, digamos, por mim e McNulty, poderia ter obtido mais alguma informação?, Buckman se perguntou. Não, concluiu. Porque o próprio homem simplesmente não sabe nada. O que temos de fazer é esperar que Taverner descubra... e estar lá com ele, física ou eletronicamente, quando isso acontecer. Como cheguei a comentar com ele.

Mas ainda me parece, ele se deu conta, que podemos muito bem termo-nos enganado, e que se trate de algo que os Seis estejam fazendo enquanto grupo, apesar da habitual animosidade entre eles.

Apertando mais uma vez o botão do interfone, ele disse:

– Herb, mande instalar uma vigilância 24 horas naquela cantora pop chamada Heather Hart, ou algo parecido. E pegue na Central de Dados os arquivos de tudo o que se refira aos "Seis". Entendeu?

– Há cartões perfurados com isso? – disse Herb.

– Provavelmente não – disse Buckman, desanimado. – É possível que ninguém tenha pensado em fazê-lo dez anos atrás, quando Dill-Temko estava vivo, criando formas de vida mais estranhas a se arrastar por aí. "– Como nós, os Sete" –, pensou com ironia. – E com certeza não pensariam nisso hoje, agora que os Seis falharam em termos políticos. Concorda?

– Concordo – disse Herb –, mas buscarei assim mesmo.

Buckman disse:

– Se os cartões *estiverem* perfurados com essa classificação, quero vigilância 24 horas em todos os Seis. E mesmo se não conseguirmos fazer com que todos apareçam, poderemos, ao menos, perseguir os que conhecemos.

– Será feito, sr. Buckman – Herb desligou.

18

– Adeus e boa sorte, sr. Taverner – a pol chamada Peg disse a ele na ampla entrada do grande prédio cinza da academia.

– Obrigado – disse Jason. Ele inspirou fundo uma grande porção de ar da manhã, ainda que carregado de fumaça e neblina. Escapei, disse a si mesmo. Poderiam ter me acusado de mil crimes, mas não o fizeram.

Uma voz feminina, muito gutural, disse, de perto:

– E agora, homenzinho?

Nunca em sua vida alguém o chamara de "homenzinho". Ele tinha mais de um metro e oitenta de altura. Virou-se e começou a responder, então viu a criatura que se dirigira a ele.

Ela também tinha mais de um e oitenta, eles combinavam nesse aspecto. Mas, em contraste com ele, ela usava calça preta justa, saia de couro vermelha com franja de borlas, brincos de argola dourada e cinto de corrente. E sapatos de salto agulha. Jesus, ele pensou, horrorizado. Cadê o chicote?

– Estava falando comigo? – ele perguntou.

– Sim. – Ela sorriu, revelando dentes decorados com signos do zodíaco dourados. – Colocaram três itens em você, antes da sua saída. Achei que deveria saber.

– Eu sei – disse Jason, perguntando-se quem ou o que era ela.

– Um deles – disse a garota – é uma bomba H em miniatura. Pode ser detonada por um sinal de rádio emitido deste prédio. Você sabia disso?

De imediato, ele disse:

– Não, não sabia.

– É o jeito dele de resolver as coisas – disse a garota. – Meu irmão... ele fala com você num tom suave e bacana, civilizado, e depois pede para algum funcionário (ele tem muitos) instalar esse lixo em você antes que possa sair do prédio.

– Seu irmão – disse Jason. – O general Buckman. – Ele notou, então, a semelhança entre eles. O nariz fino e alongado, as maçãs do rosto altas, o pescoço belamente afunilado, como um Modigliani. Muito aristocráticos, ele pensou. Eles, os dois, impressionavam-no.

Então, ela deve ser um Sete também, ele disse a si mesmo. Percebeu que voltara a ficar cauteloso novamente. Sentia o pescoço arder ao encará-la.

– Vou tirá-los de você – ela disse, ainda sorrindo. Como o do general Buckman, um sorriso de dentes de ouro.

– Está bem – disse Jason.

– Venha ao meu quibble. – Ela saiu andando de modo gracioso. Ele foi atrás, com passos largos e desajeitados.

Um momento depois, eles estavam sentados nos bancos dianteiros do quibble dela.

– Alys é meu nome – disse ela.

Ele disse:

– Sou Jason Taverner, cantor e personalidade da TV.

– É mesmo? Não assisto a um programa de TV desde os 9 anos.

– Não perdeu muita coisa – disse ele. Não sabia se estava querendo ser irônico. Francamente, pensou, estou cansado demais para me importar.

– Esta pequena bomba é do tamanho de uma semente – disse Alys. – E está incrustada, como um carrapato, na sua pele. De forma geral, ainda se soubesse que ela está em algum lugar do seu corpo, não seria capaz de encontrá-la. Mas peguei isto emprestado da academia. – Ela mostrou uma lâmpada em forma de tubo. – Isto brilha quando colocado perto de uma bomba-semente. – Ela começou, de repente, a passar a luz pelo corpo dele, de modo eficiente e quase profissional.

No pulso esquerdo de Jason, a luz brilhou.

– Também tenho o kit que eles usam para remover a bomba--semente – disse Alys. Da bolsa carteiro, ela tirou uma latinha, que abriu de imediato. – Quanto antes isso for tirado de você, melhor – ela disse, retirando um instrumento de corte do kit.

Durante dois minutos, ela cortou a pele com perícia enquanto borrifava um composto analgésico na ferida. E então... lá estava na mão dela. Como ela havia dito, do tamanho de uma semente.

– Obrigado – ele disse. – Por remover o espinho da minha pata.

Alys deu risada. Ela guardou o instrumento de corte, fechou a tampa do kit e colocou-o de volta na bolsa.

– Sabe – ela disse –, ele nunca faz essas coisas, é sempre algum funcionário. Para que ele possa continuar sendo ético e superior, como se não tivesse nada a ver com isso. Acho que é o que mais odeio nele. – Ela ponderou. – Eu o odeio muito.

– Tem mais alguma coisa que você possa cortar ou arrancar de mim? – indagou Jason.

– Tentaram... Peg, que é uma técnica da polícia especialista nisso, tentou grudar um grampo de voz na sua garganta. Mas acho que ela não conseguiu. – Com cautela, Alys examinou-a. – Não, não prendeu, soltou. Ótimo. Isso está resolvido. Você tem, sim, um microtrans em algum lugar. Vamos precisar de uma luz estroboscópica para localizar o fluxo. – Ela pôs a mão no porta--luvas do quibble e tirou um disco estroboscópico movido a pilha. – Acho que consigo encontrar – ela disse, ativando a luz.

O microtrans acabou sendo encontrado no punho da manga esquerda. Alys enfiou um alfinete no dispositivo, e estava resolvido.

– Tem mais alguma coisa? – perguntou Jason.

– É possível que tenha uma minicâmera. Uma câmera muito pequena que transmite uma imagem de TV aos monitores da academia. Mas não os vi prender uma dessas em você. Acho que podemos arriscar e esquecer isso. – Ela se virou, então, para perscrutá-lo. – Quem é você, aliás?

Jason disse:

– Uma despessoa.

– Que significa...?

– Significa que não existo.

– Fisicamente?

– Não sei – disse ele, com sinceridade. Talvez, pensou, se eu tivesse me aberto mais com o irmão dela, o general da polícia... Talvez ele pudesse ter elucidado. Afinal, Felix Buckman é um Sete. O que quer que isso signifique.

Ainda assim... Buckman especulara na direção certa; descobrira bastante coisa. E em muito pouco tempo, num período entremeado por um lanche noturno e um charuto.

A garota disse:

– Então, você é Jason Taverner. O homem que McNulty estava tentando identificar e não conseguiu. O homem sem nenhum dado em lugar algum do mundo. Sem certidão de nascimento, sem registros escolares, sem...

– Como sabe tudo isso? – disse Jason.

– Vi o relatório de McNulty. – O tom dela era despreocupado. – No escritório de Felix. Me interessou.

– Então, por que me perguntou quem sou?

– Queria saber se você sabia. Eu tinha a versão de McNulty, agora queria o seu lado da história. O lado antipol, como dizem.

– Não posso acrescentar nada ao que McNulty sabe – disse Jason.

– Não é verdade. – Ela havia começado a interrogá-lo, precisamente do modo como o irmão fizera pouco antes. Um tom de voz baixo, informal, como se algo meramente casual estivesse sendo discutido, e o foco intenso no rosto dele, o movimento elegante de braços e mãos, como se, enquanto falava, ela dançasse um pouco. Consigo mesma. A beleza dançando sobre a beleza, pensou ele. Achou-a física e sexualmente excitante. E, só Deus sabia, ele tivera sexo suficiente para não pensar nisso durante os próximos dias.

– Ok – ele admitiu. – Sei mais.

– Mais do que disse a Felix?

Ele hesitou. E, ao fazê-lo, respondeu.

– Sim – disse Alys.

Ele deu de ombros. Ficara óbvio.

– Quer saber? – Alys disse de modo súbito. – Gostaria de ver como vive um general da polícia? Sua casa? Seu castelo de um bilhão de dólares?

– Você me colocaria lá? – ele disse, incrédulo. – Se ele descobrisse... – Jason fez uma pausa. Para onde essa mulher está me levando?, perguntou-se. A um risco terrível. Ele todo sentia isso, tornando-o cauteloso e alerta ao mesmo tempo. Sentiu-se atravessado por sua própria esperteza, penetrando cada parte de seu ser somático. Seu corpo sabia que, ali, mais do que em qualquer outro momento, ele tinha que ser cauteloso. – Você tem acesso legal à casa dele? – perguntou, começando a se acalmar. Usou um tom de voz natural, desprovido de qualquer tensão fora do comum.

– Se tenho – disse Alys. – Moro com ele. Somos gêmeos. Somos muito próximos. Incestuosamente próximos.

Jason disse:

– Não quero cair numa armadilha combinada entre você e o general Buckman.

– Uma armadilha combinada entre nós dois? – Ela deu uma risada súbita. – Felix e eu sequer conseguiríamos pintar ovos de Páscoa juntos. Anda, voemos para casa, agora. Temos vários objetos interessantes. Tabuleiros de xadrez medievais, xícaras de porcelana de ossos inglesas. Belos selos americanos, das primeiras emissões da National Banknote Company. Se interessa por selos?

– Não.

– Armas?

Ele hesitou.

– Até certo ponto. – Ele se lembrou da própria arma. Esta era a segunda vez em 24 horas que tinha motivos para se lembrar dela.

Encarando-o, Alys disse:

– Sabe, para um homem pequeno, até que você não é feio. E é mais velho do que gosto... mas nem tanto. Você é um Seis, não?

Ele fez que sim com a cabeça.

– E aí? – disse Alys. – Quer conhecer o castelo de um general da polícia?

Jason disse:

– Ok. – Eles o encontrariam aonde quer que fosse, quando quisessem. Com ou sem um microtrans preso no punho da camisa.

Alys Buckman ligou o motor do quibble, girou o volante e pisou no pedal. O quibble disparou para o alto, num ângulo de noventa graus com a rua. Motor da polícia, pensou ele. O dobro da potência dos modelos domésticos.

– Tem uma coisa – disse Alys, pilotando em meio ao trânsito – que quero deixar bem clara para você. – Ela olhou para se certificar de que ele estava ouvindo. – Não tome nenhuma iniciativa sexual. Se fizer, te mato. – Ela pôs a mão no cinto, e ele viu, presa ali, uma arma de tubo de modelo policial. A luz do sol refletiu o azul e o preto.

– Percebido e entendido – ele disse, sentindo-se desconfortável. Já não tinha gostado da fantasia de couro e ferro que ela usava, e havia sinais de fetiche profundamente implicados, os quais nunca lhe interessaram. E agora esse ultimato. Qual era a preferência sexual dela? Outras lésbicas? Era isso?

Em resposta à pergunta não feita, Alys disse calmamente:

– Toda a minha libido, minha sexualidade, está ligada a Felix.

– Seu *irmão*? – Ele sentiu uma incredulidade distante e medo. – Como?

– Vivemos uma relação incestuosa há cinco anos – disse Alys, manobrando o quibble com habilidade no trânsito intenso da manhã de Los Angeles. – Temos um filho de três anos. Uma empregada e uma babá cuidam dele em Key West, Flórida. Seu nome é Barney.

– E você está contando isso para mim? – ele disse, incrivelmente estupefato. – Para alguém que nem conhece?

– Ah, eu o conheço muito bem, Jason Taverner – disse Alys. Ela subiu com o quibble a uma pista superior e aumentou a velocidade. O tráfego estava menos denso ali. Estavam saindo da grande LA. – Já fui sua fã, do seu programa de TV das noites de terça, durante anos. E tenho seus discos, e uma vez o ouvi cantar ao vivo no Salão Orchid do Hotel St. Francis, em San Francisco. – Ela deu um breve sorriso. – Felix e eu somos colecionadores... e uma das coisas que coleciono são discos de Jason Taverner. – Seu sorriso repentino e frenético cresceu. – Ao longo dos anos, consegui todos os nove.

Jason disse, com a voz rouca e trêmula:

– Dez. Lancei dez LPs. Os últimos com faixas de projeção para show de luzes.

– Então deixei de contar um – disse Alys, em tom cordial. – Olha. Vire-se e veja no banco de trás.

Jason virou-se e viu seu álbum mais recente no banco traseiro: *Taverner e o Blue, Blue Blues*.

– Sim – ele disse, pegando-o e colocando-o sobre o colo.

– Tem outro aí – disse Alys. – Meu favorito.

Ele viu, então, uma cópia gasta de *A Noite Será Divertida com Taverner*.

– Sim – disse ele. – É o melhor que fiz.

– Viu só? – disse Alys. O quibble mergulhou, traçando uma espiral helicoide na direção de um grupo de terrenos amplos, cercados de árvores e gramado, abaixo. – Chegamos à casa.

19

Com as pás na vertical, o quibble desceu em uma vaga no asfalto, no centro do grande gramado da casa. Jason demorou a avistá-la: três andares, estilo espanhol, paredes de adobe ou estuque – não conseguiu identificar. Uma casa grande, com belos carvalhos ao redor. Tinha sido construída em meio à paisagem, sem destruí-la. A casa misturava-se às árvores e grama, fazendo parte do conjunto, uma extensão do fabricado sobre o natural.

Alys desligou o quibble e chutou a porta que não abriu direito.

– Deixe os discos no carro e venha – disse ela, deslizando do quibble e parando de pé no gramado.

Relutante, ele colocou os álbuns de volta no banco traseiro e a seguiu, apressando-se para alcançá-la. As longas pernas revestidas de couro preto levaram a garota rapidamente até o imenso portão da casa.

– Temos até cacos de vidro incrustados no alto dos muros. Para repelir bandidos... nestes tempos modernos. A propriedade pertenceu ao grande Ernie Till, o ator de faroeste. – Ela apertou um botão instalado no portão da frente, antes da casa, e apareceu um pol particular de uniforme marrom, que a inspecionou, acenou com a cabeça e liberou o pico de tensão que fez o portão deslizar.

Para Alys, Jason disse:

– O que você sabe? Sabe que eu sou...

– Você é fabuloso – disse Alys, sem rodeios. – Sei disso há anos.

– Mas você estava onde eu estava. Onde sempre estou. Não aqui.

Alys segurou-o pelo braço e levou-o por um corredor de adobe e ardósia, depois por um lance de cinco degraus de tijolo, até uma sala de estar rebaixada, um ambiente antiquado para os dias de hoje, mas bonito.

Ele, no entanto, não estava nem aí. Queria falar com ela, descobrir o que e como ela sabia. E o que isso significava.

– Você se lembra deste lugar? – disse Alys.

– Não – disse ele.

– Deveria. Já esteve aqui antes.

– Não estive – disse ele, defensivo. Ela havia conquistado totalmente sua credulidade ao mostrar os dois discos. *Tenho de ficar com eles*, disse a si mesmo. Para mostrar ao... sim, ele pensou, para quem? Para o general Buckman? E se eu mostrar a ele, o que eu conseguiria?

– Aceita uma mescalina? – disse Alys, dirigindo-se a um gabinete de drogas, um grande armário de imbuia oleado à mão ao final do bar de couro e latão, no canto da sala de estar.

– Um pouco – disse ele. Mas surpreendeu-se com a própria resposta. Hesitou. – Quero clarear as ideias – acrescentou.

Ela trouxe uma bandeja de drogas, minúscula e esmaltada, sobre a qual havia um copo de cristal com água e uma cápsula branca.

– Coisa muito boa. A Número Um Amarela da Harvey's, importada da Suíça a granel, encapsulada na Bond Street. – Ela acrescentou: – E nem um pouco forte. Coisa leve.

– Obrigado. – Ele aceitou a água e a cápsula branca. Engoliu a mescalina, pôs o copo de volta na bandeja. – Você não vai tomar? – perguntou a ela, com desconfiança... tardia.

– Já estou doida – disse Alys, em tom cordial, sorrindo com o dente de ouro barroco. – Não dá para notar? Acho que não, você nunca me viu de qualquer outro jeito.

– Você sabia que eu seria trazido à Academia de Polícia de Los Angeles? – ele perguntou. Acho que sabia, pensou, *porque estava com dois discos meus*. Se não soubesse, a chance de estar com eles seria zero em um bilhão, praticamente.

– Monitorei alguns dos transmissores deles – disse Alys. Virou-se e saiu andando, agitada, batendo na bandeja esmaltada com a unha longa. – Acabei captando a transmissão oficial entre Las Vegas e Felix. Gosto de ouvi-lo de vez em quando, durante seu horário de serviço. Não sempre, mas... – ela apontou na direção de um cômodo depois de uma porta aberta, do lado mais próximo deles... – Quero ver uma coisa. Vou lhe mostrar, se for tão bom quanto Felix diz.

Ele a seguiu, com a mente agitada pelas perguntas que gritavam dentro de si enquanto caminhava. Se ela consegue transitar, ele pensou, entrar e sair como parece que tem feito...

– Ele disse gaveta do meio da mesa de bordo – disse Alys, pensativa, ao parar no centro da biblioteca. Livros com encadernação de couro enfileiravam-se em estantes até o teto da sala. Diversas mesas, uma estante de vidro com xícaras minúsculas, diversos tabuleiros de xadrez antigos, dois baralhos de tarô primevos... Alys foi até uma escrivaninha estilo Nova Inglaterra, abriu uma gaveta e olhou dentro. – Ah – disse ela, e retirou um envelope de papel cristal.

– Alys... – começou Jason, mas ela o interrompeu com um estalar brusco de dedos.

– Fique quieto enquanto olho isto. – De cima da mesa, ela pegou uma lente de aumento grande e examinou o envelope. – Um selo – explicou, depois ergueu a cabeça. – Vou tirar para que você veja. – Encontrou uma pinça filatélica, retirou o selo do envelope com cuidado e colocou-o sobre uma almofada de feltro na beira da mesa.

Obediente, Jason espiou através da lente de aumento. Pareceu-lhe um selo como qualquer outro, exceto pelo fato de que, diferente dos selos modernos, estava impresso em apenas uma cor.

– Veja a estampa sobre os animais – disse Alys. – O rebanho de bezerros. É de uma perfeição absoluta, cada linha é exata. Este selo nunca foi... – Ela deteve a mão de Jason quando ele fez menção tocá-lo. – Ah, não – disse ela. – Jamais toque um selo com os dedos, sempre use a pinça.

– É valioso? – perguntou ele.

– Nem tanto. Mas nunca são vendidos. Um dia te explico. É um presente que Felix me deu, porque ele me ama. Porque, segundo ele, sou boa de cama.

– É um belo selo – disse Jason, constrangido. Devolveu a lente de aumento.

– Felix me contou a verdade. É uma boa cópia. Centralizada com perfeição, cancelamento suave que não danifica a imagem central e... – Com habilidade, ela virou o selo, colocando-o sobre o feltro, com a estampa para baixo. Sua expressão mudou de repente. O rosto brilhou com ardência, e ela disse: – Aquele filho da puta.

– Qual o problema?

– Uma pequena mancha. – Ela tocou o canto do selo com a pinça. – Bom, não dá para notar de frente. Mas Felix é assim. Dane-se, deve ser falsificado, mesmo. Só que Felix tem o dom de nunca comprar falsificações. – Ok, Felix, este fica para você. – Pensativa, ela disse: – Será que ele tem outros destes em sua própria coleção? Eu poderia trocá-los. – Foi até um cofre de parede, mexeu nos botões por alguns segundos e finalmente abriu a porta. Retirou um álbum enorme e pesado, e carregou-o até a mesa. – Felix não sabe que eu sei a combinação desse cofre. Então, não conte a ele. – Ela virou com cuidado as páginas espessas até chegar a uma com quatro selos. – Nenhum selo negro de um dólar. Mas ele pode ter escondido em outro lugar. Pode até estar lá na academia. – Fechou o álbum e guardou-o de volta no cofre.

– A mescalina – disse Jason – está começando a me afetar. Suas pernas doíam: para ele, esse era sempre um sinal de que a mescalina estava a fazer efeito no sistema nervoso. – Vou me sentar – disse ele, e conseguiu localizar uma poltrona de couro antes que as pernas cedessem. Ou *parecessem* ceder. Na verdade, nunca cediam: era uma ilusão instigada pela droga. Ainda assim, a sensação era real.

– Gostaria de ver uma coleção de caixas de rapé ornamentadas e impecáveis? – indagou Alys. – Felix tem uma coleção impressionante. Todas raras, em ouro, prata e ligas de metal, com gravuras de camafeus, cenas de caça... Não? – Ela se sentou diante dele e cruzou as longas pernas cobertas de preto. Ela balançava o sapato de salto alto para a frente e para trás. – Uma vez, Felix comprou uma caixa de rapé num leilão, pagou caro, trouxe para casa. Tirou o rapé velho de dentro e encontrou uma alavanca com molas instalada no fundo da caixa, ou no que parecia ser o fundo. A alavanca funcionava quando um parafuso minúsculo era encaixado. Ele levou o dia todo para encontrar uma ferramenta pequena o suficiente para girar o parafuso. Mas, pelo menos, conseguiu. – Ela deu uma risada.

– O que aconteceu? – disse Jason.

– O fundo da caixa... um fundo falso que ocultava uma placa de estanho. Ele removeu a placa. – Ela riu de novo, e o dente de ouro ornamental cintilou. – Era uma foto pornográfica de duzentos anos. De uma garota transando com um pônei Shetland. E pintada com oito cores. Valia, digamos, ah, uns cinco mil dólares... Não muito, mas ficamos completamente encantados. O vendedor, é claro, não sabia que aquilo estava ali.

– Sei – disse Jason.

– Você não tem nenhum interesse em caixas de rapé – disse Alys, ainda sorrindo.

– Eu gostaria... de ver – disse ele. E depois disse: – Alys, você sabe de mim, sabe quem sou. *Por que ninguém mais sabe?*

– Porque nunca estiveram lá.

– *Onde?*

Alys massageou as têmporas, torceu a língua e ficou olhando para a frente com uma expressão vazia, como se perdida em pensamentos. Como se mal o escutasse.

– Você sabe – disse ela, parecendo entediada e um pouco irritá-vel. – Meu Deus, homem, você viveu lá por 42 anos. O que posso lhe dizer sobre esse lugar que você já não saiba? – Ela ergueu o olhar então, e fez um beicinho malicioso. E sorriu para ele.

– Como vim parar aqui? – ele perguntou.

– Você... – Ela hesitou. – Não sei se devo contar.

Em voz alta, ele disse:

– *Por que não?*

– Deixe chegar a hora. – Ela fez um gesto para que ele se acal-masse. – Quando chegar a hora. Olha, cara, você já passou por muita coisa. Hoje, quase foi enviado a um campo de trabalhos forçados, e sabe de que tipo. Graças ao babaca do McNulty e ao meu querido irmão. Meu irmão, o general da polícia. – Seu rosto estava desfigurado de repugnância, mas em seguida surgiu o sor-riso provocador mais uma vez. O sorriso malandro e sedutor com o dente de ouro.

Jason disse:

– Quero saber onde estou.

– Está no escritório da minha casa. Perfeitamente seguro. Ti-ramos todos os dispositivos que estavam em você. E ninguém vai invadir este lugar. Quer saber? – Ela saltou da cadeira, ficando de pé como um animal muito ágil. Ele recuou por reflexo. – Você alguma vez já fez por telefone? – indagou, com brilho no olhar e avidez.

– Fiz o quê?

– A grade – disse Alys. – Não sabe da grade de telefones?

– Não – admitiu ele. Mas já ouvira falar.

– Os seus atributos sexuais, e os de todo mundo, são ligados por meios eletrônicos e amplificados até o ponto que você puder aguentar. É viciante, porque é acentuado. As pessoas, algumas, vão tão fundo que não conseguem sair. Sua vida toda gira em tor-no da configuração de redes semanais, ou, caramba, até diárias, de linhas telefônicas. São telefones de imagem normais, ativados por cartão de crédito, então é de graça enquanto se está fazendo.

Os responsáveis fazem a cobrança uma vez por mês, e se você não pagar, eles cortam seu telefone da grade.

– Quantas pessoas – perguntou ele – estão envolvidas nisso?

– Milhares.

– De cada vez?

Alys fez que sim.

– A maioria faz há dois, três anos. E fica física e mentalmente deteriorada com isso. Porque a parte do cérebro em que o orgasmo é sentido vai se desgastando aos poucos. Mas não pense que são pessoas desprezíveis. Algumas das mentes mais sofisticadas e sensíveis da Terra estão envolvidas. Para elas, trata-se de uma comunhão sagrada. Só que é possível identificar os usuários da grade por sua aparência. Têm um ar decadente, são velhos, gordos, apáticos. Apáticos *entre* uma orgia telefônica e outra, claro.

– E você faz isso? – Ela não lhe parecia decadente, velha, gorda nem apática.

– De vez em quando. Mas nunca fico viciada. Eu me desligo da grade a tempo. Quer experimentar?

– Não – disse ele.

– Ok – disse Alys, de modo imparcial, sem se deixar afetar. – O que gostaria de fazer? Temos uma boa coleção de Rilke e Brecht em discos com tradução interlinear. Outro dia, Felix chegou com um conjunto quadrifônico com luzes das sete sinfonias de Sibelius. É muito bom. Emma está preparando perna de rã para o jantar... Felix adora perna de rã e escargot. Ele come quase sempre em restaurantes franceses e bascos, mas hoje à noite...

– Quero saber – interrompeu Jason – onde estou.

– Não pode simplesmente ser feliz?

Ele se levantou – com dificuldade – e a encarou. Em silêncio.

20

A mescalina havia começado a afetá-lo com toda fúria. A sala ficou iluminada por cores, e o senso de perspectiva ficou alterado de modo que o teto parecia estar a milhões de quilômetros de altura. E, ao olhar para Alys, viu seu cabelo ganhar vida... como o de Medusa, pensou ele, e teve medo.

Ignorando-o, Alys prosseguiu:

– Felix aprecia a culinária basca em especial, mas eles usam tanta manteiga que ele fica com espasmos pilóricos. Ele também tem uma boa coleção de *Weird Tales* e adora beisebol. E... vejamos. – Ela saiu andando, batendo um dedo contra os lábios enquanto refletia. – Ele se interessa pelo oculto. Você...

– Estou sentindo algo – disse Jason.

– O que está sentindo?

Jason disse:

– Não consigo sair.

– É a mescalina. Vai com calma.

– Eu... – Ele parou para pensar. Havia um peso gigantesco no cérebro, mas em meio a todo o peso, raios de luz, de um *insight* semelhante ao satori, brotavam em vários lugares.

– O que coleciono – disse Alys – está na sala ao lado, que chamamos de biblioteca. Aqui é o escritório. Na biblioteca ficam todos os livros de Felix sobre direito... Você sabia que ele é advogado, além de general da polícia? E fez coisas boas, tenho de admitir. Sabe o que ele fez uma vez?

Ele não conseguiu responder. Podia apenas ficar em pé. Inerte, ouvindo os sons, mas não o significado. Daquilo.

– Durante um ano, Felix foi o responsável legal por um quarto dos campos de trabalhos forçados da Terra. Ele descobriu que, em virtude de uma lei obscura, aprovada anos atrás, quando os campos de trabalhos forçados eram mais como campos de extermínio, com muitos negros, aliás... Ele descobriu que esse estatuto permitia o funcionamento dos campos apenas durante a Segunda Guerra Civil. E ele tinha o poder de fechar todos e quaisquer campos a qualquer momento, desde que considerasse a ação de interesse público. E esses negros e estudantes que vinham trabalhando nos campos ficaram fortes e resistentes pra caramba, pelos anos de trabalho braçal pesado. Não são como os estudantes debilitados, pálidos e mórbidos que vivem abaixo da área dos campi. Depois, ele pesquisou e descobriu outro estatuto obscuro. Qualquer campo que não esteja funcionando de forma lucrativa *tem que* ser, ou melhor, tinha que ser, fechado. Então, Felix mudou a quantia, muito baixa, é claro, paga aos detentos. Assim, tudo o que ele teve de fazer foi aumentar o pagamento deles, mostrar os balanços no vermelho e pronto, podia fechar os campos. – Ela riu.

Jason tentou falar, mas não conseguiu. Dentro dele, sua mente agitava-se feito uma bola de borracha rasgada, afundando e subindo, desacelerando e acelerando, apagando e depois se expandindo com brilho. Os feixes de luz galopavam por ele, perfurando todas as partes de seu corpo.

– Mas o grande feito de Felix – disse Alys – teve relação com os kibutzim estudantis sob os campi incendiados. Muitos deles ficam desesperados por comida e água. Você sabe como é: os estudantes tentam chegar à cidade em busca de suprimentos, furtando e saqueando. Bom, a polícia mantém muitos agentes entre os alunos, incitando-os até um confronto armado final contra a polícia... o qual é aguardado pelos pols e nats. Está vendo?

– Estou vendo – disse ele – um chapéu.

– Mas Felix tentou evitar qualquer troca de tiros. Para isso, no entanto, teve de conseguir provisões para os estudantes, percebe?

– O chapéu é vermelho – disse Jason. – Como as suas orelhas.

– Devido à sua posição de marechal na hierarquia da polícia, Felix tinha acesso a relatórios de informantes sobre o estado de cada kibutz estudantil. Ele sabia quais estavam em apuros e quais estavam bem. Seu trabalho era extrair da multidão de elementos abstratos os fatores mais importantes: quais kibutzim estavam fracassando e quais não estavam. Uma vez que listou aqueles que estavam com dificuldades, outros policiais em posição elevada reuniam-se com ele para decidir como exercer uma pressão que acelerasse a derrota. A incitação derrotista por meio de informantes da polícia, a sabotagem de água e comida. Incursões desesperadas, desesperançadas, na verdade, para fora da área do campus, em busca de auxílio... Por exemplo, em Columbia, uma vez, armaram um plano de chegar ao Campo de Trabalho Harry S. Truman, libertar os detentos e armá-los; mas, diante disso, até mesmo Felix teve de dizer: "Intervenham!" Seja como for, era o trabalho de Felix determinar a tática para cada kibutz investigado. Muitas, muitas vezes ele aconselhou que nenhuma ação fosse realizada. Por isso, é claro, os conservadores o criticaram, exigindo sua saída do cargo. – Alys fez uma pausa. – Ele era um marechal do mais alto grau da polícia na época, veja bem.

– Seu vermelho – disse Jason – é fantasticoso.

– Eu sei. – Alys fez uma expressão de desagrado. – Não dá para segurar a onda, homem? Estou tentando contar uma coisa. Felix foi *rebaixado* de marechal da polícia a general porque ele tomava providências, quando podia, para que os estudantes nos kibutzim tomassem banho, se alimentassem e tivessem medicamentos e camas. Como fez para os campos de trabalhos forçados sob sua jurisdição. Portanto, agora, é apenas general, mas eles o deixam em paz. Fizeram tudo o que podiam, e ele ainda tem um cargo elevado.

– Mas o incesto de vocês – disse Jason. – E se? – Ele fez uma pausa, não conseguia lembrar o resto da frase. – Se – disse ele, e parecia ser só isso. Sentiu um calor furioso, causado pelo fato de que conseguira transmitir sua mensagem a ela. – Se – ele disse mais uma vez, e o calor interno virou um desvario de fúria feliz. Ele exclamou em voz alta.

– Você quer dizer, e se os marechais soubessem que Felix e eu temos um filho? O que eles fariam?

– Eles fariam – disse Jason. – Podemos ouvir música? Ou me dê... – As palavras cessaram. – Nossa – disse ele. – Minha mãe não estaria aqui. Morte.

Alys respirou fundo, suspirou.

– Ok, Jason – disse ela. – Vou desistir de tentar conversar com você. Até você voltar a si.

– Fale – disse ele.

– Gostaria de ver meus cartuns de *bondage*?

– O quê – disse ele – é isso?

– Desenhos, muito estilizados, de garotas amarradas, e homens...

– Posso me deitar? – disse ele. – Minhas pernas não estão funcionando. Acho que minha perna direita chega até a lua. Em outras palavras... – ele refletiu – Eu a quebrei ao me levantar.

– Venha aqui. – Ela o conduziu, passo a passo, do escritório até a sala de estar. – Deite-se no sofá – disse a ele. Com uma dificuldade torturante, ele se deitou. – Vou pegar um Amplictil. Vai neutralizar a mescalina.

– Já me neutralizou – disse ele.

– Vejamos... onde foi que eu enfiei? Quase nunca preciso usá-lo, mas sempre tenho, caso algo assim... Caramba, você não consegue tomar uma única dose de mescalina e ficar inteiro? Eu tomo cinco de uma vez.

– Mas você é vasta – disse Jason.

– Já volto. Vou lá em cima. – Alys saiu a passos largos, na direção da porta localizada a uma ampla distância. Por muito, muito tempo, ele a viu diminuir. Como ela conseguia? Parecia incrível que ela pudesse encolher até quase nada. Então ela sumiu. Com isso, ele sentiu um medo terrível. Sabia que ficara sozinho, sem auxílio. Quem vai me ajudar, perguntou-se. Tenho que fugir desses selos, xícaras, caixas de rapé, cartuns de *bondage,* grades telefônicas e pernas de rã tenho que pegar aquele quibble tenho que sair voando de volta para onde sei de volta à cidade talvez a Ruth Rae se a tiverem soltado ou até de volta a Kathy Nelson esta mulher é demais para mim assim como seu irmão eles e seu filho de incesto na Flórida chamado como?

Ele se levantou sem firmeza, passou com esforço sobre um tapete do qual vazavam pigmentos puros através de milhões de fissuras que iam brotando à medida que ele pisava, esmagando-o com seus sapatos pesados; e então, finalmente, trombou contra a porta da sala oscilante.

Luz do sol. Ele havia saído.

O quibble.

Ele mancou até lá.

Do lado de dentro, sentou-se diante dos controles, desnorteado com a legião de cabos, alavancas, volantes, pedais, mostradores.

– Por que não dá a partida? – disse em voz alta. – Ligue! – ordenou, balançando para a frente e para trás no banco do motorista. – Ela não quer me deixar ir? – perguntou ao quibble.

As chaves. É claro que não poderia voar sem as chaves.

O casaco dela no banco de trás. Ele reparara. E também a grande bolsa carteiro. Ali, as chaves na bolsa. Ali.

Os dois discos. *Taverner e o Blue, Blue Blues.* E o melhor de todos: *A Noite Será Divertida com Taverner.* Ele tateou, conseguiu de alguma maneira erguer os *dois* álbuns e transportou-os para o banco vazio ao seu lado. Tenho a prova aqui, deu-se conta. Está aqui nestes discos e está aqui nesta casa. Com ela. Se for para encontrar, tenho que encontrá-la aqui. Encontrar. Em nenhum outro lugar. Nem o general sr. Felix não-sei-das-quantas vai encontrar. Ele não sabe. Tanto quanto eu.

Carregando os discos enormes, ele correu de volta para a casa. Ao seu redor, a paisagem fluía, com organismos rápidos, altos, semelhantes a árvores, tragando o ar do belo céu azul, organismos que absorviam água e luz e corroíam os tons do céu... Ele chegou ao portão e o empurrou. O portão não se moveu. Botão.

Não encontrou nenhum.

Passo a passo. Sinta cada centímetro com os dedos. Como no escuro. Sim, pensou. Estou no escuro. Colocou os discos grandes demais no chão, ficou parado diante do muro ao lado do portão, massageou lentamente a superfície do muro, flexível como borracha. Nada. Nada.

O botão.

Ele apertou, catou os discos e ficou parado diante do portão, enquanto ele se abria com uma lentidão incrível, rangendo em protesto.

Apareceu um homem de uniforme marrom, carregando uma arma. Jason disse:

– Tive que voltar ao quibble para pegar uma coisa.

– Tudo perfeitamente bem, senhor – disse o homem de uniforme marrom. – Eu o vi sair e sabia que voltaria.

– Ela é insana? – perguntou Jason.

– Não estou em condições de saber, senhor – disse o homem de uniforme marrom, recuando e tocando o quepe.

A porta da casa estava aberta como ele a havia deixado. Entrou com dificuldade, desceu os degraus de tijolo e viu-se mais uma vez na sala de estar radicalmente irregular com seu teto de um milhão de quilômetros de altura.

– Alys – chamou ele. Ela estava na sala? Ele olhou com cuidado para todos os lados. Como fizera ao procurar o botão, percorreu cada centímetro visível do ambiente. O bar no outro canto com o belo armário de nogueira com drogas... sofá, cadeiras. Quadros nas paredes. O rosto de um dos quadros zombou dele, mas ele não se importou: o rosto não sairia da parede. O fonógrafo quadrifônico...

Seus discos. Toque-os.

Ele tentou erguer a tampa do fonógrafo, mas ela não abriu. Por quê?, ele perguntou. Trancada? Não, era de deslizar. Ele a puxou para o lado, fazendo um barulho terrível, como se a tivesse destruído. Braço do toca-discos. Eixo. Ele tirou um disco da capa e encaixou no eixo. Sei usar essas coisas, disse e ligou os amplificadores, selecionando a opção *fono*. A chave que ativava o trocador. Ele a virou. O braço subiu. O prato começou a girar devagar, agonizando. Qual era o problema? Velocidade errada? Não, ele verificou. Trinta e três e um terço. O mecanismo do eixo ergueu-se, e o disco caiu.

Ruído alto da agulha batendo na ranhura de entrada. Estalos de poeira, cliques. Típico de velhos discos quadrifônicos. Mal-usados e danificados com facilidade. Bastava respirar sobre eles.

Silvo de fundo. Mais estalos.

Nenhuma música.

Ele ergueu o braço do toca-discos e posicionou-o mais adiante. Grande colisão estrondosa da agulha batendo na superfície. Ele fez uma careta, procurando o controle de volume para abaixar. Ainda nenhuma música. Nenhum som dele cantando.

A força da mescalina sobre ele começou a fraquejar. Sentiu uma sobriedade fria e aguda. O outro disco. Rapidamente, tirou-o da capa e do plástico interno, colocou-o no eixo, rejeitou o primeiro disco.

Som da agulha tocando a superfície de vinil. Silvo de fundo e os estalos e cliques inevitáveis. Ainda nenhuma música.

Os discos estavam em branco.

Parte Três

Minha angústia talvez nunca tenha alívio,
Uma vez que a piedade se foi.
E por lágrimas, suspiros e gemidos, meus dias fatigados
De toda alegria foram privados.

21

– Alys! – Jason Taverner chamou em voz alta. Sem resposta. É a mescalina?, perguntou-se. Desajeitado, seguiu do fonógrafo até a porta pela qual Alys passara. Um corredor longo, carpete de lã muito felpudo. Do outro lado, uma escada com corrimão de ferro preto que levava ao segundo andar.

Ele caminhou o mais rápido possível pelo corredor até a escada, e então, degrau por degrau, subiu.

O segundo andar. Um vestíbulo com uma mesa antiga no canto, estilo Hepplewhite, com uma pilha alta de revistas *Box*. Isso, estranhamente, chamou sua atenção. Quem, Felix ou Alys, ou ambos, lia uma revista pornográfica de baixa categoria e grande circulação como a *Box*? Seguiu adiante, ainda – por causa da mescalina, sem dúvida – vendo pequenos detalhes. O banheiro, era lá que a encontraria.

– Alys – ele disse num tom amargo. O suor pingava da testa pelo nariz e pelo rosto, as axilas estavam quentes e úmidas com as emoções que se espalhavam pelo corpo. – Que droga – disse ele, falando para ela, embora não pudesse vê-la. – Não tem música nenhuma naqueles discos, não estou lá. São falsos. Não são? – Ou é a mescalina?, perguntou-se. – Tenho que saber! – disse. – Coloque-os para tocar, se forem autênticos. O fonógrafo está quebrado, é isso? A agulha ou ponta, sei lá como é chamada, quebrou? – Acontece, pensou. Talvez esteja passando no topo das ranhuras.

Uma porta entreaberta, ele empurrou. Um quarto, com a cama por fazer. E no chão, um colchonete com um saco de dormir em cima. Uma pequena pilha de produtos masculinos: creme de barbear, desodorante, lâmina, loção pós-barba, pente... um hóspede, pensou, que esteve aqui, mas foi embora.

– Tem alguém aqui? – gritou.

Silêncio.

Ele viu o banheiro adiante. Depois da porta parcialmente aberta, avistou uma banheira incrivelmente antiga com pés de leão pintados. Uma antiguidade, pensou, até a banheira deles. Caminhou com cautela pelo corredor, passando por outras portas, até chegar ao banheiro. Estendeu a mão e empurrou a porta.

E viu, no chão, um esqueleto.

Usava calça preta brilhante, camisa de couro, cinto de corrente com fivela de ferro forjado. Os ossos dos pés haviam abandonado os sapatos de salto alto. Alguns tufos de cabelo estavam presos ao crânio, mas fora isso, não restara nada: os olhos não estavam lá, não havia nenhuma carne. E o esqueleto ficara amarelado.

– Deus – disse Jason, oscilando. Sentiu a visão falhar e a percepção da gravidade mudar: o ouvido médio vacilava com as pressões, de modo que o ambiente carambolava à sua volta, em silêncio e em perpétuo movimento circular. Como um giro de roda gigante em circo infantil.

Ele fechou os olhos, recostou-se na parede e depois, finalmente, olhou de novo.

Ela morreu, pensou. Mas quando? Cem mil anos atrás? Minutos atrás?

Por que ela morreu?, perguntou-se.

É a mescalina? Que eu tomei? *É real?*

É real.

Inclinou-se e tocou a camisa de couro com franjas. O couro estava macio e liso. Não havia se decomposto. O tempo não afetou suas roupas, isso significava algo, mas ele não compreendia o quê. Só ela, pensou. Todo o resto da casa está do mesmo jeito que estava. Então, não pode ser a mescalina que está me afetando. Mas não posso ter certeza, pensou.

Descer. Sair daqui.

Ele seguiu de volta pelo corredor a passos largos e irregulares, ainda no processo de erguer o corpo, de modo que correu curvado como um tipo de macaco pouco comum. Segurou o corrimão de ferro preto, desceu dois, três degraus de uma vez, tropeçou e caiu, agarrou-se ao corrimão e pôs-se de pé. No peito, o coração trabalhava com esforço, e os pulmões, sobrecarregados, inflavam e esvaziavam como um fole.

Num instante, ele havia atravessado a sala de estar correndo até a porta – então, por razões que lhe eram obscuras, mas, de algum modo, importantes, catou os dois discos do fonógrafo, enfiou-os nas capas e levou-os pela porta, saindo ao sol quente e brilhante do meio-dia.

– Vai embora, senhor? – perguntou o guarda particular de uniforme marrom ao notá-lo ali parado, o peito arfando.

– Estou doente – disse Jason.

– Sinto muito, senhor. Quer que eu vá pegar algo?

– As chaves do quibble.

– A srta. Buckman costuma deixar as chaves na ignição – disse o guarda.

– Procurei – disse Jason, ofegante.

O guarda disse:

– Vou perguntar à srta. Buckman para o senhor.

– Não – disse Jason, depois pensou, mas se for a mescalina, não tem problema. Não é?

– "Não"? – disse o guarda, e sua expressão mudou de repente. – Fique onde está. Não siga na direção do quibble. – Girou e correu para dentro da casa.

Jason disparou pelo gramado até o espaço asfaltado e o quibble. As chaves. Havia alguma na ignição? Não. A bolsa dela. Pegou-a e despejou tudo sobre os bancos. Milhares de objetos, mas nenhuma chave. Em seguida, esmagando-o, sobreveio um grito rouco.

O guarda apareceu no portão da casa, o rosto distorcido. Parou de lado, por reflexo, ergueu a arma, segurou-a com as duas mãos e atirou em Jason. Mas a arma oscilou, o guarda tremia demais.

Depois de arrastar-se para o outro lado do quibble, Jason cambaleou pela grama densa e úmida, na direção dos carvalhos que havia por perto.

Mais uma vez, o guarda atirou. Mais uma vez, errou. Jason ouviu-o praguejar. O guarda começou a correr na sua direção, tentando aproximar-se. De repente, virou e disparou de volta para a casa.

Jason chegou às árvores. Bateu em troncos baixos de arbustos, rompendo galhos secos à medida que forçava a passagem. Um muro alto de adobe... E o que Alys dissera? Cacos de vidro cimentados no alto? Ele engatinhou junto à base do muro, lutando contra arbustos espessos, e viu-se de súbito diante de uma porta de madeira quebrada. Estava entreaberta, e avistou, do outro lado, outras casas e uma rua.

Não era a mescalina, percebeu. O guarda também vira. Ela deitada lá. O esqueleto antigo. Como se morta por todos esses anos.

Do outro lado da rua, uma mulher, com os braços cheios de pacotes, abria a porta de seu flipflap.

Jason atravessou a rua, forçando o cérebro a funcionar, forçando os resíduos da mescalina a desaparecerem.

– Senhorita – disse ele, ofegante.

Assustada, a mulher ergueu a cabeça. Jovem, robusta, com belos cabelos castanho-avermelhados.

– Sim? – disse ela, analisando-o com nervosismo.

– Recebi uma dose tóxica de uma droga – disse Jason, tentando manter a voz firme. – Pode me levar a um hospital?

Silêncio. Ela continuou encarando-o com olhos arregalados. Ele não disse nada, ficou apenas arfando, esperando. Sim ou não, tinha que ser um ou outro.

A moça corpulenta de cabelos avermelhados disse:

– Eu... eu não dirijo muito bem. Tirei a carteira de motorista na semana passada.

– Eu dirijo – disse Jason.

– Mas eu não vou junto. – Ela se afastou, apertando os pacotes mal-embrulhados com papel marrom. Provavelmente estava indo ao correio.

– Posso pegar as chaves? – disse ele, e estendeu a mão. Aguardou.

– Mas você pode desmaiar, e aí meu flipflap...

– Venha comigo, então – disse ele.

Ela entregou as chaves e sentou no banco traseiro do flipflap. Jason, com o coração pulsando aliviado, sentou ao volante, enfiou a chave na ignição, ligou o motor e, num instante, levou o flipflap aos céus à velocidade máxima de 75 quilômetros por hora. Por algum estranho motivo, ele notou que se tratava de um modelo popular de flipflap: um Ford Greyhound. Um flipflap econômico. E não era novo.

– Está sentindo muita dor? – perguntou a moça, ansiosa. Seu rosto, no espelho retrovisor dele, ainda demonstrava nervosismo, até pânico. A situação era demais para ela.

– Não – disse ele.

– Que droga era?

– Não disseram. – O efeito da mescalina estava quase passando. Felizmente, sua fisiologia de Seis tinha força para combatê-lo: ele não apreciava a ideia de pilotar um flipflap lento pelo trânsito de Los Angeles durante uma viagem de mescalina. E, pensou de modo feroz, uma viagem intensa. Apesar do que ela dissera.

Ela. Alys. Por que os discos estão em branco, perguntou-se em silêncio. Os discos... Onde estão? Olhou ao redor, chocado. Ah. No banco ao seu lado. Ele os jogara ali de modo automático ao entrar no flipflap. Então, estão a salvo. Posso tentar tocá-los em outro fonógrafo.

– O hospital mais próximo – disse a moça corpulenta – é o St. Martin, na esquina da Trinta e Cinco com a Webster. É pequeno, mas estive lá para remover uma verruga da mão, e parecem muito cuidadosos e gentis.

– Vamos para lá – disse Jason.

– Está se sentindo pior ou melhor?

– Melhor.

– Estava na casa dos Buckman?

– Sim – acenou com a cabeça.

A moça disse:

– É verdade que são irmãos, o sr. e a sra. Buckman? Quer dizer...

– Gêmeos – disse ele.

– Foi o que ouvi dizer – disse a moça. – Mas, sabe, é estranho. Quando estão juntos, é como se fossem marido e mulher. Eles se beijam e andam de mãos dadas, e ele é muito respeitoso com ela, aí depois têm brigas horríveis. – Ela ficou em silêncio por um instante, depois, inclinando-se para a frente, disse: – Meu nome é Mary Anne Dominic. Qual o seu nome?

– Jason Taverner – informou-lhe. Não que significasse alguma coisa. Afinal. Depois do que parecera, por um momento... mas então a voz da moça interrompeu seus pensamentos.

– Sou ceramista – disse com timidez. – Vou levar estes vasos ao correio para enviar a lojas no norte da Califórnia, especialmente a Gump's de San Francisco e a Frazer's de Berkeley.

– Faz um bom trabalho? – ele perguntou. Quase toda a sua mente, suas faculdades mentais, permaneciam paradas no tempo, paradas no instante em que ele abrira a porta do banheiro e vira ela... aquilo... no chão. Mal escutava a voz da srta. Dominic.

– Tento. Mas nunca se sabe. Seja como for, recebo muitos pedidos.

– Tem mãos fortes – disse ele, na falta de algo melhor a dizer. As palavras ainda saíam de modo semiautomático, como se as proferisse com apenas uma fração da mente.

– Obrigada – disse Mary Anne Dominic.

Silêncio.

– Você passou do hospital – disse Mary Anne Dominic. – É um pouco atrás e à esquerda. – Sua ansiedade original retornara à voz. – Está realmente indo lá ou isto é algum...

– Não tenha medo – ele disse, e, desta vez, prestou atenção no que dizia. Usou toda a sua habilidade para deixar o tom de voz gentil e tranquilizador. – Não sou um estudante foragido. Nem fugitivo de um campo de trabalhos forçados. – Virou a cabeça e olhou diretamente para o rosto dela. – Mas estou em apuros.

– Então, não tomou uma droga tóxica. – A voz dela fraquejou. Foi como se aquilo que ela mais temera durante a vida toda finalmente a tivesse alcançado.

– Vou aterrissar – disse ele. – Para que você se sinta mais segura. Já cheguei longe o bastante para mim. Por favor, não entre em pânico. Não vou machucá-la. – Mas a moça ficou rígida e assustada, à espera de... bem, nenhum dos dois sabia.

Num cruzamento movimentado, ele aterrissou no meio-fio e abriu a porta rapidamente. Em seguida, no entanto, por impulso, permaneceu momentaneamente no interior do flipflap, virado na direção da moça, parado.

– Por favor, saia – ela disse com a voz trêmula. – Não quero ser mal-educada, mas estou com muito medo. A gente ouve falar de estudantes desvairados de fome que conseguem passar as barricadas em volta do campus...

– Escute o que vou dizer – ele disse com severidade, cortando a fala dela.

– Ok. – Ela se recompôs, mãos sobre os pacotes no colo, aguardando com obediência e medo.

Jason disse:

– Você não deveria se assustar com tanta facilidade. Ou a vida será demais para você.

– Entendo. – Ela acenou humildemente com a cabeça, ouvindo, prestando atenção, como se estivesse numa palestra da faculdade.

– Sempre tem medo de estranhos? – perguntou a ela.

– Acho que sim. – De novo, ela acenou com a cabeça; desta vez, olhando para baixo, como se ele a estivesse advertindo.

– O medo – disse Jason – pode fazer você cometer mais erros que o ódio ou o ciúme. Quando está com medo, você não se entrega à vida por completo. Ele faz com que você sempre, sempre reprima algo.

– Acho que sei o que quer dizer – disse Mary Anne Dominic. – Um dia, cerca de um ano atrás, ouvi uma batida horrível na minha porta e corri para o banheiro, me tranquei e fingi que não estava lá por achar que alguém estivesse tentando invadir... E depois descobri que a mulher do andar de cima estava com a mão presa no cano da pia. Ela tinha um daqueles trituradores. Uma faca havia caído lá, e ela enfiou a mão para pegar e ficou presa. E era o filhinho dela à porta...

– Então, você entende o que estou dizendo – interrompeu Jason.

– Sim. Eu queria não ser assim. Queria mesmo. Mas sou.

Jason disse:

– Quantos anos você tem?

– Trinta e dois.

Ele ficou surpreso, ela parecia muito mais nova. Era evidente que não havia chegado a crescer de fato. Sentiu empatia por ela. Como deve ter sido difícil para ela deixar que ele pegasse seu flip-flap. E os medos dela procediam em um aspecto: ele não estava pedindo ajuda pelas razões que alegara.

Disse a ela:

– Você é uma pessoa muito boa.

– Obrigada – ela respondeu em tom respeitoso. Humilde.

– Está vendo aquele café ali? – ele disse, apontando para uma lanchonete moderna e bem frequentada. – Vamos até lá. Quero conversar com você. – Tenho que conversar com alguém, qualquer pessoa, pensou, ou, mesmo sendo Seis, vou perder a cabeça.

– Mas – ela protestou com ansiedade – tenho que levar minhas encomendas ao correio até as duas para seguirem na remessa da tarde para a Bay Area.

– Vamos fazer isso primeiro, então – disse ele. Tirou a chave da ignição e devolveu-a a Mary Anne Dominic. – Você dirige. Tão devagar quanto quiser.

– Sr... Taverner – disse ela. – Só quero ser deixada em paz.

– Não – disse ele. – Não deveria ficar sozinha. Isso está acabando com você. Está te prejudicando. O tempo todo, todo dia, você deveria estar com pessoas.

Silêncio. Em seguida, Mary Anne Dominic disse:

– O correio fica na esquina da Quarenta e Nove com a Fulton. Você pode dirigir? Estou meio nervosa.

Pareceu-lhe uma grande vitória moral; ele ficou satisfeito.

Pegou a chave de volta, e logo estavam a caminho da Quarenta e Nove com a Fulton.

22

Mais tarde, eles estavam sentados na cabine de uma lanchonete, um lugar limpo e agradável, com garçonetes jovens e uma clientela razoavelmente descontraída. A jukebox tocava "Lembrança do seu Nariz", de Louis Panda. Jason pediu apenas café; a srta. Dominic, uma salada de frutas e chá gelado.

– O que são esses dois discos que carrega? – perguntou ela.

Ele os entregou a ela.

– Ora, são seus. Se você for Jason Taverner. É?

– Sim. – Ele tinha certeza disso, pelo menos.

– Acho que nunca o ouvi cantar – disse Mary Anne Dominic. – Adoraria, mas, em geral, não gosto de música pop. Gosto dos grandes cantores de folk do passado, como Buffy St. Marie. Hoje não existe ninguém que saiba cantar como Buffy.

– Concordo – ele disse em tom sombrio, a mente ainda voltando à casa, ao banheiro, à fuga do guarda particular frenético de uniforme marrom. *Não era a mescalina*, disse a si mesmo mais uma vez. Porque o guarda também viu.

Ou viu *alguma coisa*.

– Talvez ele não tenha visto o que eu vi – disse em voz alta. – Talvez só a tenha visto caída no chão. Talvez ela tenha caído. Talvez... – Pensou: talvez eu devesse voltar.

– Quem não viu o quê? – perguntou Mary Anne Dominic, e corou com um vermelho vivo. – Não tive a intenção de me meter em sua vida. Você disse que está em apuros, e posso ver que tem algo pesado e opressivo na cabeça, que se tornou uma obsessão.

– Tenho que ter certeza – disse ele – do que de fato aconteceu. Está tudo lá naquela casa. – E nestes discos, pensou.

Alys Buckman sabia do meu programa de TV. Sabia dos meus discos. Sabia qual deles era o grande sucesso. Ela tinha o disco. Mas...

Não havia música alguma nos discos. Agulha quebrada, que fosse... algum som, distorcido, talvez, deveria ter saído. Discos e fonógrafos haviam feito parte de sua vida por tempo demais para que ele não soubesse disso.

– Você é uma pessoa temperamental – disse Mary Anne Dominic. Ela tirara os óculos de sua bolsinha de pano e agora lia com aplicação o texto biográfico atrás da capa dos discos.

– O que aconteceu comigo – disse Jason de modo breve – me deixou temperamental.

– Aqui diz que você tem um programa de TV.

– Exato. – Ele acenou com a cabeça. – Às nove da noite, às terças. Na NBC.

– Então é muito famoso. Estou aqui sentada com uma pessoa famosa que eu deveria conhecer. Como você se sente com isso... quer dizer, com o fato de que não o reconheci quando me disse o seu nome?

Ele deu de ombros. E achou ironicamente engraçado.

– Será que a jukebox tem alguma música sua? – Ela apontou para a estrutura multicolorida, babilônica e gótica num canto.

– Talvez – disse ele. Era uma boa pergunta.

– Vou ver. – A srta. Dominic pegou uma moeda de meio quinque no bolso, saiu da cabine e foi até a outra ponta da lanchonete para olhar a lista de artistas e títulos da jukebox.

Quando ela voltar, estará menos impressionada comigo, refletiu Jason. Ele conhecia o efeito de um período de afastamento: a não ser que ele se fizesse presente em toda parte, em cada rádio e fonógrafo, jukebox e loja de partituras, na tela da TV e no universo, o encanto desmoronava.

Ela voltou sorrindo.

– "Um Fodido, um João-Ninguém" – disse ela, voltando a se sentar. Ele viu que não estava mais com a moeda. – Deve ser a próxima a tocar.

Num piscar de olhos, ele se levantou e foi até a jukebox do outro lado da lanchonete.

Ela estava certa. Seleção B4. Seu sucesso mais recente, "Um Fodido, um João-Ninguém", uma canção sentimental. E o mecanismo da jukebox já havia começado a processar o disco.

No momento seguinte, sua voz, suavizada por pontos quadrifônicos e câmaras de ressonância, espalhou-se pela lanchonete.

Atordoado, ele voltou à cabine.

– Sua voz é sensacional – disse Mary Anne quando a música acabou, talvez por educação, dado o seu gosto musical.

– Obrigado. – Ok, era ele mesmo. As ranhuras *daquele* disco não estavam em branco.

– Você é impressionante mesmo – disse Mary Anne com entusiasmo, toda sorridente e de óculos brilhantes.

Jason disse apenas:

– Estou nisso há muito tempo.

Ela pareceu sincera.

– Sente-se mal pelo fato de eu nunca tê-lo escutado?

– Não. – Ele balançou a cabeça, ainda atordoado. Ela certamente não era a única, como os acontecimentos dos últimos dois dias – dois dias? Só isso? – haviam mostrado.

– Posso... pedir mais uma coisa? – perguntou Mary Anne. Hesitou. – Gastei todo o meu dinheiro com os selos. Eu...

– Vou pegar a comanda – disse Jason.

– Como você acha que está o cheesecake de morango?

– Excepcional – disse ele, divertindo-se com ela por um momento. A seriedade da mulher, suas ansiedades... Será que ela tem algum namorado?, perguntou-se. Provavelmente não... Vivia num mundo de vasos, cerâmica, papéis de embrulho marrons, problemas com o pequeno e velho Ford Greyhound e, de fundo, vozes apenas em estéreo, das grandes cantoras dos velhos tempos: Judy Collins e Joan Baez.

– Já ouviu Heather Hart? – ele perguntou. Delicadamente.

Ela franziu a testa.

– Não... me lembro com certeza. É cantora de folk ou... – sua voz foi sumindo, ela pareceu triste, como se sentisse que não estava conseguindo ser o que deveria, deixando de saber o que qualquer pessoa normal sabia. Ele sentiu empatia.

– Baladas – disse Jason. – Como as minhas.

– Podemos ouvir sua gravação de novo?

Ele retornou à jukebox, prestativo, e programou a repetição. Desta vez, Mary Anne não pareceu estar gostando.

– Qual o problema? – ele perguntou.

– Ah – disse ela –, sempre digo a mim mesma que sou criativa. Faço vasos e gosto disso. Mas não sei se são bons de verdade. Não sei como discernir. As pessoas me dizem...

– As pessoas dizem tudo. Que você não vale nada ou que é o máximo. A pior e a melhor. Você está sempre alcançando uma pessoa aqui – ele bateu no saleiro – e não alcançando uma pessoa aí. – Ele bateu na tigela de salada de frutas dela.

– Mas tem que haver algum modo de saber se sou boa...

– Existem especialistas. Você pode ouvi-los, ouvir suas teorias. Eles sempre têm teorias. Escrevem longos artigos e discutem seu material desde o primeiro disco que você fez dezenove anos atrás. Comparam discos que você sequer lembra ter gravado. E os críticos de TV...

– Sem ser pela notoriedade. – De novo, os olhos dela brilharam brevemente.

– Sinto muito – ele disse, levantando-se mais uma vez. Não podia esperar mais. – Tenho que fazer uma ligação. Espero voltar logo. Caso não volte... – pôs a mão no ombro dela, no suéter de tricô branco que, provavelmente, ela mesma tinha feito – foi um prazer conhecê-la.

Perplexa, ela ficou olhando com seu jeito obediente e frágil enquanto ele abria caminho até os fundos da lanchonete lotada, rumo à cabine telefônica.

Fechado dentro da cabine telefônica, ele leu em voz alta o número da Academia de Polícia de Los Angeles numa lista de emergências, e, depois de inserir a moeda, discou.

– Eu gostaria de falar com o general da polícia, Felix Buckman – disse e, sem surpresa, ouviu a própria voz tremer. Cheguei ao meu limite psicológico, percebeu. Tudo o que aconteceu... até a gravação na jukebox: é demais para mim. Estou simplesmente apavorado. E desorientado. Então, pensou, talvez o efeito da mescalina não tenha passado por completo mesmo. Mas dirigi bem o pequeno flipflap, isso indicava algo. Maldita droga, pensou. Sempre é possível saber quando ela bate, mas nunca quando passa, se é que passa. Você fica comprometido para sempre, ou acha que fica, não há como ter certeza. Talvez ela nunca vá embora. E as pessoas dizem, "Ei, cara, seu cérebro já era"; e você responde, "É, talvez". Você não pode ter certeza e não pode não ter certeza. E tudo só porque tomou uma dose ou uma dose a mais quando alguém disse "Ei, cara, isso vai te liberar".

– Srta. Beason falando – uma voz feminina soou em seu ouvido. – Assistente do sr. Buckman. Posso ajudar?

– Peggy Beason – disse ele. Ele respirou fundo, sem segurança, e disse: – É Jason Taverner.

– Ah, sim, sr. Taverner. O que deseja? Deixou algo aqui?

Jason disse:

– Quero falar com o general Buckman.

– Infelizmente, o sr. Buckman...

– Tem a ver com Alys – disse Jason.

Silêncio. Em seguida:

– Só um momento, por favor, sr. Taverner – disse Peggy Beason. – Vou ligar para o sr. Buckman e ver se ele pode falar por um instante.

Cliques. Pausa. Mais silêncio. Então uma linha foi aberta.

– Sr. Taverner? – Não era o general Buckman. – É Herbert Maime, chefe de gabinete do sr. Buckman. Soube que tem a ver com a irmã do sr. Buckman, a srta. Alys Buckman. Para ser franco, gostaria de perguntar quais as circunstâncias exatas em que acabou conhecendo a srta...

Jason desligou. E andou cegamente de volta à cabine, onde Mary Anne Dominic comia seu cheesecake de morango.

– Você voltou mesmo, afinal – ela disse, animada.

– Como está – disse ele – o cheesecake?

– Um pouco pesado demais. – Acrescentou: – Mas bom.

Ele voltou a se sentar com a expressão séria. Bem, ele fizera o possível para entrar em contato com Felix Buckman. Para lhe contar sobre Alys. Mas... o que teria sido capaz de dizer, afinal? A futilidade de tudo, a impotência perpétua de seus atos e intenções... foram ainda mais enfraquecidas, pensou, pelo que ela me deu, aquela cápsula de mescalina.

Se tivesse sido mescalina.

Isso apresentava uma nova possibilidade. Ele não tinha provas, evidências, de que Alys de fato lhe dera mescalina. Podia ter sido qualquer coisa. Não fazia o menor sentido a mescalina vir da Suíça; parecia indicar algo sintético, não orgânico: um produto de laboratório. Talvez uma nova droga *cult* com multi-ingredientes. Ou algo roubado de laboratórios da polícia.

A gravação de "Um Fodido, um João-Ninguém". Digamos que a droga o tenha feito ouvi-la. E ver a listagem da jukebox. Mas Mary Anne Dominic também ouvira. Na verdade, ela a descobrira.

Mas os dois discos em branco. E quanto a eles?

Enquanto ele refletia, um adolescente de camiseta e calça jeans inclinou-se sobre ele e perguntou em voz baixa:

– Ei, você é Jason Taverner, não é? – Estendeu uma caneta esferográfica e um papel. – Poderia me dar um autógrafo, senhor?

Atrás dele, uma adolescente meio hippie, pequena e ruiva, sem sutiã e de short branco, sorriu com empolgação e disse:

– Sempre vemos seu programa na terça à noite. Você é fantástico. E na vida real, você é igualzinho a na TV, só que na vida real é mais, sabe, bronzeado. – Seus mamilos afetuosos sacudiram.

Entorpecido, e por hábito, assinou.

– Obrigado, pessoal – disse a eles. Havia quatro pessoas ali agora.

Os quatro adolescentes saíram em meio a um falatório. As pessoas das cabines próximas passaram a olhar para Jason e cochichar com interesse. Como sempre, ele disse a si mesmo. Assim era até outro dia. *Minha realidade está escoando de volta.* Ele se sentiu exultante, de modo incontrolável e desvairado. Isso era o que Jason conhecia, seu estilo de vida. Ele o perdera por um curto período, mas agora – ...finalmente, pensou, estou começando a recuperá-lo!

Heather Hart. Pensou: posso ligar para ela agora. E falar com ela. Não vai achar que sou um fã cretino.

Talvez eu só exista desde que tome a droga. Aquela droga, seja qual for, que Alys me deu.

Portanto, minha carreira, pensou, todos os vinte anos, não é nada além de uma alucinação retroativa criada pela droga.

O que aconteceu, pensou Jason Taverner, *é que passou o efeito da droga.* Ela – alguém – parou de me dar a droga, e eu despertei para a realidade, lá naquele quarto de hotel sujo e decadente, com o espelho rachado e o colchão infestado de bichos. E fiquei daquele jeito até agora, até que Alys me desse outra dose.

Ele pensou: não é de admirar que ela soubesse de mim e do meu programa das noites de terça. Por meio da sua droga, ela o criou. E aqueles dois discos... objetos cênicos que ela me apresentou para reforçar a alucinação.

Jesus, então é isso?

Mas, pensou, o dinheiro que estava comigo quando acordei no hotel, o maço todo. Bateu a mão no peito por reflexo, sentiu a existência espessa, ainda lá. Se, na minha vida real, eu passava os dias em hotéis de quinta categoria na área de Watts, onde consegui esse dinheiro?

E eu estaria nos arquivos da polícia, e em todos os outros bancos de dados do mundo. Não estaria registrado como um artista famoso, mas como um mendigo asqueroso que nunca chegou a ser nada, cujas únicas viagens provinham de um frasco de remédios. Por sabe-se lá quanto tempo. Pode ser que eu esteja tomando a droga há anos.

Alys, lembrou-se, disse que eu estivera na casa antes.

E parece que é verdade, concluiu. Estive. Para pegar minhas doses da droga.

Talvez eu seja apenas um de muitos que vivem uma vida sintética de popularidade, dinheiro, poder, por meio de uma pílula. Ao passo que, paralelamente, na realidade, vivem em quartos de hotel infestados de pulgas e caídos aos pedaços. No submundo. Vagabundos, joões-ninguém. Zeros à esquerda. Mas que, enquanto isso, sonham.

– Você realmente está mergulhado em reflexões – disse Mary Anne. Ela terminara o cheesecake. Parecia saciada. E feliz.

– Ouça – ele disse com a voz rouca. – É mesmo minha gravação naquela jukebox?

Ela arregalou os olhos enquanto tentava entender.

– Como assim? Nós ouvimos. E o negocinho, que indica as seleções, está lá. As jukeboxes nunca erraram.

Ele pegou uma moeda.

– Toque de novo. Selecione para tocar três vezes.

Obediente, ela se levantou, atravessou o corredor e foi às pressas até a jukebox, com o belo cabelo longo batendo contra os ombros amplos. Ele logo ouviu, ouviu seu grande sucesso. E as pessoas nas cabines e no balcão acenavam e sorriam para ele em reconhecimento. Elas sabiam que era ele quem cantava. Seu público.

Quando a música terminou houve um esboço de aplauso por parte dos clientes da lanchonete. Com um grande sorriso automático e profissional em resposta, ele agradeceu o reconhecimento e a aprovação.

– Está lá – ele disse, enquanto a canção se repetia. Com fúria, cerrou o punho e bateu na mesa de plástico que o separava de Mary Anne Dominic. – Caramba, *está lá*.

Com o desejo de ajudá-lo e um estranho toque feminino, intuitivo e profundo, Mary Anne disse:

– E eu estou aqui também.

– Não estou num quarto de hotel decadente, sonhando numa cama vagabunda – ele disse em tom enérgico.

– Não, não está. – O tom dela era delicado e ansioso. Era clara sua preocupação com ele. Com sua inquietação.

– Sou real mais uma vez – ele disse. – Mas se aconteceu uma vez, por dois dias... – Ir e voltar assim, aparecer e desaparecer...

– Talvez devêssemos ir embora – disse Mary Anne, apreensiva.

Isso clareou a mente dele.

– Desculpe – ele quis tranquilizá-la.

– Só quero dizer que as pessoas estão escutando.

– Não fará mal a elas – ele disse. – Deixe que ouçam. Deixe que vejam que até mesmo uma estrela internacional tem preocupações e problemas. – Ele se levantou, mesmo assim. – Para onde quer ir? Seu apartamento? – Isso significava retroceder, mas ele estava otimista o bastante para correr o risco.

– Meu apartamento? – ela balbuciou.

– Você acha que eu a machucaria?

Durante um intervalo ela ponderou com nervosismo.

– N-não – respondeu finalmente.

– Você tem um fonógrafo? No seu apartamento?

– Sim, mas não é muito bom. É só estéreo. Mas funciona.

– Ok – disse ele, conduzindo-a pelo corredor até o caixa. – Vamos.

23

Mary Anne Dominic havia decorado sozinha as paredes e o teto do apartamento. Cores vivas, fortes e bonitas. Ele ficou olhando, impressionado. E os poucos objetos de arte na sala de estar tinham uma beleza poderosa. Peças de cerâmica. Pegou um vaso azul vitrificado e examinou-o.

– Eu fiz esse – disse Mary Anne.

– Este vaso – disse ele – vai ser uma atração no meu programa.

Mary Anne olhou para ele com admiração.

– Vou aparecer com este vaso muito em breve. Na verdade – ele era capaz de visualizar –, será uma grande produção na qual eu saio do vaso, cantando, como se fosse o espírito mágico existente nele. – Ergueu o vaso azul com uma mão, girando-o. – "Um Fodido, um João-Ninguém" – ele disse. – E a sua carreira vai decolar.

– Talvez seja melhor segurar com as duas mãos – disse Mary Anne, desconfortável.

– "Um Fodido, um João-Ninguém", a canção que nos trouxe mais reconhecimento... – O vaso escorregou de seus dedos e caiu no chão. Mary Anne deu um pulo para a frente, mas tarde demais. O vaso quebrou em três pedaços e ficou ao lado do sapato de Jason, com as extremidades ásperas, sem o revestimento de vidro, pálidas, irregulares e sem mérito artístico.

Um longo silêncio se passou.

– Acho que posso consertar – disse Mary Anne.

Ele não conseguia pensar em nada a dizer.

– A coisa mais embaraçosa que já me aconteceu – disse Mary Anne – foi uma ocasião com minha mãe. Sabe, minha mãe tinha uma doença degenerativa chamada Mal de Bright. Por isso, ela estava sempre indo ao hospital quando eu era criança, e sempre dava um jeito de mencionar nas conversas o fato de que morreria disso, e de me perguntar se eu não lamentaria, como se fosse minha culpa; e eu acreditava nela, que ela morreria um dia. Mas depois cresci e saí de casa, e ela não morreu. E eu meio que me esqueci dela. Eu tinha minha própria vida e minhas próprias coisas para fazer. Assim, claro que me esqueci da sua maldita doença nos rins. Um dia, então, ela foi me visitar, não aqui, mas no apartamento que tive antes deste; e ela me perturbou demais, descrevendo todas as suas dores e reclamações sem parar... Finalmente, eu disse: "Tenho que sair para comprar coisas para o jantar", e me mandei para o mercado. Minha mãe foi mancando ao meu lado e, no caminho, me deu a notícia de que seus dois rins estavam tão comprometidos que teriam de ser retirados, e ela seria internada por isso, e tal, e tentariam implantar um rim artificial, mas provavelmente não daria certo. Então, ela estava me contando isso, que o momento realmente havia chegado, que ela finalmente morreria, como sempre dissera... E, de repente, ergui a cabeça e percebi que estava no supermercado, diante do balcão de carnes, e um balconista muito simpático de quem eu gostava aproximou-se e disse: "Olá. O que vai querer hoje, moça?"; e eu disse: "Vou querer uma torta de rins para o jantar". Foi embaraçoso. "Uma torta de rins bem grande", eu disse, "bem folheada, tenra, úmida e com caldos deliciosos." "Para quantas pessoas?", ele perguntou. Minha mãe ficou meio que me olhando com uma expressão assustadora. Eu não sabia como parar, uma vez que havia começado. Por fim, comprei mesmo a torta de rins, mas na rotisseria. Vinha numa lata fechada, da Inglaterra. Acho que paguei quatro dólares. O gosto estava ótimo.

– Vou pagar pelo vaso – disse Jason. – Quanto quer por ele?

Hesitando, ela disse:

– Bom, tem o preço de atacado, que cobro das lojas. Mas teria que cobrar de você o preço do varejo, porque você não tem registro de atacadista, então...

Ele pegou o dinheiro. – Varejo – disse.

– Vinte dólares.

– Posso colocar você no programa de outro jeito – disse ele. – Só precisamos de um ângulo. Que tal este... Podemos mostrar ao público um vaso antigo de valor inestimável, digamos, da China do século 5, e um museólogo entra, de uniforme, para certificar sua autenticidade. E aí, você está lá com seu torno... Você fará um vaso ao vivo, e nós mostraremos que o seu é melhor.

– Não seria. A cerâmica antiga da China é...

– Nós mostraremos a eles, faremos com que acreditem. Conheço meu público. Esses trinta milhões de pessoas chegam a conclusões a partir das minhas reações. Vai haver uma câmera panorâmica no meu rosto, mostrando minha reação.

Em voz baixa, Mary Anne disse:

– Não consigo subir no palco com aquelas câmeras voltadas para mim. Estou tão... acima do peso. As pessoas ririam.

– A exposição que você terá. As vendas. Os museus e as lojas vão conhecer seu nome, suas coisas, novos compradores vão surgir.

Mary Anne disse com calma:

– Me deixe em paz, por favor. Sou muito feliz. Sei que sou uma boa ceramista. Sei que as lojas, as boas lojas, gostam do meu trabalho. Será que tudo tem que acontecer em grande escala, com milhares de pessoas envolvidas? Não posso levar minha vidinha do jeito que eu quero? – Ela o encarou com firmeza, a voz quase inaudível. – Não entendo o que toda a sua exposição e fama fizeram por você... Lá na lanchonete, você me perguntou: "Minha gravação está mesmo naquela jukebox?". Você estava com medo de que não estivesse. Você estava muito mais inseguro do que eu jamais ficarei.

– Por falar nisso – disse Jason –, eu gostaria de tocar esses dois discos no seu fonógrafo. Antes de ir embora.

– É melhor deixar que eu coloque – disse Mary Anne. – Meu aparelho é meio complicado. – Ela pegou os dois discos e os vinte dólares. Jason ficou onde estava, ao lado dos pedaços do vaso.

Enquanto aguardava, ele ouviu uma música familiar. Seu álbum mais vendido. As ranhuras do disco não estavam mais em branco.

– Pode ficar com os discos – ele disse. – Vou indo. – Agora, pensou, não preciso mais deles. Provavelmente, poderei comprá-los em qualquer loja.

– Não é o tipo de música que eu ouço... Acho que não os tocaria muito.

– Vou deixá-los assim mesmo – disse ele.

Mary Anne disse:

– Pelos seus vinte dólares, vou lhe dar outro vaso. Só um minuto. – Ela saiu às pressas, ele ouviu o barulho de papéis e movimentação. A moça logo reapareceu, segurando outro vaso azul vitrificado. Este era mais elaborado. Ele teve a intuição de que ela o considerava um de seus melhores trabalhos.

– Obrigado – disse ele.

– Vou embrulhar e colocar numa caixa, para que não quebre como o outro. – Assim o fez, com fervor intenso e cautela. – Achei muito emocionante – ela disse, ao entregar a caixa amarrada – ter almoçado com um homem famoso. Fiquei muito feliz por tê-lo conhecido e vou me lembrar disso por muito tempo. E espero que seus problemas se resolvam, quer dizer, espero que o que está lhe preocupando acabe bem.

Jason Taverner pôs a mão no bolso interno do paletó, tirou o pequeno estojo de couro com iniciais. Extraiu um de seus cartões de visita multicoloridos, estampado em relevo e entregou-o a Mary Anne. – Ligue-me no estúdio qualquer dia. Se mudar de ideia e quiser aparecer no programa. Tenho certeza de que podemos encaixá-la. Aliás... aí tem meu número particular.

– Tchau – ela disse, abrindo a porta para ele.

– Tchau. – Ele parou, querendo dizer mais alguma coisa. Não restara nada a ser dito, no entanto. – Nós falhamos – ele disse, então. – Fracassamos. Nós dois.

Ela espremeu os olhos.

– Como assim?

– Cuide-se – ele disse, saiu do apartamento e chegou à calçada da tarde. Ao sol quente em pleno dia.

24

Ajoelhado diante do corpo de Alys Buckman, o médico-legista da polícia disse:

— Só posso lhe dizer neste momento que ela morreu de overdose de alguma droga tóxica ou semitóxica. Levaremos 24 horas para saber exatamente que droga foi.

Felix Buckman disse:

— Era inevitável. Ia acabar acontecendo. — Por mais surpreendente que parecesse, ele não sentiu muito. Na verdade, de certo modo, em algum nível, sentiu um alívio profundo ao ficar sabendo, por meio de Tim Chancer, o guarda particular, que Alys havia sido encontrada morta no banheiro do segundo andar.

— Achei que aquele tal de Taverner tivesse feito algo a ela — repetia Chancer, diversas vezes, tentando conseguir a atenção de Buckman. — Ele estava agindo de um modo esquisito, eu sabia que havia algo errado. Dei alguns tiros na direção dele, mas ele escapou. Acho que talvez tenha sido bom não ter acertado, se ele não foi o responsável. Ou talvez ele tenha se sentido culpado por tê-la convencido a tomar a droga, poderia ser?

— Ninguém precisava forçar Alys a tomar uma droga — disse Buckman em tom mordaz. Saiu do banheiro para o corredor. Dois pols vestidos de cinza colocaram-se em posição de sentido, à espera de que lhe dissessem o que fazer. — Ela não precisava de Taverner ou de nenhuma outra pessoa para lhe administrar a droga.

– Ele se sentia, agora, fisicamente doente. Meu Deus, pensou, qual será o efeito disso para Barney? Essa era a parte ruim. Por razões que não lhe eram claras, seu filho adorava a mãe. Bem, pensou Buckman, gosto não se discute.

E, no entanto, ele mesmo... ele a amava. Ela tinha uma natureza poderosa, refletiu. Sentirei sua falta. Ela preenchia bastante espaço.

E boa parte da vida dele. Para o bem ou para o mal.

Pálido, Herb Maime subiu a escada, dois degraus por vez, olhando para Buckman.

– Vim o mais rápido que pude – disse Herb, estendendo a mão para Buckman. Cumprimentaram-se. – O que foi? – Baixou a voz. – Overdose de alguma coisa?

– Parece que sim – disse Buckman.

– Recebi uma ligação de Taverner hoje – disse Herb. – Ele queria falar com o senhor, disse que tinha a ver com Alys.

Buckman disse:

– Ele queria me contar sobre a morte de Alys. Ele estava aqui na hora.

– Por quê? Como a conheceu?

– Não sei – disse Buckman. No momento, porém, não parecia importar muito. Não via motivo para culpar Taverner... considerando o temperamento e os hábitos de Alys, era provável que ela o tivesse instigado a ir até ali. Talvez, quando Taverner saiu do prédio da Academia, ela o tenha surpreendido, levando-o em seu quibble turbinado. Até aqui. Afinal, Taverner era um Seis. E Alys gostava de Seis. Homens e mulheres.

Especialmente mulheres.

– Pode ser que estivessem numa orgia – disse Buckman.

– Só os dois? Ou está querendo dizer que outras pessoas estavam aqui?

– Ninguém mais estava aqui. Chancer saberia. Podem ter tido uma orgia por telefone, foi o que quis dizer. Tantas vezes ela chegou tão perto de queimar o cérebro com essas malditas orgias telefônicas... Queria poder localizar os novos responsáveis, os que assumiram quando acabamos com Carol, Fred e Jill. Aqueles depravados. – Com as mãos trêmulas, acendeu um cigarro e fumou rápido. – Isso me faz lembrar algo engraçado que Alys disse sem querer. Ela falava sobre dar uma orgia e se perguntava se deveria enviar convites formais. "Acho melhor", ela disse, "senão as pessoas não vão *chegar lá* juntas." – Ele riu.

– O senhor já me contou isso – disse Herb.

– Alys está morta mesmo. Fria, dura. – Buckman apagou o cigarro num cinzeiro próximo. – Minha esposa – disse a Herb Maime. – Ela era minha esposa.

Herb, balançando a cabeça, apontou para os dois pols vestidos de cinza em posição de sentido.

– E daí? – disse Buckman. – Eles não leram o libreto de *Die Walküre*? – Com as mãos trêmulas, acendeu outro cigarro. – Sigmund e Siglinde. "Schwester und Braut". Irmã e noiva. E que se dane Hunding. – Largou o cigarro no carpete. Ficou parado, vendo a brasa arder e começar a queimar a lã. Então, com o salto da bota, apagou-o.

– O senhor deveria se sentar – disse Herb. – Ou se deitar. Está com uma aparência horrível.

– É horrível – disse Buckman. – É, de fato. Eu não gostava de muitas coisas nela, mas, Deus... como ela era vital. Sempre tentava algo novo. Foi o que a matou, provavelmente alguma droga nova que ela e suas amigas bruxas prepararam em seus laboratórios miseráveis de porão. Algo com revelador de filme, desentupidor de fossa ou coisa muito pior.

– Acho que deveríamos falar com Taverner – disse Herb.

– Ok. Traga-o de volta. Ele está com aquele microtrans, não?

– É evidente que não. Todos os dispositivos que colocamos nele na saída do prédio da Academia pararam de funcionar. Exceto, talvez, a ogiva-semente. Mas não temos motivo para ativá-la.

Buckman disse:

– Taverner é inteligente pra caramba. Ou então recebeu ajuda. De alguém ou do grupo com que está trabalhando. Não se preocupe em tentar detonar a ogiva-semente. Sem dúvida, algum colega solícito já a arrancou da pele dele. – Ou Alys, conjecturou. Minha irmã prestativa. Sempre auxiliando a polícia. Ótimo.

– É melhor que saia um pouco da casa – disse Herb. – Enquanto a equipe do médico-legista finaliza os procedimentos.

– Me leve de volta à Academia – disse Buckman. – Acho que não consigo dirigir. Estou tremendo demais. – Sentiu algo no rosto. Pôs a mão no queixo e percebeu que estava molhado. – O que é isto em mim? – perguntou, assustado.

– Está chorando – disse Herb.

– Me leve de volta à Academia, vou terminar o que tenho a fazer lá antes de passar a você – disse Buckman. – E depois quero voltar aqui. – Talvez Taverner tenha mesmo dado algo a ela, disse a si mesmo. Mas Taverner não é nada. Ela o fez. E, no entanto...

– Vamos – disse Herb, levando-o pelo braço até a escada.

Enquanto descia, Buckman disse:

– Você imaginaria ser possível me ver chorando um dia?

– Não – disse Herb. – Mas é compreensível. O senhor e ela eram muito próximos.

– Pode-se dizer que sim – disse Buckman, com uma raiva súbita e intensa. – Maldita seja. Eu disse a ela que acabaria acontecendo. Alguns de seus amigos prepararam a droga e a fizeram de cobaia.

– Não tente fazer muita coisa no escritório – disse Herb enquanto saíam da sala de estar para o lado de fora, onde seus dois quibbles estavam estacionados. – Faça apenas o suficiente para que eu assuma.

– Foi o que eu falei – disse Buckman. – Caramba, ninguém me ouve.

Herb deu-lhe um tapa nas costas e não disse nada. Os dois andaram pelo gramado em silêncio.

* * *

Na volta para o prédio da Academia, Herb, à direção do quibble, disse:

– Tem cigarro no meu paletó. – Foi a primeira coisa dita desde que entraram no veículo.

– Obrigado – disse Buckman. Já havia fumado sua cota da semana.

– Quero discutir uma questão com o senhor – disse Herb. – Gostaria de poder adiá-la, mas não posso.

– Nem mesmo até chegarmos ao escritório?

Herb disse:

– Pode haver gente de outro escalão quando chegarmos. Ou simplesmente outras pessoas... minha equipe, por exemplo.

– Nada que eu tenha a dizer é...

– Ouça – disse Herb. – Sobre Alys. Sobre seu casamento com ela. Sua irmã.

– Meu incesto – disse Buckman em tom rude.

– Pode ser que alguns marechais saibam. Alys contou a muita gente. O senhor sabe como ela era a respeito.

– Tinha orgulho – disse Buckman, acendendo um cigarro com dificuldade. Ainda não conseguira superar o fato de ter percebido estar chorando. Eu realmente devia amá-la, disse a si mesmo. E tudo o que eu parecia sentir era medo e aversão. E atração sexual. Quantas vezes, pensou, discutimos antes de fazer. Todos esses anos. – Eu nunca contei a ninguém a não ser a você – disse a Herb.

– Mas Alys.

– Ok. Bem, então é possível que alguns marechais saibam, e o diretor, se é que ele se importa.

– Os marechais que são contra o senhor – disse Herb – e que sabem do... – hesitou – incesto, dirão que ela cometeu suicídio. Por vergonha. Pode esperar isso. E vão vazar para a mídia.

– Acha mesmo? – disse Buckman. Sim, pensou, daria uma matéria e tanto. O casamento do general da polícia com a irmã, abençoado por um filho secreto, escondido na Flórida. O general e a irmã como marido e mulher na Flórida, enquanto estão com o menino. E o menino: produto do que deve ser uma herança genética insana.

– O que quero que o senhor entenda – disse Herb –, e, infelizmente, terá que cuidar disso agora, que não é o momento ideal, com a morte tão recente de Alys e...

– O médico-legista é nosso – disse Buckman. – Ele está conosco, lá na Academia. – Não entendia aonde Herb estava querendo chegar. – Ele dirá que foi uma overdose de droga semitóxica, como já nos disse.

– Mas tomada de forma intencional – disse Herb. – Uma dose suicida.

– O que você quer que eu faça?

Herb disse:

– Force-o, ordene-o a chegar ao veredicto de assassinato.

Ele entendeu então. Mais tarde, quando tivesse superado parte do luto, ele mesmo pensaria nisso. Mas Herb Maime estava certo: era algo que tinha que ser encarado agora. Antes mesmo de chegarem à Academia e à equipe.

– Portanto, podemos dizer – disse Herb – que...

– Que elementos da hierarquia policial, hostis às minhas políticas nos campi e nos campos de trabalhos forçados, vingaram-se com o assassinato de minha irmã – disse Buckman com firmeza. Sentiu o sangue congelar ao se ver já pensando em tais questões. Mas...

– Algo do tipo – disse Herb. – Sem nomear alguém específico. Quer dizer, nenhum marechal. Apenas sugerir que *eles* contrataram alguém para fazê-lo. Ou deram ordens a algum oficial subalterno tão ansioso para subir de patente que aceitasse fazê-lo. Não concorda que estou certo? E devemos agir rápido, a declaração tem que ser feita de imediato. Assim que chegarmos à Academia, o senhor deve enviar um memorando a todos os marechais e ao diretor, declarando isso.

Tenho que transformar uma tragédia pessoal terrível em uma vantagem, percebeu Buckman. Tirar proveito da morte acidental de minha própria irmã. Se é que *foi* acidental.

– Talvez seja verdade – disse ele. Era possível que o marechal Holbein, por exemplo, que o odiava com todas as forças, tivesse cuidado disso.

– Não – disse Herb. – Não é verdade. Basta começar um inquérito, no entanto. E o senhor precisa encontrar alguém para ser acusado. Deve haver um julgamento.

– Sim – ele concordou de modo sombrio. Com todos os detalhes. Terminando com uma execução, com muitas insinuações misteriosas na mídia, a respeito de que gente do "alto escalão" estava envolvida, mas que, devido à sua posição, não poderia ser mencionada. E o diretor, espera-se, faria uma declaração oficial expressando seu pesar diante da tragédia e sua esperança de que o culpado fosse encontrado e punido.

– Sinto muito ter que abordar o assunto tão cedo – disse Herb. – Mas o senhor foi rebaixado de marechal a general. Se a opinião pública aceitar a história do incesto, podem conseguir forçá-lo a se aposentar. É claro que, mesmo se tomarmos a iniciativa, a história do incesto ainda pode ser divulgada. Vamos esperar que o senhor tenha cobertura suficiente.

– Fiz todo o possível – disse Buckman.

– A quem devemos culpar? – perguntou Herb.

– Marechal Holbein e marechal Ackers. – Seu ódio por eles era tão grande quanto o deles por ele. Cinco anos atrás, eles haviam chacinado mais de dez mil estudantes no campus de Stanford: a última atrocidade, sangrenta e inútil, daquela que foi a maior de todas as atrocidades, a Segunda Guerra Civil.

Herb disse:

– Não me refiro a quem planejou. Isso é óbvio. Como o senhor diz, Holbein, Ackers e os outros. Refiro-me a quem efetivamente injetou a droga nela.

– Algum peixe pequeno – disse Buckman. – Algum prisioneiro político de um dos campos de trabalhos forçados. – Não havia importância alguma. Qualquer um dos milhões de presidiários, ou qualquer estudante de um kibutz agonizante serviria.

– Eu ia dizer para culparmos alguém de nível mais alto – disse Herb.

– Por quê? – Buckman não acompanhou o raciocínio. – É sempre assim, o mecanismo é sempre escolher alguém desconhecido, sem importância...

– Escolha um dos amigos dela. Alguém que *poderia estar* à altura dela. Ou melhor, escolha alguém famoso. Ou melhor, escolha algum ator aqui da área. Ela era uma fodedora de celebridades.

– Por que tem que ser alguém importante?

– Para associar Holbein e Ackers àqueles malditos depravados das orgias telefônicas que andavam com ela. – Herb transparecia uma raiva genuína agora. Surpreso, Buckman olhou para ele. – Os que de fato a mataram. Seus amigos *cult*. Escolha a pessoa mais importante possível. Pense no escândalo que isso vai causar. Holbein, fazendo parte da grade telefônica.

Buckman apagou o cigarro e acendeu outro. Enquanto pensava. O que tenho de fazer, pensou, é superar o escândalo deles. Minha história tem que ser mais chocante que a deles.

Teria que ser uma história e tanto.

25

Em seu complexo de escritórios na Academia de Polícia de Los Angeles, Felix Buckman organizava memorandos, cartas e documentos sobre a mesa, selecionando de forma mecânica os que precisavam da atenção de Herb Maime e descartando os que não eram urgentes. Trabalhava rápido, sem interesse. Enquanto inspecionava os diversos documentos, Herb, em seu próprio escritório, começava a redigir a primeira declaração informal que Buckman faria em público a respeito da morte da irmã.

Ambos terminaram após um breve intervalo e encontraram-se no escritório principal de Buckman, onde este mantinha suas atividades cruciais. Diante da enorme mesa de carvalho.

Sentado à mesa, leu a primeira versão do texto de Herb.

– Temos mesmo que fazer isso? – disse, ao terminar a leitura.

– Sim – disse Herb. – Se o senhor não estivesse tão perturbado pelo luto, seria o primeiro a perceber. Ficou claro que a sua capacidade de reconhecer questões do tipo é o que o mantém no alto escalão. Se o senhor não tivesse tal aptidão, eles o teriam rebaixado a major em treinamento cinco anos atrás.

– Divulgue a nota, então – disse Buckman. – Espere. – Fez um gesto para que Herb voltasse. – Você cita o médico-legista. A mídia não vai perceber que a investigação dele não poderia ser concluída tão rápido?

– Vou alterar a data da morte. Vou estipular que aconteceu ontem. Por esse motivo.

– É necessário?

Herb disse apenas:

– Nossa comunicação tem que sair primeiro. Antes da deles. E não vão esperar a investigação do médico-legista ser concluída.

– Está bem – disse Buckman. – Divulgue.

Peggy Beason entrou no escritório carregando diversos memorandos confidenciais da polícia e um arquivo amarelo.

– Sr. Buckman – disse ela –, não quero incomodá-lo num momento como este, mas estes...

– Cuidarei disso – falou Buckman. Mas é só, disse a si mesmo. Depois vou para casa.

Peggy disse:

– Eu sabia que estava procurando este arquivo em particular. Assim como o inspetor McNulty. Acabou de chegar, há cerca de dez minutos, da Central de Dados. – Colocou o arquivo diante dele. – O arquivo de Jason Taverner.

Surpreso, Buckman disse:

– Mas não existe nenhum arquivo de Jason Taverner.

– Parece que alguém o havia retirado – disse Peggy. – Seja como for, acabaram de transmiti-lo; portanto, devem tê-lo recebido de volta há pouco. Não há notas explicativas. A Central de Dados simplesmente...

– Saia e me deixe ver isso – disse Buckman.

Em silêncio, Peggy Beason saiu do escritório e fechou a porta.

– Eu não deveria ter falado com ela dessa maneira – disse Buckman a Herb Maime.

– É compreensível.

Buckman abriu o arquivo de Jason Taverner e encontrou uma foto publicitária em papel lustroso, de oito por cinco centímetros.

Um bilhete anexado a ela dizia: *Cortesia do Programa Jason Taverner, terças-feiras, nove da noite na* NBC.

– Jesus de Deus – disse Buckman. Os deuses, pensou, estão brincando conosco. Cortando nossas asas.

Herb inclinou-se para ver também. Juntos, ficaram olhando para a foto publicitária, sem palavras, até que Herb finalmente disse:

– Vamos ver o que tem mais.

Buckman jogou de lado a foto com o bilhete e leu a primeira página do arquivo.

– Quantos espectadores? – disse Herb.

– Trinta milhões – disse Buckman. Estendeu a mão e pegou o telefone. – Peggy, encontre a agência de TV da NBC em Los Angeles. A KNBC, o que for. Coloque-me em contato com um dos executivos da emissora, quanto mais graduado, melhor. Diga que somos nós.

– Sim, sr. Buckman.

Um instante depois, um rosto de ar responsável surgiu na tela, e, no ouvido de Buckman, uma voz disse:

– Pois não, senhor. O que podemos fazer pelo general?

– Vocês transmitem o *Programa Jason Taverner*? – disse Buckman.

– Toda terça à noite, há três anos. Às nove em ponto.

– Está no ar há *três anos*?

– Sim, general.

Buckman desligou.

– O que Jason Taverner estava fazendo em Watts, então – disse Herb Maime –, comprando cartões de identidades falsos?

Buckman disse:

– Não localizamos sequer o registro de nascimento dele. Tentamos em todos os bancos de dados existentes, todos os arquivos de jornais. Você já ouviu falar no *Programa Jason Taverner* na NBC, às terças, nove da noite?

– Não – Herb disse com cautela, hesitante.

– Não tem certeza?

– Conversamos tanto sobre Jason Taverner...

– Eu nunca ouvi falar no programa – disse Buckman. – E assisto duas horas de TV toda noite. Das oito às dez. – Voltou-se para a próxima página do arquivo, jogando a anterior para longe. Ela caiu no chão, e Herb recolheu-a.

Na segunda página: uma lista de gravações feitas por Jason Taverner ao longo dos anos, com título, número de registro e data. Ele encarou a lista sem enxergar. Ela começava dezenove anos atrás.

Herb disse:

– Ele de fato nos disse que era cantor. E um dos cartões de identidade dizia que era membro do sindicato dos músicos. Portanto, essa parte é verdade.

– Tudo é verdade – disse Buckman em tom severo. Passou à página três. Revelava o patrimônio financeiro de Jason Taverner, as fontes e os valores de sua renda. – Muito mais do que eu ganho – disse Buckman – como general da polícia. Mais do que eu e você ganhamos juntos.

– Ele estava com muito dinheiro quando o trouxemos aqui. E pagou a Kathy Nelson uma quantia absurda. Lembra?

– Sim, Kathy informou a McNulty. Lembro-me do relatório dele. – Buckman refletiu, enquanto dobrava a ponta do papel da fotocópia. Então parou. De modo abrupto.

– O que foi? – disse Herb.

– Isto é uma fotocópia. O arquivo nunca é retirado da Central de Dados, somente cópias são enviadas.

Herb disse:

– Mas tem que ser retirado para ser fotocopiado.

– Por um intervalo de cinco segundos.

– Não sei – disse Herb. – Não me peça para explicar. Não sei quanto tempo leva.

– Claro que sabe. Todos sabemos. Vimos isso um milhão de vezes. Leva um dia inteiro.

– Então o computador errou.

Buckman disse:

– Ok. Ele nunca teve nenhuma afiliação política. Está totalmente limpo. Bom para ele. – Seguiu folheando o arquivo. – Brigou com a imprensa por um tempo. Andou armado, mas tinha permissão. Foi processado há dois anos por um espectador que afirmou ter sido baseada nele uma sátira sobre corte de energia. Uma pessoa chamada Artemus Franks, residente em Des Moines. Os advogados de Taverner ganharam a causa. – Leu alguns trechos, sem buscar nada em particular, apenas admirado. – Seu compacto simples, com a música "Um Fodido, um João-Ninguém", o mais recente, já vendeu mais de dois milhões de cópias. Já ouviu falar?

– Não sei – disse Herb.

Buckman encarou-o por um momento.

– Nunca ouvi falar dessa música. Essa é a diferença entre eu e você, Maime. Você não tem certeza, eu tenho.

– Está certo – disse Herb. – Mas eu não sei mesmo, a esta altura. Acho muito confuso, e temos outros problemas. Temos que pensar em Alys e no laudo do médico-legista. Deveríamos falar com ele o mais rápido possível. É provável que ainda esteja na casa. Ligarei para ele, e o senhor pode...

– Taverner – disse Buckman – estava com ela quando ela morreu.

– Sim, sabemos disso. Foi o que Chancer disse. O senhor decidiu que não era importante. Mas só quero lembrar que ainda acho que devemos trazê-lo para cá e falar com ele. Ouvir o que tem a dizer.

– Será possível que Alys o conhecesse antes de hoje? – disse Buckman. Pensou: sim, ela sempre gostou de Seis, especialmente os da área de entretenimento. Como Heather Hart. Ela e essa tal de Heather tiveram um caso no ano retrasado... um relacionamento do qual pouco fiquei sabendo. Conseguiram ser bastante discretas. Foi uma das poucas vezes em que Alys não abriu a boca.

Ele viu, então, no arquivo de Jason Taverner, uma menção a Heather Hart. Fixou o olhar no nome enquanto pensava nela. Heather Hart havia sido amante de Taverner por cerca de um ano.

– Afinal de contas – disse Buckman –, ambos são Seis.

– Taverner e quem?

– Heather Hart. A cantora. Este arquivo está atualizado. Diz que Heather Hart participou do programa de Jason Taverner na semana passada. Sua convidada especial. – Lançou o arquivo para longe, procurando cigarros no bolso do paletó.

– Aqui. – Herb ofereceu o próprio maço.

Buckman coçou o queixo e disse:

– Vamos mandar trazerem essa tal de Hart também. Junto com Taverner.

– Ok. – Acenando com a cabeça, Herb anotou a observação no bloco que deixava no bolso do colete.

– Foi Jason Taverner – Buckman disse em voz baixa, como se para si mesmo – quem matou Alys. Com ciúme de Heather Hart. Descobriu o relacionamento delas.

Herb Maime ficou surpreso.

– Não é isso? – Buckman encarou-o com firmeza.

– Ok. – Herb Maime disse após algum tempo.

– Motivo. Oportunidade. Uma testemunha: Chancer, que pode declarar que Taverner saiu correndo de modo apreensivo e tentou pegar as chaves do quibble de Alys. E quando Chancer entrou na casa para examinar, e suas suspeitas aumentaram, Taverner fugiu correndo. Com Chancer atirando acima da cabeça dele, mandan-do-o parar.

Herb assentiu com a cabeça. Em silêncio.

– É isso – disse Buckman.

– Quer que ele seja capturado agora?

– O mais rápido possível.

– Enviaremos um alerta a todos os pontos de averiguação. Lançaremos uma notificação de busca. Se ele ainda estiver em Los Angeles, podemos pegá-lo com uma projeção de EEG por helicóptero. Uma combinação de padrões, como estão começando a fazer em Nova York. Podemos até solicitar um helicóptero da polícia de Nova York especialmente para isso.

Buckman disse:

– Ótimo.

– Diremos que Taverner estava envolvido nas orgias dela?

– Não havia orgias – disse Buckman.

– Holbein e os outros irão...

– Deixe que provem – disse Buckman. – Num tribunal aqui na Califórnia. Sob nossa jurisdição.

Herb disse:

– Por que Taverner?

– Tem que ser alguém – disse Buckman, em parte a si mesmo. Cruzou os dedos diante de si, sobre a superfície da grande mesa antiga de carvalho. Pressionou-os uns contra os outros com toda a sua força, num movimento convulsivo. – Sempre, sempre tem que ser alguém. E Taverner é alguém importante. Exatamente como ela gostava. Aliás, foi por isso que ele estava lá. É o tipo de celebridade preferida por ela. E... – ergueu a cabeça – por que não? Ele vai se sair muito bem. – Sim, por que não?, pensou, e continuou a apertar os dedos com ar sombrio e com cada vez mais força sobre a mesa.

26

Caminhando pela calçada, afastando-se do apartamento de Mary Anne, Jason Taverner ponderou consigo mesmo: minha sorte mudou. Tudo voltou, tudo o que perdi. Graças a Deus!

Sou o homem mais feliz do mundo, disse a si mesmo. Este é o melhor dia da minha vida. Pensou: só valorizamos as coisas quando as perdemos, quando, de repente, não as temos mais. Eu as perdi por dois dias e as recuperei, e agora as aprecio.

Segurando firme a caixa com o vaso feito por Mary Anne, ele correu para a rua e fez sinal a um táxi que passava.

– Para onde, senhor? – perguntou o táxi ao abrir a porta de correr.

Ofegante pela fadiga, ele entrou e fechou a porta manualmente.

– Oitocentos e três, Norden Lane – disse –, em Beverly Hills. – O endereço de Heather Hart. Ele ia voltar para ela, finalmente. E como quem ele era de fato, não como o alguém que ela imaginou durante esses dois dias terríveis.

O táxi zuniu para o alto, e ele se recostou com gratidão, sentindo-se ainda mais cansado do que quando estava no apartamento de Mary Anne. Tanta coisa havia acontecido. E quanto a Alys Buckman?, perguntou-se. Eu deveria tentar contatar o general Buckman mais uma vez? Mas, a esta altura, é provável que ele já saiba. E eu deveria ficar fora disso. Uma estrela da TV e da indústria fonográfica não deveria se envolver em questões sensacionalistas, concluiu. A imprensa marrom, refletiu, está sempre pronta para entrar em cena e explorar qualquer situação.

No entanto, eu tinha uma dívida para com Alys. Ela tirou os dispositivos eletrônicos dos pols, implantados em mim antes de eu sair do prédio da Academia de Polícia.

Mas não vão procurar por mim. Tenho minha identidade de volta. Sou conhecido em todo o planeta. Trinta milhões de espectadores são testemunhas de minha existência física e legal.

Nunca mais terei de temer um ponto de averiguação aleatório, disse a si mesmo, fechando os olhos num cochilo.

– Chegamos, senhor – disse o táxi, de repente. Ele abriu os olhos subitamente e endireitou-se no banco. Já? Olhou para fora e viu o condomínio de apartamentos em que ficava o refúgio de Heather na Costa Oeste.

– Ah, sim – disse ele, buscando o maço de dinheiro no fundo do bolso. – Obrigado. – Pagou o táxi, que então abriu a porta para que ele saísse. Sentindo o bom humor de volta, perguntou: – Se eu não tivesse o dinheiro, você não abriria a porta?

O táxi não respondeu. Não havia sido programado para essa pergunta. Mas ele não estava nem aí. Tinha o dinheiro.

Subiu para a calçada, depois caminhou pela trilha de discos de sequoia até o saguão principal da estrutura refinada de dez andares, que flutuava sobre jatos de ar comprimido a alguns metros do solo. A flutuação dava aos habitantes uma sensação incessante de estarem sendo suavemente ninados, como se no colo de uma gigantesca mãe. Ele sempre gostara disso. Não havia vingado no Leste, mas ali, na Costa, tornara-se uma mania cara.

Apertou o botão para o apartamento dela e aguardou, segurando a caixa de papelão com o vaso nas pontas dos dedos erguidos da mão direita. Melhor não, pensou. Posso deixar cair como fiz antes, com o outro. Mas não deixarei cair, minhas mãos estão firmes agora.

Darei o maldito vaso a Heather, decidiu. Um presente que escolhi para ela por conhecer seu gosto requintado.

A tela do visor da unidade de Heather acendeu, e surgiu um rosto feminino, olhando para ele. Susie, a empregada de Heather.

– Oh, sr. Taverner – disse Susie, abrindo de imediato o trinco da porta, ativado de dentro de áreas de ampla segurança. – Entre. Heather saiu, mas vai...

– Eu espero – disse ele. Passou do vestíbulo para o elevador, apertou o botão *subir* e aguardou.

No instante seguinte, Susie segurava a porta do apartamento de Heather para ele. Morena, bonita e pequena, cumprimentou-o como sempre o fizera: com entusiasmo. E... familiaridade.

– Oi – disse Jason e entrou.

– Como eu ia dizendo – disse Susie –, Heather saiu para fazer compras, mas deve voltar até as oito. Ela tem muito tempo livre hoje e me disse que quer aproveitar ao máximo, pois tem uma grande sessão de gravação na RCA marcada para o final da semana.

– Não estou com pressa – ele disse de modo espontâneo. Foi até a sala de estar e colocou a caixa de papelão sobre a mesa de centro, bem no meio, onde Heather não deixaria de vê-la. – Vou ouvir o quadrifônico e dormir um pouco. Se não houver problema.

– Não é sempre assim? – disse Susie. – Tenho que sair também. Tenho uma consulta com o dentista às quatro e quinze, e é lá do outro lado de Hollywood.

Ele pôs o braço em torno dela e agarrou seu peito direito firme.

– Está com tesão hoje – disse Susie, gostando.

– Vamos transar – disse ele.

– Você é muito alto para mim – disse Susie, e saiu para terminar de fazer o que estava fazendo quando ele tocou a campainha.

Diante do fonógrafo, Jason viu uma pilha de discos recém-tocados. Nenhum deles o atraiu; então, ele se abaixou e examinou as lombadas de toda a coleção de Heather. Retirou alguns dos discos dela e alguns dos dele. Empilhou-os na bandeja do trocador e ligou. O braço do aparelho desceu e o disco *A Arte de Hart*, seu favorito, começou a tocar e ecoou pela grande sala de estar, enquanto as cortinas ampliavam com graça os tons acústicos naturais do sistema quadrifônico, percebidos aqui e ali, de maneira engenhosa.

Ele se deitou no sofá, tirou os sapatos e buscou uma posição confortável. Ela fez um trabalho incrível quando gravou isso, disse a si mesmo, quase em voz alta. Estou mais exausto do que jamais estive em toda a minha vida, percebeu. A mescalina faz isso comigo. Eu poderia dormir por uma semana. Talvez eu durma. Ao som da voz de Heather e da minha. Por que nunca gravamos um disco juntos?, perguntou-se. Boa ideia. Venderia. Bem. Fechou os olhos. O dobro de cópias, e Al conseguiria uma promoção para nós na RCA. Mas tenho contrato com a Reprise. Bem, podemos trabalhar nisso. Em tudo há. Trabalho. Mas, pensou, vale a pena.

De olhos fechados, disse:

– E agora, o som de Jason Taverner. – O trocador soltou o disco seguinte. Já?, perguntou-se. Sentou-se e olhou para o relógio. Ele cochilara durante *A Arte de Hart* e mal escutara. Voltou a se deitar e fechou os olhos mais uma vez. Dormir, pensou, ao som de mim mesmo. Sua voz, acentuada pela sobreposição de cordas em canais duplos, ressoou ao seu redor.

Escuridão. Olhos abertos, sentou-se, sabendo que muito tempo havia se passado.

Silêncio. O aparelho tocara a pilha inteira, horas de música. Que horas eram?

Tateando, encontrou um abajur familiar, localizou o interruptor e acendeu.

Seu relógio de pulso marcava dez e meia. Frio e fome. Onde está Heather?, perguntou-se, mexendo nos sapatos. Meus pés estão frios e úmidos e meu estômago está vazio. Talvez eu possa...

A porta se abriu. Lá estava Heather, com seu casaco de cheruba, segurando um número do LA *Times*. Seu rosto, duro e sombrio, encarava-o como uma máscara mortuária.

– O que foi? – ele perguntou, aterrorizado.

Aproximando-se dele, Heather estendeu o jornal. Em silêncio. Em silêncio, ele pegou. E leu.

CELEBRIDADE DA TV PROCURADA POR LIGAÇÃO COM
MORTE DA IRMÃ DE GENERAL DA POLÍCIA

– Você matou Alys Buckman? – disse Heather com a voz embargada.

– Não – disse ele, lendo a matéria.

Famosa personalidade da TV, Jason Taverner, estrela do próprio programa de variedades com uma hora de duração, é suspeito, de acordo com o Departamento de Polícia de Los Angeles, de estar profundamente envolvido no que especialistas da pol dizem ser um assassinato por vingança cautelosamente planejado, anunciou hoje a Academia de Polícia. Taverner, 42, é procurando por ambas...

Ele parou de ler e amassou o jornal com fúria.

– Merda – disse. Respirou fundo e estremeceu. De modo violento.

– Diz aqui que ela tinha 32 anos – disse Heather. – Sei, com certeza, que ela tem... tinha... 34.

– Eu vi – disse Jason. – Eu estava na casa.

Heather disse:

– Não sabia que você a conhecia.

– Acabei de conhecer. Hoje.

– Hoje? Só hoje? Duvido.

– É verdade. O general Buckman interrogou-me na Academia, e ela me abordou quando eu saía. Eles haviam instalado um monte de dispositivos de rastreamento em mim, inclusive...

– Só fazem isso com estudantes – disse Heather.

Ele terminou:

– E Alys removeu tudo. Depois me convidou à casa deles.

– E ela morreu.

– Sim. Eu vi o corpo, um esqueleto murcho e amarelado, e me apavorei. Pode ter certeza de que fiquei apavorado. Saí de lá o mais rápido que pude. Você não teria feito o mesmo?

– Por que a viu como um esqueleto? Tinham usado alguma droga? Ela sempre usava; então, suponho que você também o tenha feito.

– Mescalina – disse Jason. – Foi o que ela me disse, mas acho que não era. – Queria saber o que era, disse a si mesmo, o coração ainda congelado de medo. Isto é uma alucinação causada pela droga, assim como a visão do esqueleto? Estou vivendo isto ou estou no quarto de hotel vagabundo? Pensou: meu Deus, *o que faço agora?*

– É melhor se entregar – disse Heather.

– Não podem me culpar – disse ele. Mas sabia que não era bem assim. Nos últimos dois dias, aprendera muito sobre a polícia que controlava sua sociedade. Herança da Segunda Guerra Civil. De policiais corruptos a pols, num pulo.

– Se não cometeu o crime, não o acusarão. Os pols são justos. Não são os nacs que estão atrás de você.

Ele desamassou o jornal e leu um pouco mais.

... acreditam tratar-se de uma overdose de um composto tóxico administrado por Taverner enquanto a srta. Buckman estava dormindo ou num estado...

– Informam o dia da morte como tendo sido ontem – disse Heather. – Onde você estava ontem? Liguei para o seu apartamento e ninguém atendeu. E você acabou de dizer que...

– Não foi ontem. Foi hoje cedo. – Tudo estava estranho. Ele não sentia o próprio peso, como se flutuasse com o apartamento em direção a um céu de esquecimento sem fundo. – Eles mudaram a data. Recebi um especialista em análises laboratoriais da pol no meu programa uma vez, e após a transmissão ele me contou que...

– Cala a boca – disse Heather.

Ele parou de falar. E ficou. Impotente. Esperando.

– Tem algo a meu respeito na matéria – Heather disse entredentes. – Veja na página de trás.

Obediente, ele virou a página, para a continuação da matéria.

... como hipótese, oficiais da pol propuseram a teoria de que o relacionamento entre Heather Hart, também celebridade da TV e da indústria fonográfica, e a srta. Buckman tenha provocado o desejo de vingança de Taverner, que...

Jason disse:

– Que tipo de relação você tinha com Alys? Conhecendo-a...

– Você disse que não a conhecia. Disse que só a conheceu hoje.

– Ela era esquisita. Para ser franco, acho que era lésbica. Vocês tinham um relacionamento íntimo? – Ele sentiu o volume da própria voz aumentar, sem controle. – É o que o texto insinua. Não é?

A força do golpe desferido por ela fez seu rosto arder. Ele recuou de modo involuntário, erguendo as mãos num gesto defensivo. Ele nunca levara um tapa como esse antes, percebeu. Era uma dor absurda. Os ouvidos zuniam.

– Ok – sussurrou Heather. – Pode bater.

Ele afastou o braço, cerrou o punho, depois baixou o braço, relaxando os dedos.

– Não consigo – disse. – Queria ser capaz. Você tem sorte.

– Acho que sim. Se a matou, com certeza poderia me matar. O que tem a perder? Será preso de qualquer jeito.

Jason disse:

– Você não acredita em mim. Que não fui eu.

– Não importa. Eles pensam que foi você. Mesmo que se safe, é o fim da sua maldita carreira, e da minha, aliás. Estamos arruinados, entende? Você tem noção do que fez? – Ela gritava. Assustado, ele se aproximou; depois, quando Heather elevou o volume da voz, Jason se afastou, confuso.

– Se eu pudesse falar com o general Buckman – disse ele –, eu poderia ser capaz de...

– O *irmão* dela? Vai recorrer a ele? – Heather deu um passo na direção dele, com os dedos retorcidos em forma de garra. – Ele é o chefe da comissão que investiga o assassinato. Assim que o médico-legista relatou que foi homicídio, o general Buckman anunciou que estava acompanhando pessoalmente a investigação... Não consegue ler a matéria toda? Eu li dez vezes no caminho até aqui. Peguei o jornal em Bel Air, depois de comprar meu novo aplique de cabelo, que encomendaram da Bélgica. Finalmente chegou. E agora, veja. O que importa?

Ele estendeu o braço e tentou abraçá-la. Ela se afastou rigidamente.

– Não vou me entregar – disse ele.

– Faça como quiser. – A voz dela mudara para um sussurro nervoso. – Não quero saber. Mas vá embora. Não quero mais nenhuma relação com você. Queria que os dois estivessem mortos, você e ela. Aquela vagabunda... só me causava problemas. No fim, tive que me livrar dela. Parecia uma sanguessuga.

– Ela era boa de cama? – ele perguntou e recuou quando Heather ergueu a mão de repente, com os dedos na direção dos olhos dele.

Por um intervalo, nenhum dos dois disse nada. Estavam próximos. Jason ouvia a respiração dela e a própria. Flutuações rápidas e ruidosas de ar. Entrando e saindo, entrando e saindo. Ele fechou os olhos.

– Faça o que quiser – Heather disse de modo breve. – Vou comparecer à Academia.

– Querem você também?

– Não é capaz de ler a matéria toda? Não pode fazer ao menos *isso*? Querem meu depoimento. Sobre como você se sentia quanto ao meu relacionamento com Alys. Era de conhecimento público que você e eu dormíamos juntos, pelo amor de Deus.

– Eu não sabia do seu relacionamento.

– Direi isso a eles. Quando... – ela hesitou e prosseguiu – quando você descobriu?

– Lendo este jornal – disse ele. – Agora.

– Não sabia ontem, quando ela foi morta?

Diante disso, ele desistiu. Não tem jeito, disse a si mesmo. Como se vivesse num mundo feito de borracha. Nada permanecia no lugar. Tudo mudava de forma com o toque ou até mesmo com o olhar.

– Hoje, então – disse Heather. – Se é o que você acredita. Quem mais, senão você, poderia saber?

– Adeus – disse ele. Sentou-se e puxou os sapatos de debaixo do sofá, calçou-os, amarrou os cadarços e levantou-se. Depois pegou a caixa de papelão de cima da mesa de centro. – Para você – disse e jogou-a para Heather. Ela agarrou a caixa, que a atingiu no peito e caiu no chão.

– O que é isso? – ela perguntou.

– Já esqueci – disse ele.

Heather ajoelhou-se e pegou a caixa. Abriu e retirou jornais e um vaso azul vitrificado. Não havia quebrado.

– Oh – ela disse em tom suave. Levantou-se e examinou o vaso, posicionando-o perto da luz. – É incrível... lindo. Obrigada.

Jason disse:

– Eu não matei aquela mulher.

Heather afastou-se e colocou o vaso numa prateleira alta de bibelôs. Sem dizer nada.

– O que posso fazer – disse ele – senão ir embora? – Esperou, mas ela continuou em silêncio. – Não pode falar?

– Ligue para eles – disse Heather. – E diga que está aqui.

Ele pegou o telefone e discou para a central de operadores.

– Quero fazer uma ligação para a Academia de Polícia de Los Angeles – disse à telefonista. – Para Felix Buckman. Diga a ele que é Jason Taverner. – A telefonista ficou em silêncio. – Alô? – disse ele.

– Pode fazer uma ligação direta, senhor.

– Quero que você faça – disse Jason.

– Mas, senhor...

– Por favor – disse ele.

27

Phil Westerburg, o médico-legista chefe da Academia de Polícia de Los Angeles, disse ao seu superior, o general Felix Buckman:

– Eis a melhor maneira de explicar a droga. Você nunca ouviu falar porque ainda não é usada. Ela deve ter furtado do laboratório de atividades especiais da Academia. – Ele esboçou um esquema no papel. – O vínculo temporal é uma função do cérebro. Trata-se de uma estruturação da percepção e da orientação.

– Por que levou à morte dela? – perguntou Buckman. Já era tarde, e ele estava com dor de cabeça. Queria que o dia terminasse. Queria que tudo e todos desaparecessem. – Foi overdose?

– Não temos como determinar ainda o que constituiria uma overdose por KR-3. Atualmente, está sendo testada por voluntários dentre os detentos do campo de trabalhos forçados de San Bernardino, mas, por enquanto... – Westerburg continuou o esboço – seja como for, como eu explicava... O vínculo temporal é uma função do cérebro e prossegue enquanto ele estiver recebendo informação. Ora, sabemos que o cérebro não pode funcionar se não estabelecer o vínculo espacial também... Só não sabemos ainda por quê. É provável que tenha a ver com o instinto de estabilizar a realidade de modo a ordenar sequências em termos de antes-e-depois, que seria o tempo; e, o mais importante, em termos de ocupação espacial, como com um objeto tridimensional em comparação com, digamos, um desenho do objeto.

Ele mostrou a Buckman o esboço. Não significava nada para Buckman, que ficou olhando, sem reação, perguntando-se onde, àquela hora da madrugada, poderia comprar um Darvon para dor de cabeça. Será que Alys tinha tomado algum? Ela juntava tantos remédios.

Westerburg prosseguiu:

– Ora, um aspecto do espaço é que qualquer unidade espacial determinada exclui todas as outras unidades determinadas. Se uma coisa está lá, não pode estar aqui. Assim como, no tempo, se um evento ocorre antes, não pode ocorrer depois também.

Buckman disse:

– Não podemos tratar disso amanhã? Você havia dito que seriam necessárias 24 horas para desenvolver um relatório a respeito da toxina exata em questão. Vinte e quatro horas é um tempo satisfatório para mim.

– Mas o senhor solicitou que nos apressássemos com a análise – disse Westerburg. – O senhor queria que a autópsia começasse de imediato. Às duas e dez da tarde, quando fui convocado oficialmente.

– Solicitei? – disse Buckman. Sim, pensou, solicitei. Antes que os marechais pudessem elaborar a sua versão. – Só não faça desenhos – pediu. – Minha vista está cansada. Fale apenas.

– O caráter exclusivo do espaço, descobrimos, é uma função do cérebro apenas ao lidar com a percepção. Ele regula os dados em termos de unidades espaciais mutuamente restritivas. Milhões delas. Trilhões, na verdade, em teoria. Mas o espaço em si não é exclusivo. Na verdade, o espaço em si não existe de modo algum.

– O que significa...?

Westerburg, controlando-se para não desenhar, disse:

– Uma droga como a KR-3 elimina a capacidade do cérebro de excluir uma unidade espacial da outra. Portanto, o "aqui *versus* ali" se perde quando o cérebro tenta lidar com a percepção. Ele não sabe distinguir se um objeto se foi ou se ainda está aqui. Quando isso ocorre, o cérebro não pode mais discernir qual objeto existe e qual equivale apenas a possibilidades não espaciais, latentes. Então, o resultado disso é a abertura de corredores espaciais concorrentes nos quais o sistema de percepção alterado penetra, e o cérebro percebe um universo totalmente novo em processo de criação.

– Entendo – disse Buckman. No entanto, não entendia nem se importava. Só quero ir para casa, pensou. E esquecer isto.

– Isso é muito importante – disse Westerburg, com seriedade. – A KR-3 é uma descoberta revolucionária. Qualquer um que seja afetado por ela é forçado a perceber universos irreais, quer queira ou não. Como eu disse, em teoria, trilhões de possibilidades são, de uma hora para outra, reais. O acaso entra em cena, e o sistema perceptivo da pessoa escolhe uma possibilidade dentre todas as apresentadas. Ele *tem que* escolher, porque se não o fizer, universos concorrentes se sobreporiam, e o próprio conceito de espaço desapareceria. Está me acompanhando?

Sentado próximo a eles, à sua própria mesa, Herb Maime disse:

– Ele está querendo dizer que o cérebro adota o universo espacial mais próximo.

– Sim – disse Westerburg. – Leu o relatório confidencial do laboratório sobre a KR-3, sr. Maime?

– Li há pouco mais de uma hora – disse Herb Maime. – A maior parte era técnica demais para a minha compreensão. Notei, porém, que os efeitos são transitórios. O cérebro acaba restabelecendo contato com os objetos do verdadeiro espaço-tempo que percebia antes.

– Certo – disse Westerburg, concordando com a cabeça. – Mas durante o período em que a droga está ativa, o sujeito existe, ou pensa que existe...

– Não há diferença entre os dois – disse Herb. É assim que a droga age, ela abole essa distinção.

– Em termos técnicos – disse Westerburg. – Mas, para o sujeito, ele está envolto num ambiente tornado real, e que é estranho ao ambiente anterior sempre vivenciado por ele, e ele age como se tivesse entrado num mundo novo. Um mundo com feições modificadas... sendo que o grau de mudança é determinado pelo tamanho da distância, por assim dizer, entre o mundo de espaço-tempo que ele percebia anteriormente e o mundo novo em que ele se vê forçado a atuar.

– Vou para casa – disse Buckman. – Não aguento mais isso. – Levantou-se. – Obrigado, Westerburg – disse de modo automático, estendendo a mão para o médico-legista chefe. Apertaram as mãos. – Prepare um resumo para mim – disse a Herb Maime – que examinarei pela manhã. – Foi saindo, com o sobretudo cinza no braço. Como sempre o carregava.

– Entende agora o que aconteceu a Taverner? – disse Herb.

Buckman parou e disse:

– Não.

– Ele passou para um universo no qual ele não existia. E nós passamos junto porque somos objetos do sistema de percepção dele. Depois, quando passou o efeito da droga, ele voltou. O que de fato o prendeu aqui não foi nada que tenha ou não tomado, mas a morte dela. Aí, então, é claro que os arquivos dele chegaram da Central de Dados.

– Boa noite – disse Buckman. Saiu do escritório, passou pela enorme sala silenciosa com mesas de metal impecáveis, todas iguais, todas arrumadas ao fim do dia, inclusive a de McNulty, e finalmente estava no tubo de subida, ascendendo ao telhado.

O ar noturno, frio e seco, provocou uma dor de cabeça terrível. Ele fechou os olhos e rangeu os dentes. Depois pensou: eu poderia pegar um analgésico com Phil Westerburg. Deve haver cinquenta tipos na farmácia da Academia, e Westerburg tem as chaves.

Pegou o tubo de descida e chegou ao décimo quarto andar, de volta ao seu complexo de escritórios, onde Westerburg e Herb Maime ainda debatiam.

A Buckman, Herb disse:

– Quero explicar algo que eu disse. Quanto a sermos objetos do sistema perceptivo dele.

– Não somos – disse Buckman.

Herb disse:

– Somos e não somos. Não foi Taverner quem tomou a KR-3. Foi Alys. Taverner, como todos nós, tornou-se um dado no sistema perceptivo de sua irmã e foi arrastado para o outro lado quando ela passou a uma construção alternada de coordenadas. Ela estava muito envolvida com Taverner enquanto artista realizador de desejos, é evidente, e manteve em sua mente, por algum tempo, uma fantasia de conhecê-lo como pessoa real. Porém, embora ela tenha conseguido isso ao tomar a droga, ele e nós, ao mesmo tempo, permanecemos em nosso próprio universo. Ocupamos dois corredores espaciais ao mesmo tempo, um real, outro irreal. Um é uma realidade, o outro é uma possibilidade latente entre muitas, espacializada de modo temporário pela KR-3. Mas apenas temporariamente. Por cerca de dois dias.

– É o suficiente – disse Westerburg – para causar enormes danos físicos ao cérebro envolvido. É provável que o cérebro de sua irmã, sr. Buckman, estivesse destruído, não tanto pela toxicidade, mas por uma sobrecarga intensa e prolongada. Podemos vir a descobrir que a causa principal da morte tenha sido lesão irreversível do tecido cortical, um aceleramento da degeneração neurológica natural... Digamos que o cérebro dela morreu de velhice num intervalo de dois dias.

– Posso pegar analgésicos Darvon com você? – disse Buckman a Westerburg.

– A farmácia está trancada – respondeu Westerburg.

– Mas você tem a chave.

Westerburg disse:

– Não posso usá-la quando o farmacêutico não está de plantão.

– Faça uma exceção – Herb disse em tom categórico. – Só esta vez.

Westerburg saiu, procurando a chave entre outras.

– Se o farmacêutico estivesse lá – disse Buckman, após um instante –, ele não precisaria da chave.

– Este planeta inteiro – disse Herb – é comandado por burocratas. – Ele encarou Buckman. – O senhor está doente demais para continuar suportando. Depois que ele trouxer o Darvon, vá para casa.

– Não estou doente – disse Buckman. – Estou apenas indisposto.

– Mas não fique por aqui. Eu termino tudo. O senhor faz que vai embora e volta...

– Estou como um animal – disse Buckman. – Um rato de laboratório.

O telefone tocou na grande mesa de carvalho.

– É possível que seja um dos marechais? – disse Buckman. – Não posso falar com eles hoje. Tem que ficar para depois.

Herb atendeu ao telefone. Ouviu. Em seguida, tapando o fone, disse:

– É Taverner.

– Vou falar com ele – Buckman pegou o telefone da mão de Herb Maime e disse:

– Olá, Taverner. Está tarde.

A voz de Taverner soou em tom metálico:

– Quero me entregar. Estou no apartamento de Heather Hart. Estamos esperando juntos.

Para Herb Maime, Buckman disse:

– Ele quer se entregar.

– Diga para vir até aqui – disse Herb.

– Venha até aqui – Buckman disse ao telefone. – Por que quer se entregar? Vamos matá-lo no fim, seu assassino filho da puta, você sabe disso. Por que não foge?

– Para onde? – Taverner disse em tom agudo.

– Para um dos campi. Vá para Columbia. Estão estáveis. Têm comida e água por algum tempo.

Taverner disse:

– Não quero mais ser caçado.

– Viver é ser caçado – disse Buckman com a voz estridente. – Ok, Taverner. Venha até aqui, e nós faremos o registro. Traga a tal de Heather para formalizarmos o testemunho dela. – Seu estúpido, pensou. Entregar-se. – Aproveite e arranque os próprios testículos. Seu desgraçado. – Sua voz tremia.

– Quero esclarecer o caso – a voz de Taverner ecoou em tom agudo no ouvido de Buckman.

– Quando aparecer aqui – disse Buckman –, vou te matar com minha própria arma. Por resistir à prisão, seu degenerado. Ou por qualquer outra coisa que quisermos. – Desligou. – Ele está vindo para ser morto – disse a Herb Maime.

– O senhor o escolheu. Pode mudar de ideia se quiser. Livrá-lo. Deixar que volte aos discos e ao programa de TV bobinho.

– Não. – Buckman balançou a cabeça.

Westerburg apareceu com duas cápsulas cor-de-rosa e um copo de papel com água.

– Composto de Darvon – disse, entregando a Buckman.

– Obrigado. – Buckman engoliu as pílulas, bebeu a água, amassou o copo e jogou-o na fragmentadora de papéis. Os dentes da máquina giraram sem emitir som e pararam. Silêncio.

– Vá para casa – disse Herb. – Ou, melhor ainda, vá para um hotel, um bom hotel no centro da cidade para passar a noite. Durma até tarde amanhã. Cuidarei dos marechais quando ligarem.

– Tenho que me encontrar com Taverner.

– Não tem. Eu farei o registro. Um policial de plantão pode fazê-lo. Como com qualquer outro criminoso.

– Herb – disse Buckman –, pretendo matar o sujeito, como disse ao telefone. – Foi até a mesa, destrancou a gaveta de baixo, tirou uma caixa de cedro e colocou-a sobre a mesa. Abriu a caixa e dela retirou uma pistola Derringer 22 de tiro único. Carregou-a com uma bala de ponta oca e deixou-a semiengatilhada, com o cano apontado para o teto. Por segurança. Hábito.

– Vamos ver – disse Herb.

Buckman entregou-lhe a pistola.

– Fabricada pela Colt. A Colt adquiriu os moldes e as patentes. Não me lembro quando.

– É uma bela arma – disse Herb, sentindo o peso, equilibrando-a na mão. – Um excelente revólver. – Devolveu-a. – Mas o projétil 22 é pequeno demais. O senhor teria que acertar bem no meio dos olhos. Ele teria que estar parado exatamente à sua frente. – Colocou a mão sobre o ombro de Buckman. – Use uma 38 especial ou um 45. Ok? Fará isso?

– Sabe de quem é esta arma? – disse Buckman. – Alys. Ela disse que a deixava aqui porque se deixasse em casa poderia usá-la contra mim durante uma discussão, ou de madrugada, quando fica... ficava... deprimida. Mas não é arma de mulher. A Derringer fabricava armas femininas, mas não é o caso desta.

– Você comprou para ela?

– Não – disse Buckman. – Ela encontrou numa casa de penhores lá na região de Watts. Pagou 25 dólares. Um bom preço, considerando o estado. – Encarou Herb. – Temos que matá-lo mesmo. Os marechais vão me crucificar caso eu não coloque a culpa nele. Tenho que me manter no alto escalão.

– Cuidarei disso – disse Herb.

– Ok – Buckman acenou com a cabeça. – Vou para casa. – Guardou a pistola na caixa, sobre a almofada de veludo vermelho, fechou a caixa, depois abriu novamente. Tirou a bala calibre 22 do cilindro. Herb Maime e Phil Westerburg observavam. – O cano abre para este lado, neste modelo. Não é comum.

– É melhor chamar um preto-e-cinza para levá-lo até a sua casa – disse Herb. – Pelo modo como está se sentindo e pelo que aconteceu, não deveria dirigir.

– Posso dirigir – disse Buckman. – Sempre consigo dirigir. O que não consigo fazer direito é matar um homem com uma pistola 22, com ele parado bem na minha frente. Alguém tem que fazê-lo por mim.

– Boa noite – disse Herb, calmamente.

– Boa noite. – Buckman deixou-os, passou pelos diversos escritórios, pelas suítes e câmaras desertas da Academia e, mais uma vez, chegou ao tubo de subida. O Darvon começara a aliviar a dor de cabeça. Ele sentiu gratidão. Agora posso respirar o ar noturno, pensou. Sem sofrer.

A porta do tubo de subida deslizou para o lado. Lá estava Jason Taverner. E, com ele, uma mulher atraente. Ambos estavam pálidos e assustados. Duas pessoas altas, elegantes e nervosas. Nitidamente Seis. Seis derrotados.

– Você está preso – disse Buckman. – Aqui estão seus direitos. Qualquer coisa que disser poderá ser usada contra você. Tem direito a um assessor jurídico, e caso não possa pagar um advogado, será acompanhado por um que lhe será indicado. Tem o direito de ser julgado por um júri escolhido pela Academia de Polícia de Los Angeles e pelo município. Entendeu o que acabei de dizer?

– Eu vim para esclarecer minha situação – disse Jason Taverner.

– Minha equipe registrará o seu depoimento – disse Buckman. – Vá aos escritórios de cor azul, para onde foi levado antes. – Apontou. – Está vendo aquele homem lá dentro? O de paletó reto e gravata amarela?

– Posso esclarecer minha situação? – disse Jason Taverner. – Admito que estava na casa quando ela morreu, mas não tive nada a ver com o ocorrido. Subi a escada e a encontrei no banheiro. Ela estava pegando um Amplictil para mim. Para neutralizar a mescalina que me deu.

– Ele a viu como um esqueleto – disse a mulher que, obviamente, era Heather Hart. – Por causa da mescalina. Será que ele não pode se livrar com base no fato de que estava sob influência de uma substância alucinógena poderosa? Isso não o absolve em termos legais? Ele não tinha controle algum sobre o que fez, e eu não tive nada a ver com tudo isso. Nem sabia que ela estava morta até ler o jornal de hoje à noite.

– Em alguns Estados, poderia – disse Buckman.

– Mas não aqui – disse a mulher, com fraqueza. E compreensão.

Herb Maime, saindo de seu escritório, avaliou a situação e declarou:

– Eu farei o registro dele e tomarei o depoimento de ambos, sr. Buckman. Pode ir para casa, conforme combinamos.

– Obrigado – disse Buckman. – Onde está o meu sobretudo? – Olhou ao redor, procurando. – Nossa, como está frio – comentou. – Eles desligam o aquecedor à noite – explicou a Taverner e à tal de Heather. – Desculpem.

– Boa noite – Herb disse a ele.

Buckman entrou no tubo de subida e apertou o botão para fechar a porta. Ainda estava sem o sobretudo. Talvez eu deva levar um preto e cinza, disse a si mesmo. Chamar um cadete inexperiente e solícito para me levar até minha casa ou, como disse Herb, ir a um bom hotel no centro. Ou a um dos novos hotéis à prova de som perto do aeroporto. Mas aí meu quibble ficaria aqui, e eu não estaria com ele para ir trabalhar amanhã de manhã.

Ele se encolheu com o ar frio e a escuridão do telhado. Nem mesmo o Darvon pode me ajudar, pensou. Não de todo. Ainda sinto.

Abriu a porta do quibble, entrou e bateu a porta. Mais frio aqui do que lá fora, pensou. Deus. Deu a partida e ligou o aquecedor. Um vento gélido soprou nele, vindo dos respiradouros do chão. Ele começou a tremer. Ficarei melhor quando chegar em casa, pensou. No relógio de pulso, viu que eram duas e meia. Não é de se admirar que esteja tão frio, pensou.

Por que escolhi Taverner?, perguntou-se. De um planeta com seis bilhões de pessoas... este homem específico que nunca fez mal a ninguém, nunca fez nada a não ser deixar que seu arquivo pessoal chamasse a atenção das autoridades. Foi isso mesmo, pensou. Jason Taverner deixou que tomássemos conhecimento dele, e, como dizem, uma vez notado pelas autoridades, jamais esquecido.

Mas posso desistir dele, pensou, como observou Herb.

246

Não. Mais uma vez, tinha que ser não. O dado foi lançado no início. Antes mesmo que qualquer um de nós pusesse as mãos nele. Taverner, pensou, você foi condenado de saída. De seu primeiro ato em diante.

Desempenhamos papéis, pensou Buckman. Ocupamos posições, algumas pequenas, outras grandes. Algumas comuns, outras extraordinárias. Algumas excêntricas e bizarras. Algumas visíveis, outras obscuras ou nem um pouco visíveis. O papel de Jason Taverner ficou grande e visível no fim, e foi no fim que a decisão teve de ser tomada. Se ele pudesse ter ficado como começou: um homem pequeno sem cartões de identidade, vivendo num hotel decadente, sujo e caindo aos pedaços – se ele pudesse ter permanecido assim, poderia ter escapado... ou, na pior das hipóteses, ido parar num campo de trabalhos forçados. Mas Taverner escolheu não fazer isso.

Alguma vontade irracional dentro dele o fez querer aparecer, ser visível, ser *conhecido*. Está bem, então, Jason Taverner, pensou Buckman, você voltou a ser conhecido, como era antes, porém mais ainda agora, conhecido de uma nova forma. De certo modo, isso serve a propósitos maiores – dos quais você nada sabe, mas tem que aceitar sem entender. No caminho para o túmulo, sua boca ainda estará aberta, fazendo a pergunta: "O que foi que eu fiz?". E será enterrado assim: com a boca ainda aberta.

E eu nunca poderia explicar a você, pensou Buckman. Só posso dizer: não chame a atenção das autoridades. Jamais atice nosso interesse. Não nos deixe curiosos a seu respeito.

Algum dia, sua história, o ritual e a forma de sua queda, pode vir a público num futuro distante, quando não tiver mais importância. Quando não houver mais campos de trabalhos forçados nem campi cercados por cordões de policiais com submetralhadoras velozes e máscaras de gás, que os fazem parecer animais de trombas grandes e olhos enormes, comedores de raízes, um tipo de animal inferior e nocivo. Algum dia pode haver um inquérito póstumo, e as pessoas ficarão sabendo que, na verdade, você não fez mal a ninguém – não fez nada, de fato, mas veio a ser notado.

A verdade real e suprema é que, apesar da fama e do grande público cativo, você é dispensável, pensou. E eu, não. Essa é a diferença entre nós dois. Portanto, você tem que ir, e eu permaneço.

Sua nave flutuava, rumo à faixa noturna de estrelas. E ele cantou para si mesmo em voz baixa, procurando olhar adiante, para ver à frente no tempo, para o mundo de sua casa, um mundo de música, pensamento e amor, de livros, caixas de rapé decoradas e selos raros. Para a interrupção momentânea do vento que corria à sua volta enquanto seguia pelo ar, um pequeno ponto quase perdido na noite.

Existe uma beleza que nunca será perdida, declarou a si mesmo. Eu a preservarei. Estou dentre aqueles que a estimam. E me submeto. E isso, em última análise, é só o que importa.

Sem afinação, cantarolou para si mesmo. E sentiu, por fim, um calor escasso, quando, finalmente, o aquecedor do quibble modelo padrão da polícia, instalado sob seus pés, começou a funcionar.

Algo escorreu de seu nariz até o tecido do casaco. Meu Deus, pensou, horrorizado. Estou chorando de novo. Ergueu a mão e limpou a umidade oleosa dos olhos. Por quem?, perguntou-se. Alys? Por Taverner? A tal de Hart? Ou por todos eles?

Não, pensou. Trata-se de um reflexo. Da fadiga e da preocupação. Não significa nada. Por que o homem chora?, perguntou-se. Não como a mulher, não pelo mesmo motivo. Não por sentimento. O homem chora pela perda de algo, algo vivo. O homem pode chorar por um animal doente que ele sabe não ser capaz de sobreviver. A morte de uma criança: o homem chora por essas coisas. Mas não porque as coisas são tristes.

O homem, pensou, não chora pelo futuro ou pelo passado, mas pelo presente. E o que é o presente agora? Estão registrando a acusação contra Jason Taverner lá na Academia de Polícia, e ele está contando sua história. Como qualquer outra pessoa, ele tem um relato a fazer, uma afirmação que deixa clara sua inocência.

Jason Taverner, enquanto piloto esta nave, está fazendo isso neste exato momento.

Virou o volante e fez o quibble percorrer uma longa trajetória que o levou finalmente a uma manobra de Immelmann. Fez a nave voar de volta por onde viera, sem aumento nem perda da velocidade. Simplesmente levou-a na direção oposta. De volta à Academia.

E, no entanto, ele ainda chorava. As lágrimas tornavam-se mais densas a cada instante, mais rápidas e profundas. Estou indo na direção errada, pensou. Herb está certo. Tenho que me afastar. Só o que posso fazer lá é testemunhar algo que não consigo mais controlar. Estou pintado, como um afresco. Vivendo em apenas duas dimensões. Jason Taverner e eu somos figuras de um velho desenho infantil. Perdido na poeira.

Ele fincou o pé no acelerador e puxou o volante do quibble, que engasgou quando o motor vacilou e falhou. O afogador automático ainda está fechado, disse a si mesmo. Eu deveria tê-lo aquecido um pouco. Ainda está frio. Ele mudou de direção mais uma vez.

Com dor e fadiga, ele finalmente inseriu o cartão com a rota de casa na torre de navegação do quibble e ligou o piloto automático. Eu deveria descansar, disse a si mesmo. Estendeu a mão e acendeu o circuito de sono acima da cabeça. O mecanismo começou a funcionar, e ele fechou os olhos.

O sono, induzido artificialmente, veio de súbito, como sempre. Ele sentiu-se cair numa espiral e ficou contente. Mas, em seguida, quase de imediato, além do controle do circuito de sono, um sonho se iniciava. Estava muito claro que ele não o queria; porém, não era capaz de detê-lo.

No verão, o interior, marrom e árido, onde ele passara a infância. Ele andava a cavalo e, pela esquerda, um pelotão montado se aproximava devagar. Cavalgando, estavam homens com mantos brilhantes, cada um de uma cor. Todos usavam um capacete pontudo que cintilava à luz do sol. Os cavaleiros, vagarosos e solenes, passaram por ele e, enquanto passavam, ele distinguiu um rosto:

um rosto de mármore antigo, um homem terrivelmente velho com cataratas ondulantes de barba branca. Como era forte o nariz. Que traços nobres. Tão cansado, tão sério, muito além dos homens comuns. Ficou claro tratar-se de um rei.

Felix Buckman deixou-os passar. Não dirigiu uma palavra a eles, e eles não lhe disseram nada. Juntos, todos seguiram na direção da casa da qual ele viera. Um homem havia se trancado no interior da casa, um homem só, Jason Taverner, no silêncio e na escuridão, sem janelas, sozinho de agora até a eternidade. Parado, meramente existindo, inerte. Felix Buckman prosseguiu, saindo para o campo aberto. Então ouviu, de trás, um único grito agudo de pavor. Haviam matado Jason Taverner e, ao vê-los entrar, ao sentir a presença deles nas sombras ao seu redor, sabendo o que pretendiam fazer, Taverner gritara.

Dentro de si, Felix Buckman sentiu uma tristeza absoluta e profunda. Mas no sonho, ele não voltou nem olhou para trás. Não havia nada a ser feito. Ninguém poderia ter impedido a companhia de homens de mantos multicoloridos. Ninguém poderia ter dito não a eles. De todo modo, estava acabado. Taverner estava morto.

Seu cérebro fervilhante e desordenado conseguiu pescar um sinal de retransmissão para o circuito do sono via minúsculos eletrodos. Um disjuntor abriu-se com um estalo, e um som contínuo e perturbador despertou Buckman, do sono e do sonho.

Meu Deus, pensou ele, com um arrepio. Como esfriara. Como ele percebia seu próprio vazio e solidão.

O grande pesar lacrimoso dentro dele, saído do sonho, agitava-se no peito, ainda perturbando-o. Tenho que pousar, disse a si mesmo. Ver alguém. Falar com alguém. Não posso ficar sozinho. Se eu pudesse, só por um segundo...

Desligou o piloto automático e virou o quibble na direção de um quadrado de luzes fluorescentes logo abaixo: um posto de gasolina 24 horas.

No instante seguinte, aterrissou aos trancos diante das bombas de gasolina do posto, indo parar perto de outro quibble, estacionado e vazio, abandonado. Sem ninguém dentro.

Um clarão iluminou a figura de um homem negro de meia-idade, de sobretudo e gravata colorida e bem arrumada, rosto aristocrático, com feições fortes e bem delineadas. Ele andava de um lado para o outro sobre o cimento manchado de óleo, braços cruzados e expressão distante. Estava claro que aguardava a robotrix frentista terminar de encher o tanque. O homem negro não estava impaciente nem resignado. Simplesmente existia, com desapego, isolamento e esplendor; o corpo vigoroso, ereto, sem ver nada por não haver nada que quisesse ver.

Felix Buckman desligou o quibble depois de estacioná-lo. Ativou o trinco e a trava da porta e saiu com movimentos rígidos para o frio da noite. Seguiu na direção do homem negro.

O homem não olhou para ele. Manteve a distância, movendo-se com calma e reserva. Não disse nada.

Felix Buckman pôs a mão no bolso do casaco, com os dedos trêmulos de frio. Encontrou a caneta esferográfica, puxou-a e apalpou os bolsos à procura de um papel, qualquer um, uma folha de bloco de anotações. Ao encontrar, colocou-o sobre o capô do quibble do homem negro. Sob a luz branca e dura do posto, Buckman desenhou no papel um coração perfurado por uma flecha. Tremendo de frio, virou-se para o homem negro, que ainda andava, e estendeu a mão com o papel desenhado.

Arregalando os olhos por um instante, surpreso, o homem negro balbuciou algo, aceitou o papel e examinou-o sob a luz. Buckman aguardou. O homem negro virou o pedaço de papel, não viu nada atrás, e analisou mais uma vez o coração perfurado pela flecha. Franziu a testa, deu de ombros. Em seguida, devolveu o papel a Buckman e afastou-se com os braços novamente cruzados, voltando as costas largas para o general da polícia. O papel tremulou no ar, perdido.

Em silêncio, Felix Buckman voltou ao quibble, ergueu a porta e espremeu-se atrás do volante. Ligou a ignição, bateu a porta e alçou-se ao céu noturno, com as lâmpadas vermelhas de aviso de subida piscando na frente e atrás. Elas desligaram automaticamente, e ele seguiu zunindo ao longo do horizonte, sem pensar em nada.

As lágrimas correram mais uma vez.

De repente, ele girou o volante. O quibble soltou estalos violentos, virou na direção oposta e estabilizou-se de lado, numa trajetória descendente. Instantes depois, planou até parar no clarão branco ao lado do quibble estacionado e vazio, do homem negro que andava de um lado para o outro, das bombas de combustível. Buckman freou, desligou o motor e saiu entre rangidos.

O homem negro olhava para ele.

Buckman caminhou na direção do homem. Ele não recuou, ficou parado onde estava. Buckman aproximou-se, abriu os braços e agarrou o negro, envolvendo-o, abraçou-o. O negro soltou um grunhido de surpresa. E perplexidade. Nenhum dos dois disse nada. Ficaram parados por um instante, e depois Buckman soltou o homem, virou-se e foi andando de volta ao quibble, trêmulo.

– Espere – disse o homem negro.

Buckman voltou-se para encará-lo.

Hesitante, o homem negro ficou parado, tremendo. Em seguida, disse:

– Sabe como chegar a Ventura? Pela rota aérea trinta? – Esperou. Buckman não disse nada. – Fica a uns oitenta quilômetros ao norte daqui – disse o negro. Buckman ainda não disse nada. – Tem um mapa desta área? – perguntou o negro.

– Não – disse Buckman. – Sinto muito.

– Vou perguntar no posto – disse o negro, sorrindo um pouco. Encabulado. – Foi um prazer... conhecê-lo. Qual o seu nome? – Esperou por um longo instante. – Quer me dizer?

– Não tenho nome – disse Buckman. – Não agora. – Não conseguia suportar pensar nisso no momento.

– É algum tipo de oficial? Como um saudador? Ou é da Câmara do Comércio de Los Angeles? Já fiz negócio com eles. São simpáticos.

– Não – disse Buckman. – Sou um indivíduo. Como você.

– Bom, eu tenho nome – disse o homem negro. Retirou com destreza um pequeno cartão rígido do bolso interno do paletó e entregou a Buckman. – Montgomery L. Hopkins é como me chamam. Veja o cartão. Não é um belo trabalho de impressão? Gosto das letras assim, em relevo. Foram cinquenta dólares o milhar. Consegui um preço especial por uma promoção não acumulativa. – O cartão tinha belas letras pretas em alto-relevo. – Eu fabrico fones de ouvido biológicos de retorno, analógicos e baratos. São vendidos no varejo por menos de cem dólares.

– Venha me visitar – disse Buckman.

– Me ligue – disse o homem negro. Devagar e com firmeza, mas também um pouco alto demais. – Esses lugares, esses postos robotizados à base de moedas, são deprimentes. Outro dia podemos conversar mais. Num local agradável. Imagino e entendo o que está sentindo, que lugares como este nos deixam mal. Muitas vezes encho o tanque no caminho da fábrica para casa para não ter que parar tarde da noite. Saio para muitos atendimentos durante a madrugada, por vários motivos. Sim, posso ver que está para baixo... sabe, deprimido. Foi por isso que me deu aquele bilhete que, infelizmente, não saquei naquele momento, mas entendo agora, e depois você quis me envolver com seus braços, sabe, como fez, como uma criança faria, por um segundo. Já tive esse tipo de inspiração, ou melhor, de impulso, de tempos em tempos, na minha vida. Estou com 48 anos. Entendo. Não é bom ficar sozinho tarde da noite, especialmente quando faz um frio fora de época como este. Sim, concordo totalmente, e agora você não sabe exatamente o que dizer, porque fez algo de súbito por um impulso irracional, sem pensar em todas as consequências. Mas está tudo bem. Sei como é. Nem pense em esquentar com isso.

Tem que me visitar. Vai gostar da minha casa. É muito aconchegante. Pode conhecer minha esposa e nossos filhos. Temos três.

– Irei – disse Buckman. – Guardarei seu cartão. – Tirou a carteira e enfiou nela o cartão. – Obrigado.

– Meu quibble está pronto – disse o homem negro. – Estava precisando completar o óleo também. – Hesitou, começou a se afastar, depois voltou e estendeu a mão. Buckman deu um breve aperto. – Tchau.

Buckman o viu partir. O homem negro pagou o serviço, entrou em seu quibble levemente danificado, ligou-o e subiu na escuridão. Ao passar acima de Bukcman, tirou a mão direita do volante e acenou.

Boa noite, pensou Buckman, acenando em silêncio, com os dedos doloridos de frio. Em seguida, entrou no quibble, hesitou, entorpecido, esperou e, ao não ver nada, bateu a porta do quibble bruscamente e ligou o motor. No momento seguinte, estava no céu.

Fluam, minhas lágrimas, pensou. A primeira peça musical abstrata já escrita, composta por John Dowland em seu Segundo Libreto para Alaúde, de 1600. Eu a tocarei no meu novo fonógrafo quadrifônico quando chegar em casa. Onde ela poderá me fazer lembrar de Alys e de todo o resto. Onde haverá uma sinfonia e uma lareira, e tudo estará aquecido.

Vou buscar meu menino. Amanhã cedo vou até a Flórida e trago Barney. Fico com ele de agora em diante. Nós dois juntos. Não importam as consequências. Mas agora não haverá consequências, está tudo acabado. E seguro. Para sempre.

O quibble rastejou pelo céu noturno. Como um inseto ferido e meio desmembrado. Carregando-o para casa.

Parte Quatro

Escutai! Sombras que nas trevas residem,
Aprendam a rejeitar a luz.
Felizes, felizes aqueles que no inferno
Não sentem o desprezo do mundo.

Epílogo

O julgamento de Jason Taverner pelo assassinato em primeiro grau de Alys Buckman não teve êxito, resultando de forma misteriosa num veredicto de inocência devido, em parte, ao excelente suporte legal oferecido pela NBC e por Bill Wolfer, mas também pelo fato de que Taverner não cometera crime algum. Na verdade, não houvera nenhum crime, e a conclusão original do médico-legista foi retirada, tendo ele sido aposentado e substituído por um homem mais jovem. Os índices de audiência de Jason Taverner, que caíram muito durante o julgamento, subiram com o veredicto, e ele atingiu um público de 35 milhões de espectadores, em vez dos trinta milhões anteriores.

A casa que Felix Buckman e a irmã, Alys, possuíam e ocupavam permaneceu por alguns anos sob um estatuto jurídico nebuloso. Alys deixara sua parte em testamento para uma organização lésbica chamada Filhos de Caribron, com sede em Lee's Summit, Missouri, e a entidade desejava transformar o imóvel num refúgio para seus diversos membros. Em março de 2003, Buckman vendeu sua parte da propriedade aos Filhos de Caribron e, com o dinheiro obtido, mudou-se, levando todos os itens das diversas coleções para Bornéu, onde a vida era barata e a polícia, amável.

Os experimentos com a droga de múltipla inclusão espacial, KR-3, foram abandonados no fim de 1992, em razão de suas características tóxicas. No entanto, por vários anos a polícia realizou experimentos sigilosos com presidiários dos campos de trabalhos forçados. Mas, por fim, devido aos diversos riscos gerais e recorrentes envolvidos, o diretor ordenou o cancelamento do projeto.

Um ano depois, Kathy Nelson ficou sabendo – e aceitou – que o marido, Jack, estava morto há muito tempo, como McNulty lhe contara. O reconhecimento do fato provocou um surto psicótico estrondoso, e ela foi internada novamente, desta vez de forma definitiva, num hospital psiquiátrico muito menos descolado do que Morningside.

Pela quinquagésima primeira vez em sua vida, Ruth Rae casou-se, neste derradeiro episódio, com um importador de armas de fogo idoso, rico e barrigudo, que operava na baixa Nova Jersey, quase fora dos limites da lei. Na primavera de 1994, ela morreu de overdose de álcool ingerido com um novo tranquilizante, Phrenozine, que age como depressor do sistema nervoso central, suprimindo também o nervo pneumogástrico. Quando morreu, ela pesava 42 quilos – resultado de problemas psicológicos difíceis e crônicos. Nunca foi possível confirmar com clareza se a morte foi um acidente ou suicídio deliberado. Afinal, o medicamento era relativamente novo. Seu marido, Jake Mongo, estava mergulhado em dívidas na época, e morreu menos de um ano depois. Jason Taverner foi ao funeral dela e, durante o cerimonial, junto ao túmulo, conheceu uma amiga de Ruth chamada Fay Krankheit, com quem ele estabeleceu de imediato uma relação de trabalho que durou dois anos. Por intermédio dela, Jason ficou sabendo que Ruth Rae ligava-se com frequência à rede sexual de grades telefônicas. Ao saber disso, ele pôde compreender melhor por que ela se tornara o que era quando a encontrou em Las Vegas.

Cínica e envelhecida, Heather Hart foi abandonando aos poucos a carreira de cantora e sumiu de vista. Após algumas tentativas de localizá-la, Jason Taverner desistiu e a definiu como um dos melhores sucessos de sua vida, apesar do final deprimente.

Também ficou sabendo que Mary Anne Dominic ganhara um importante prêmio internacional por seus utensílios de cozinha em cerâmica, mas nunca se preocupou em localizá-la. Monica Buff, no entanto, apareceu na vida dele no fim de 1998, desleixada como sempre, mas ainda atraente ao seu estilo porco de ser. Jason saiu com ela algumas vezes, depois a largou. Durante meses, ela mandou-lhe cartas longas e esquisitas com sinais crípticos desenhados sobre as palavras, mas isso também chegou ao fim, o que o deixou contente.

Nos labirintos sob as ruínas das grandes universidades, as populações de estudantes desistiram aos poucos de suas tentativas vãs de manter a vida de acordo com seu modo de vê-la e, de modo voluntário – na maioria dos casos –, foram para os campos de trabalhos forçados. Assim, os resíduos da Segunda Guerra Civil desapareceram aos poucos e, em 2004, como modelo piloto, a Universidade de Columbia foi reconstruída, e um corpo discente seguro e saudável pôde frequentar os cursos aprovados pela polícia.

No fim da vida, o general reformado da polícia, Felix Buckman, vivendo da pensão em Bornéu, escreveu uma autobiografia reveladora a respeito do aparato policial planetário, que logo passou a circular de forma ilegal pelas maiores cidades da Terra. Por isso, no verão de 2017, o general Buckman foi assassinado a tiros por um homem nunca identificado, e ninguém jamais chegou a ser preso. O livro, *A Mentalidade da Lei e da Ordem*, continuou a circular por meios clandestinos muitos anos após sua morte, mas até mesmo isso acabou sendo esquecido. Os campos de trabalhos forçados foram diminuindo de número até deixarem de existir. O aparato policial tornou-se, de forma gradual, ao longo de décadas, canhestro demais para representar qualquer ameaça e, em 2136, o posto de marechal da polícia foi extinto.

Algumas das ilustrações de *bondage* que Alys Buckman colecionara durante sua vida interrompida foram para museus com exposições de artefatos de culturas populares desaparecidas, e ela acabou sendo oficialmente identificada pela *Revista Trimestral do Bibliotecário* como a principal autoridade na arte sadomasoquista do final do século 20. O selo negro de um dólar do Trans-Mississippi que Felix Buckman lhe presenteara foi comprado num leilão em 1999 por um vendedor de Varsóvia, Polônia. Ele desapareceu então, na neblina do mundo da filatelia, para nunca mais ressurgir.

Barney Buckman, o filho de Felix e Alys Buckman, entrou para a polícia de Nova York na idade adulta e, durante o segundo ano como policial comunitário, caiu de uma escada de emergência em condições precárias ao prestar apoio num caso de assalto a um prédio em que um dia residiram negros ricos. Paralítico da cintura para baixo, aos 23 anos, começou a se interessar por comerciais de TV antigos e logo reuniu um acervo com os itens mais antigos e procurados, que comprava, vendia e trocava com astúcia. Teve uma vida longa, com lembranças tênues do pai e nenhuma de Alys. De modo geral, Barney Buckman reclamava pouco e continuou, em particular, a interessar-se por anúncios de Alka-Seltzer, seu forte dentre tais curiosidades.

Alguém da Academia de Polícia de Los Angeles roubou a pistola Derringer 22 que Felix Buckman mantinha em sua gaveta, e a arma nunca mais foi encontrada. Armas com balas de chumbo haviam se tornado quase extintas na época, a não ser por itens de colecionador, e o arrolador da Academia, cujo trabalho era localizar a Derringer, concluiu sabiamente que ela se transformara num adereço no alojamento de algum policial de pouca importância, e interrompeu a investigação.

Em 2047, Jason Taverner, já afastado do showbiz há muito tempo, morreu numa casa de repouso exclusiva para tratamento de fibrose acólica, doença adquirida por terranos em diversas colônias marcianas reservadamente mantidas para a duvidosa fascinação dos ricos enfastiados. Os bens dele consistiam em uma casa com cinco quartos em Des Moines, ocupada em grande parte por objetos valiosos, e muitas ações de empresas que tentaram – e fracassaram – financiar um serviço de transporte comercial para Proxima Centauri. De modo geral, sua morte não foi percebida, ainda que pequenas notas de falecimento tenham saído na maioria dos jornais metropolitanos, ignorada pela gente dos noticiários da

TV, mas não por Mary Anne Dominic, que, mesmo aos oitenta e poucos anos, ainda considerava Jason Taverner uma celebridade, e seu encontro com ele, um marco importante em sua vida longa e bem-sucedida.

O vaso azul feito por Mary Anne Dominic e comprado por Jason Taverner para dar de presente a Heather Hart foi parar num acervo particular de cerâmica moderna. Lá permanece até hoje e é muito admirado. Na verdade, para várias pessoas que entendem de cerâmica, é aberta e genuinamente apreciado. E amado.

FLUAM, MINHAS LÁGRIMAS, DISSE O POLICIAL

TÍTULO ORIGINAL:
Flow my tears, the policeman said

PREPARAÇÃO DE TEXTO:
Débora Dutra Vieira

REVISÃO:
Hebe Ester Lucas

COORDENAÇÃO EDITORIAL:
Débora Dutra Vieira
Marcos Fernando de Barros Lima

CAPA E PROJETO GRÁFICO:
Giovanna Cianelli

ILUSTRAÇÃO DE CAPA:
Rafael Coutinho

MONTAGEM DE CAPA:
Pedro Fracchetta

ADAPTAÇÃO DE MIOLO:
Desenho Editorial

DIAGRAMAÇÃO:
Join Bureau

DIREÇÃO EXECUTIVA:
Betty Fromer

DIREÇÃO EDITORIAL:
Adriano Fromer Piazzi

DIREÇÃO DE CONTEÚDO:
Luciana Fracchetta

EDITORIAL:
Daniel Lameira
Andréa Bergamaschi
Débora Dutra Vieira
Luiza Araujo

COMUNICAÇÃO:
Nathália Bergocce
Júlia Forbes

COMERCIAL:
Giovani das Graças
Lidiana Pessoa
Roberta Saraiva
Gustavo Mendonça
Pâmela Ferreira

FINANCEIRO:
Roberta Martins
Sandro Hannes

COPYRIGHT © PHILIP K. DICK, 1974
COPYRIGHT RENOVADO © LAURA COELHO,
CHRISTOPHER DICK E ISOLDE HACKETT, 2003
COFYRIGHT © EDITORA ALEPH, 2013
(EDIÇÃO EM LÍNGUA PORTUGUESA PARA O BRASIL)
TODOS OS DIREITOS RESERVADOS.
PROIBIDA A REPRODUÇÃO, NO TODO OU EM PARTE, ATRAVÉS DE
QUAISQUER MEIOS.

**DADOS INTERNACIONAIS DE CATALOGAÇÃO NA PUBLICAÇÃO (CIP)
DE ACORDO COM ISBD**

D547f Dick, Philip K.
Fluam, minhas lágrimas, disse o policial / Philip K. Dick ; traduzido
por Ludimila Hashimoto. - 2. ed. -São Paulo, SP : Editora Aleph, 2021.
264 p. ; 14cm x 21cm.

Tradução de: Flow my tears, the policeman said
ISBN: 978-65-86064-22-3

1. Literatura americana. 2. Ficção científica. I. Hashimoto, Ludimila.
II. Título.
2020-2721   CDD 813.0876
            CDU 821.111(73)-3

Elaborado por Odilio Hilario Moreira Junior - CRB-8/9949

Índices para catálogo sistemático:
1. Literatura americana : ficção científica 813.0876
2. Literatura americana : ficção científica 821.111(73)-3

EDITORA ALEPH
Rua Tabapuã, 81 – cj. 134
04533-010 – São Paulo – SP – Brasil
Tel.: [55 11] 3743-3202
www.editoraaleph.com.br

TIPOLOGIA:	Versailles 55 Roman [texto]
	Druk [entretítulos]
PAPEL:	Pólen Soft 80 g/m² [miolo]
	Cartão Supremo 250 g/m² [capa]
IMPRESSÃO:	Rettec Artes Gráficas e Editora Ltda. [fevereiro de 2021]
1ª EDIÇÃO:	fevereiro de 2013 [1 reimpressão]